사제로부터 온 편지

김대건 신부, 25년 25일의 生
사제로부터 온 편지

초판 1쇄 인쇄 2021년 09월 06일
초판 1쇄 발행 2021년 09월 10일

지은이 최종태
발행인 황정필

책임편집 이서정
편집 박선영 한석란 박소민
디자인 오선아
마케팅 황정필
관리·제작 김신기 정지수

발행처 실크로드
출판등록 제406-251002010000035호
주소 경기도 파주시 문발로 214-12
전화 031-955-6333~4 | **팩스** 031-955-6335
이메일 silkroad6333@hanmail.net

ISBN 978-89-94893-44-0 (03800)

책값은 책표지 뒤에 있습니다.
이 책은 실크로드가 저작권자와의 계약에 따라 발행한 것이므로
저작권법에 따라 무단 전재와 복제를 금합니다.

이 도서는 한국출판문화산업진흥원의
'2021년 출판콘텐츠 창작 지원 사업'의 일환으로
국민체육진흥기금을 지원받아 제작되었습니다.

김대건 신부, 25년 25일의 生

사제로부터
온 편지

최종태 소설

차례

우연 / 7
순종 / 15
수선탁덕 首先鐸德 / 24
별 / 29
북극성 / 42
목숨 / 48
몸의 인생 / 61
각자위심 各自爲心 / 72
의금부 도사 / 87
성소 聖召 / 93
대결 / 113
길 / 120
입국로 / 141
항해 / 171
사제로부터 온 편지 / 203
꿈속의 꿈 / 263

작가의 말 / 277

Viriliter agite et confortamini, quia Dominus Deus tuus ipse est ductor tuus et non dimittet nec derelinquet te

우연

　고종이 조선의 왕이 된 지 2년이 지난 1866년 병인년^{丙寅年} 3월 초하루 때 일이다. 한양 서소문 밖에 제법 넓은 공터가 있었다. 사람들 왕래가 잦은 길 바로 옆이라 뭔가 요긴한 쓰임이 있을 텐데 공터는 오랜 세월 나대지^{裸垈地}로 방치되어 있었다. 사실 서소문 밖 공터가 항상 아무런 쓰임이 없는 것은 아니었다.
　서소문으로 향하는 길과 공터 사이에는 달구지 한 대가 지나갈 너비의 샛길이 있고, 샛길 초입에는 기다란 장대 서너 개가 생뚱맞게 세워져 있었다. 장대 끝은 하늘을 찌를 듯이 뾰족하게 깎여 있었고, 장대를 따라 피고름 같은 것이 흘러내려 시커멓게 딱지가 되어 말라붙어 있었다. 공터 옆을 지나 서소문을 향해 걸어가는 사람들 가운데 몇몇은 습관처럼 샛길 초입에 세워진 장대의 끝을 힐금 쳐다보곤 하였다. 그때 그들의 눈빛에서 어떤 두려움이나 긴장감 같은 것이 비쳤다. 그들은 이 공터의 쓰임이 무엇인지 아는 이들이었다.

1846년 병오년丙午年에 태어난 난정은 올해 스무 살이 되었다. 진주에서 나고 자란 난정이 한양에 온 지 1년이 되어간다. 난정이 한양에 오고 나서 대감은 그녀에게 귀한 물건들을 자주 선물했다. 친지 하나 없는 낯선 타향 생활에 정을 붙여주기 위해서였다. 대감이 준 선물들 가운데 난정은 무늬 없는 감청색 비단 겉감에 앞축과 뒤축에 금실로 장식한 비단신을 제일 아꼈다. 그래서 한 번도 신지 않고 벽장에 고이 넣어두었다가 가끔 방안에서나 꺼내어 신어보곤 하였다. 그럴 때마다 고운 비단신이 그녀 인생을 화사한 꽃길로 데려다줄 것처럼 즐거워했다.

대감이 입궐하면 난정은 심심풀이 취미 삼아 자수刺繡를 놓았다. 시작한 지 석 달이 넘으면서 하늘빛 바탕천 위에 수놓아진 파랑새 한 마리가 거의 완성되고 있었다. 점심 밥상을 물린 그녀는 다시 자수 바늘에 실을 꿰었지만, 몇 수 뜨지도 못하고 군불을 지핀 따듯한 방안에서 식곤증으로 꾸벅꾸벅 졸았다.

난정이 사는 별당에는 작은 마당이 있고, 마당 귀퉁이에는 담장 높이의 개복숭아 나무 한 그루가 있다. 그녀가 처음 대감의 집으로 왔던 작년 봄에는 새하얀 꽃망울을 피우고 있었으나 아직은 겨울 앙상한 나뭇가지 그대로이다. 비록 눈에 보이기에는 앙상한 나뭇가지지만 사실 보이지 않는 땅속 깊이 뻗은 뿌리는 이미 새로운 생명의 기운을 빨아들이고 있다. 난정이 졸고 있는 별당 방안과 봄의 생명을 품고 있는 앙상한 개복숭아 나뭇가지와 마당의 흙바닥에 쏟아져 내리는 맑고 하얀 햇살은 시간이 멈춘 듯 신비스러운 정적을 느끼게 해 주었다.

얼마 후 나뭇가지에 이름 모를 새 한 마리가 내려앉더니 정적을 깨며 지저귀었다. 그 소리에 잠에서 깬 난정은 잠결에 들렸던 새소리가 자수를 놓던 파랑새 소리처럼 느껴졌다. 또다시 들리는 새소리에 방문을 열어보니 나뭇가지 위에 앉아 있던 새는 놀라 파란 창공을 향해 날아갔다.

난정은 하늘 높이 날아가는 새를 한참 동안 바라보았다. 자신의 처지가 하늘빛 천 위에 자수실로 묶여 날지 못하는 파랑새 같았다. 그러다가 어떤 생각에 빙긋 행복한 미소를 지었다. 그녀는 벽장 안에서 아끼던 비단신을 꺼내어 신고 첫 나들이를 결심하였다. 마침 하녀 달래가 안방마님의 심부름을 하기 위해 육의전으로 간다길래 그녀도 서둘러 단장을 하고 따라나섰다. 비단신은 과연 그녀를 어디로 데려갈까?

집 밖을 나선 난정은 행여 비단신에 먼지라도 묻을까 조심조심 발걸음을 옮겼다. 설 대목이 지난 지 한참인데도 육의전 종로는 행인과 상인 들로 북새통을 이루었다. 그녀도 무리에 섞여 진열대에 펼쳐진 화려한 문양의 비단과 오색 빛깔의 패물에 넋이 빠졌다. 그러다가 문득 비단신 생각에 발아래를 내려다보았다. 어디서 밟았는지도 모를 흙탕물과 흙먼지가 비단신에 덕지덕지 들러붙어 앞축 뒤축의 금실 장식은 아예 보이지도 않았다. 난정은 짜증이 밀려와 조금 전까지 넋을 놓고 보던 비단과 패물에 흥미가 떨어졌다. 그녀는 안방마님이 시킨 심부름을 아직 끝내지 못한 달래를 남겨두고 혼자 집으로 돌아가기로 했다.

"나는 먼저 돌아갈 테니 너는 마저 일 보고 오거라."

"혼자 가시다가 길이라도 잃으시면 어쩌시려고요?"

난정은 달래의 만류에 대꾸도 하지 않고 뒤돌아 걸음을 재촉했다. 이전에 두어 번 육의전 구경을 온 적이 있어 집까지 가는 길은 기억할 수 있을 것 같았다. 하지만 시장 거리를 벗어나자마자 혼자 나선 걸 후회했다. 길들과 주위 풍경들이 모두 다 엇비슷하여 어느 길로 왔었는지 분간할 수 없었다. 여긴가 싶어 가면 막다른 골목이 나오고, 저긴가 싶어 가면 처음 보는 풍경이 펼쳐졌다. 갔던 길을 되돌아오기를 몇 번이고 반복하다가 마침내 눈에 익은 골목길을 발견하고 부지런히 발걸음을 옮겼다.

그때 골목길 너머에서 소란한 소리가 들리더니 한 남자가 쫓기듯 허겁지겁 골목 안으로 달려 들어왔다. 쉰이 넘어 보이는 남자는 맨상투 차림이지만 천해 보이지 않는 인상이었다. 골목길에 들어선 남자는 그녀를 발견하고 멈칫 섰다가 난정이 담장 쪽으로 붙어 몸을 피하자 다시 달려 그녀 옆을 지나쳤다. 남자는 허술하게 싼 보자기 뭉치를 가슴에 끌어안고 있었다. 난정이 무슨 일인가 싶어 지나쳐간 남자를 향해 고개를 돌렸다. 골목을 막 벗어나려던 남자는 무슨 생각인지 갑자기 우뚝 멈춰서더니 뒤돌아 그녀를 바라보았다. 남자와 눈이 마주친 난정은 더럭 겁이 나 얼른 시선을 돌렸다. 그러자 남자는 그녀를 향해 달려왔다. 겁에 질린 난정은 비명이라도 질러야겠다고 생각했다. 남자는 그녀와 조금 떨어져 멈춰서더니 허리를 크게 굽히며 다급히 머리를 조아렸다. 그리고 가슴에 품고 있던 보따리를 내밀었다.

"부탁드립니다. 이것을 잘 간직해 주십시오. 꼭 부탁드립니다."

난정은 남자가 내미는 보따리와 남자의 얼굴을 번갈아 바라보았다. 거친 숨을 헐떡대며 비 오듯 땀을 흘리는 남자는 이마에 주름이 겹겹이 패어 있고 얼굴은 검게 그을렸는데 눈빛만은 맑고 순수하게 느껴졌다. 보따리를 내미는 남자의 표정은 간절했다. 낳아 기르던 아기를 낯선 이에게 맡기는 어미 같았다. 간절한 남자의 표정이 낯익었다. 그런 낯익음 때문인지 난정은 귀신에라도 홀린 듯 어느새 남자가 내미는 보따리를 받아들고 있었다. 그제야 남자는 편한 표정으로 또 한 번 허리를 굽혀 머리를 조아리며 무슨 말을 덧붙이려는데, 골목길 너머에서 또 한 번 소란한 소리가 들려왔다.

그러자 남자는 얼른 몸을 돌려 다시 달아나기 시작했다. 하지만 골목을 벗어나기 전에 맞은편에서 들이닥친 포졸들과 맞닥뜨렸다. 남자는 난정을 힐금 돌아본 후 저항 없이 포졸들과 마주했다. 포졸 가운데 한 명이 육모 방망이로 사정없이 남자의 어깻죽지를 내리치자 남자는 길바닥에 쓰러졌다. 이어지는 포졸들의 매질에도 남자는 몸을 잔뜩 웅크린 채 그녀를 바라보았다. 보따리를 부탁할 때 간절했던 그 표정이었다. 매질하던 포졸들 가운데 한 명이 멀찍이 떨어져 있는 난정을 바라보자 그녀는 서둘러 골목을 빠져나왔다.

그녀의 머리에는 망가진 비단신 생각은 이미 사라졌다. 그 대신 가슴에 품고 있는 보따리에 온통 신경이 쓰였다.

'대체 보따리 안에 무엇이 들었길래 처음 보는 사람에게라도 맡겨 지키고 싶었던 걸까?'

'그 남자는 대체 무슨 죄를 지었을까?'

집에 돌아온 난정은 별당 방문을 활짝 열고 담장 너머 노을을 바라보았다. 붉은 햇살은 담장을 따라 가지런히 놓인 크고 작은 옹기들에 내려앉고, 달래 어멈이 제일 큰 옹기의 뚜껑을 열어 된장을 담고 있었다. 언제나 그랬듯이 한가롭고 풍요로운 풍경 속에서 또 하루가 저물어가고 있었다. 난정은 대감의 집 담장이 난공불락 성城의 높고 거대한 돌담처럼 안전하고 듬직하게 느껴졌다. 여기 담장 안으로는 더는 절망과 슬픔이 침범할 수 없으리라 믿었다. 하지만 오늘만큼은 대감의 집 담장도 그녀의 마음을 평화롭게 지켜주지 못했다.

난정은 더러워진 비단신은 아무렇게나 밖에 벗어두고 비단신이 있던 벽장 깊숙이 보따리를 숨겨두었다. 오늘 자기에게 보따리를 맡긴 초로의 남자만큼 불운한 사람이 또 있을까 싶었다. 무슨 사정인지는 모르겠으나 포졸에게 쫓기는 처지라면 필경 죄인임은 틀림없었다. 그런데 북새통을 이루던 육의전 주변의 그 많은 사람 가운데 하필 의금부 도사의 소실인 난정에게 그 보따리를 맡긴 것이다. 하지만 불운하기로는 난정도 다를 바 없었다.

난정은 집으로 돌아오자마자 후회했다. 귀신에 홀린 듯 얼떨결에 보따리를 받았지만 포졸들이 나타나 그를 체포했을 때라도 포졸들에게 자초지종 얘기하고 남자가 맡긴 보따리를 건넸어야 했다. 그녀의 마음이 어지러운 것은 바로 그 때문이었다. 대감이 집으로 돌아오면 오늘 있었던 일을 사실대로 말하고 남자에게 받은 보따리를 바칠 수도 없었다. 만일 대감이 왜 사건 현장에서 곧바로 포졸들에게 보따리를 주지 못 했냐고 묻는다면, 또 쫓기는 낯선 남자가 건넨 불경한 물건을 왜 집까지 가져왔냐고 묻는다면 대답할 변명이 떠오르지 않았다.

그 이유를 스스로 물어보았다. 이유는 명확했다. 그때 그녀는 남자가 내민 보따리를 지켜 주고 싶은 마음이 들었기 때문이다. 그렇다면 왜 그런 마음이 들었을까? 그것은 보따리를 내미는 남자의 간절함이 그녀가 아는 어느 여인의 간절함처럼 느껴졌기 때문이다. 그런 이유가 그녀를 더 괴롭혔다. 고통스럽고 불행했던 기억의 파편들이 난데없이 튀어나와 오랜 노력 끝에 간신히 얻게 된 평화로운 일상을 뒤흔들고 있었다.

그날 대감의 귀가는 평소보다 늦었다. 오늘 포졸들에게 체포된 남자 때문일지도 모른다. 대감의 늦은 귀가는 상황을 수습할 시간을 주어 다행이기도 했다. 난정은 저녁 밥상을 내가자마자 일찌감치 방문을 닫아걸고 호롱불을 켰다. 그리고 보따리를 숨겨놓은 벽장을 바라보며 생각에 잠겼다.

아직 보따리를 풀어보지 않았다. 그럴 수가 없었다. 보따리 안에 무엇이 들어있건 그것은 초로의 남자가 저지른 죄와 관련이 있음이 틀림없다. 그렇다면 그것이 무엇인지 아는 순간 그녀도 죄와 연관을 맺게 되는 것이다. 그렇다고 마냥 벽장 속에 둘 수는 없었다. 후일은 생각지 말고 사실대로 전후 사정을 말한 후 대감에게 보따리를 바치든가, 아니면 몰래 어디 내다 버리든가, 어떤 결정이든 내리려면 보다 정확하게 내막을 아는 것이 나아 보였다. 무엇보다 보따리에 무엇이 들었는지 궁금했다.

자리에서 일어나 벽장에서 보따리를 꺼내어 바닥에 내려놓고 마주 앉았다. 심장이 거칠고 빠르게 뛰어 토할 것만 같았다. 그래도 마음을 다잡고 보따리의 매듭을 풀었다. 보자기 안에는 작은 글자가 빼곡하게 적힌 화선지 뭉치가 여러 개 뒤엉켜 있었다. 종이에 쓰인 글자들은 다행히 언문이라 읽을 수 있었다. 편지였다.

Tolerate voci demoris mei,
rex meus et Deus meus.

순종

베드로가 글라라에게 전하는 첫 번째 편지입니다.

이 편지가 당신에게 전해지기 전에 관아 포졸들의 손에 들어갈 것을 염려하여 세세한 일신상의 안부를 묻지 못함을 이해하길 바랍니다. 앞으로 나는 여러 통의 긴 편지를 당신에게 쓰려고 합니다. 첫 번째 편지의 서두도 마무리 못 한 지금 상황으로서는 그저 계획일 뿐이지만 반드시 의도대로 모든 편지를 마무리하고 그 편지가 당신에게 무사히 전달될 수 있기를 하느님께 간절히 기원합니다.

일 년에 기껏 한두 차례, 그것도 여럿이 함께하는 자리에서 대면하고 서로의 안부조차 제대로 주고받지 못한 사이에 갑작스레 여러 통의 편지를 보내겠다고 하니 당신으로서는 무척 당황하고 의아할 것입니다. 그래서 내가 당신에게 편지를 보내는 이유를 먼저 이야기하겠습니다.

첫 편지를 쓰는 오늘은 1865년 11월로 들어선 첫날입니다. 아직 한낮에는 늦가을 햇볕이 따스한데 내 가슴은 찬바람이 휩쓸어 온몸이 부들부들 떨릴 지경입니다. 입교 이후 30여 년 동안 나는 수많은 일을 경험했습니다. 그런 경험 덕분에 지금 내 가슴에 휘몰아치는 찬바람이 무엇을 의미하는지 알 수 있습니다.

나의 일상은 아주 특별한 경우를 제외하고는 나의 은신처 근방을 벗어나지 않습니다. 내가 지금 머무는 곳이 어디인지 밝힐 수 없음을 이해하리라 생각합니다. 비록 내가 운신하는 지역은 한정되어 있지만 나에게 맡겨진 책임과 역할 때문에 전국에 흩어진 밀사들을 통해 세상 돌아가는 일들과 교우들의 소식을 알 수 있습니다. 그런데 최근 한두 달 사이 밀사들을 통해 전해 들은 몇 가지 국제 정세와 궁궐 안에 떠도는 소문들로 보아 얼마 지나지 않아 한동안 잠잠했던 학살이 또다시 자행될 것이며, 이번 학살은 어느 때보다 더 잔혹하고 지독하리라는 예감이 듭니다. 어쩌면 당신도 이러한 예감을 느끼셨으리라 짐작됩니다. 불행히도 우리의 예감은 틀림없이 현실이 될 것입니다.

대학살의 예감 속에 내 가슴에 차가운 바람이 휘몰아치고 서늘한 냉기로 온몸을 떠는 것은 조만간 맞이하게 될지 모를 죽음의 두려움 때문이 아닙니다. 내 나이 올해 쉰을 넘긴 지 한 해가 되었습니다. 거의 해마다 반복되는 기근과 질병, 게다가 탐관오리들의 온갖 행패까지 견뎌야 하는 조선의 백성으로 살아가면서 반백 년이 넘도록 수명을 이어가고 있다는 건 대단한 행운일 것입니다. 더구나 조선 땅에 사는 천주교의 신자가 이 나이가 되도록 아직 숨이 붙어 있다는 건 부끄럽게 여길 일입니다. 사실 거기에는 내 나름의 변명이 있습니다.

당신도 알다시피 지금으로부터 19년 전 병오년丙午年 때 수선탁덕首先鐸德께서는 참수형을 받으셨습니다. 탁덕의 참수형 언도 소식을 듣고 나는 내 발로 관아를 찾아가 스스로 천주교인임을 밝히고 탁덕과 함께 순교할 결심을 하였습니다. 평신자로서 나의 뜻을 탁덕께 알리는 것이 도리라 생각하고 옥중에 있는 탁덕과 비밀리에 소통이 가능한 밀사를 통해 나의 뜻을 전했습니다. 그 후 밀사를 통해 듣게 된 탁덕의 답은 이러했습니다.

"지금의 시대에서는 하느님을 증거하며 죽음을 선택하는 것보다 더 큰 순교가 필요합니다. 그것은 살아남는 것입니다. 모두가 죽음에 이르는 순교의 길을 선택한다면 이 땅에는 하느님에 대한 신앙마저 죽음에 이를 것입니다. 베드로 형제는 어떻게든 살아남아 신앙의 씨앗을 지켜내야 합니다."

탁덕은 밀사를 통해 내가 살아서 해야 할 숙제를 하나 내주셨습니다. 조선에 교회가 세워지고 오늘에 이르기까지 온갖 역경 속에서도 하느님에 대한 신의를 지키고 사랑을 간직한 채 마지막 죽음으로 하느님 계심을 증거했던 이 땅의 수많은 순교자의 기록을 남기고 그것들을 조선의 교우에게 널리 전하는 것이었습니다.

나는 깊은 고민에 빠졌습니다. 처음엔 탁덕이 나를 가엾게 여기고 나의 목숨을 지켜주기 위해 그러한 숙제를 내주었다고 생각했습니다. 아무리 명분과 결의가 분명하더라도 어느 아비가 자식을 고통과 치욕의 사지死地로 흔쾌히 보낼 수 있겠습니까? 깊은 고민 끝에 탁덕의 뜻을 따르지 않으리라 결심했습니다. 나는 탁덕을 모시는 동안 언제나 그의 결정에 순종하였습니다. 탁덕의 뜻을 거역한 것은 그때가 처음이었습니다.

나는 이미 탁덕과 여러 차례 생사의 고비를 넘겼습니다. 그럴 때마다 나의 생사는 반드시 탁덕과 함께 하리라 다짐했고 그렇게 실천해 왔습니다. 다행히 하느님의 은총으로 번번이 위기를 넘길 수 있었습니다. 허나 그때 탁덕께서 체포되어 옥에 갇히고 참수형을 언도받은 상황은 돌이킬 수 없으며, 거기에는 우리가 알지 못하는 하느님의 오묘한 섭리가 있으리라 믿고 있습니다. 비록 탁덕에 대한 하느님의 깊은 뜻은 알 수 없더라도 나의 생사를 탁덕과 함께 하리라는 다짐은 변함이 없었습니다. 그것은 단 한 번도 의심해 본 적이 없는 당연한 내 인생의 결말입니다.

나는 그동안 갖은 형벌과 고문 속에서도 꿋꿋이 신앙을 지키다가 당당히 형장으로 향하는 교우들을 수없이 지켜보았습니다. 밀사로부터 탁덕의 뜻을 들은 후 탁덕과 수많은 교우의 처형 이후 살아남아 있을 나 자신의 모습을 떠올려 보았습니다. 그러자 그들의 영광스러운 죽음에 비해 살아남은 나의 삶이 구차하고 부끄러웠습니다. 그러한 내 마음을 한 번 더 세밀히 들여다보았습니다. 그랬더니 마음 깊은 곳에 이 땅에서의 고통을 그만 마무리하고 하루라도 빨리 하느님께서 약속하신 영원한 평화의 나라로 가고 싶다는 소망이 있었습니다.

관아에서는 이미 나에 대한 수배령을 내렸기에 머지않아 포졸들에게 체포될 운명이었습니다. 숨어 지내다가 결국 포졸들에게 체포되느니 내 발로 직접 죽음의 형장을 찾아가는 것이 더 큰 영광으로 여겨졌습니다. 나의 이성과 나의 각오와 나의 소망 모두가 내가 탁덕과 함께 죽음을 맞이하는 것이 옳다고 알려주었습니다. 그래서 홀가분한 마음으로 아침 일찍 관아를 향해 걸어갔습니다.

두려움은 없었습니다. 천주교 신자가 된다는 것은 죽음을 각오해야 함을 우리는 모두 알고 있습니다. 나 역시 어린 시절 입교 이후 줄곧 죽음을 각오하며 살아왔습니다. 오랜 시간 나는 매일 아침과 잠들기 전 만일 체포되었을 때 받게 될 수많은 형벌과 고문을 떠올렸습니다. 언젠가 마주할 순간에 미리 익숙해지기 위해서였습니다. 형벌과 고문의 고통을 보다 구체적으로 느끼기 위해 고문 도구들을 세밀히 살펴보기도 하였고, 여러 차례 처형장을 찾아가 구경꾼들 틈에 끼어 교우들이 순교하는 모습을 지켜보기도 했습니다.

실제의 고문과 처형은 상상보다 더 끔찍하고 참혹했습니다. 그러나 고통과 두려움을 이길 수 있게 해달라는 나의 기도와 이미 나의 미래가 되어버린 고문과 처형에 관한 상상이 오랜 시간 반복되면서 두려움은 점점 더 순교의 화관을 받을 기쁨과 감사로 변해갔습니다. 이것은 사실입니다. 그러기에 관아에 가기 위해 집을 나선 그날도 두려움은 없었습니다. 그런데 이상하게도 나의 발걸음은 점점 더 무거워졌습니다. 그러다가 결국 멈추고 말았습니다. 내가 죽음을 선택한 것은 하느님을 위함이 아니라 나를 위함이라는 사실을 깨달았기 때문입니다. 죽음으로 하느님을 증명하는 교우들을 향한 부끄러움 때문이었으며, 고통의 땅에서 벗어나고자 하는 도피였으며, 하느님께서 약속하신 영원한 생명을 성급히 얻고자 하는 욕심이었습니다.

그 무렵 탁덕과 함께 체포되어 죽음을 맞이할 교우들에게 맡겨진 마지막 소임은 세상과 사람들 앞에서 죽음으로 하느님을 증명하는 것입니다. 하지만 나에게는 하느님께서 탁덕을 통해서 특별히 맡긴 소임이 아직 남아있었습니다. 그럼에도 이를 외면하고 나에게 맡겨진 마지막 소임이 죽음이라 스스로 선택하고 결정한 것입니다. 하느님은 삶을 통한 순교를 원하시는데 내 멋대로 죽음으로 순교를 하고자 했습니다.

사람에게 가장 소중한 것은 목숨입니다. 그런 목숨을 바치면서까지 하느님을 증거하려는 순교의 근본정신은 하느님에 대한 순종입니다. 그때 나에게는 죽음만 있었고 순종은 없었습니다. 그것은 참다운 순교라고 말할 수 없습니다. 이러한 사실을 깨닫고 곧장 발길을 돌려 깊은 산속으로 숨어 들어갔습니다. 그곳에 움막을 짓고 간간이 교우들이 전해 주는 약간의 식량과 초근목피로 삶을 이어가며 탁덕이 내게 준 소명을 실행에 옮겼습니다.

그 사이 나의 수배령은 계속 이어져 몇 차례 체포될 위기를 겪기도 했습니다. 그때마다 산을 옮겨 다니며 조선에 교회가 설립되고 80여 년의 시간 동안 신앙을 지키다가 죽음을 맞이한 순교자들의 이야기와 천주교 교리를 기록하고 인쇄하여 세상에 전파하였습니다.

지금껏 살아남음으로 탁덕이 나에게 맡긴 소명을 마쳤으니 이제 죽음으로 하느님께 순종하는 일만이 남게 되었습니다. 긴 세월 동안 몸은 비록 늙고 병들었으나 마음만은 평온하였습니다. 지나온 일들도 또 앞으로 닥칠 일들도 모두 하느님의 뜻이었으며, 그 뜻에 순종하였고 앞으로도 그럴 것이 확실하였기 때문입니다. 그런데 최근 들어 흉흉한 소문들이 돌던 중 내가 아직 나의 소명을 끝내지 못했음을 뒤늦게 깨달았습니다. 수많은 순교자의 행적을 기록하였으나 정작 탁덕의 삶과 죽음에 관한 글을 남기지 못한 것입니다. 어찌 이리도 어리석을 수 있단 말입니까!

나는 하느님의 오묘한 이치로 탁덕이 16살 소년이던 시절 첫 인연을 맺었습니다. 그리고 10년이 지난 후 부제가 된 탁덕과 다시 만날 수 있었습니다. 부제란 사제가 되기 이전 과정입니다. 그때부터 나는 탁덕이 체포될 때까지 대부분 시간을 함께 지냈습니다. 그러니 탁덕을 나만큼 소상히 아는 사람도 드물 것입니다. 현석문 회장님 또한 탁덕과 오랜 시간 함께 지내며 탁덕의 많은 것들을 알고 있지만, 그분은 탁덕과 함께 체포되어 순교하셨으니 탁덕의 삶과 행적을 기록할 수 있는 사람은 오직 나밖에 없는 셈입니다. 마음이 조급해졌습니다. 앞서 말했듯이 이제 곧 그 어느 때보다 잔혹하고 무자비한 대학살이 몰아칠 것입니다. 이번 학살에는 내가 살아남을 거 같지 않습니다. 하지만 탁덕이 순교하였던 20년 전 학살 때와는 달리 이번엔 나 스스로 살아남기를 원합니다. 탁덕의 기록을 마칠 때까지 어떻게든 살아남고 싶습니다.

그동안 내가 기록한 글들은 많은 교우가 함께 읽을 수 있는 책자로 만들었습니다. 하지만 앞으로 쓰게 될 글은 그럴 여건이 되지 못할 뿐 아니라 무엇보다 시간이 없습니다. 그래서 탁덕이 내게 전해 준 이야기와 그와 함께했던 사색들을 떠오르는 대로 편지에 옮기고자 합니다. 상황이 긴박해지면 지금 있는 곳을 떠나 다시 산속에서 숨어 지내야 할지도 모릅니다. 앞으로 쓰게 될 편지가 얼마나 될지 알 수 없고, 편지들을 마무리할 때마다 당신에게 전할 수도 없습니다. 다만 하느님의 돌보심으로 부디 내가 탁덕의 기록을 끝까지 마무리할 수 있고, 또 당신이 언젠가 이 편지들을 받아 대학살의 광풍이 가라앉은 후 책으로 남겨 살아남은 교우들에게 전할 수 있기만을 간절히 기원합니다.

굳이 당신에게 나의 편지를 전하고자 하는지 그 이유를 짐작하시리라 생각합니다. 학살의 광풍 속에서 이 편지가 더 안전하게 보관될 수 있고, 기회가 된다면 당신과 가까이 계신 그분에게도 이 편지가 전해져 어둠에 갇힌 조선에 하루라도 빨리 하느님의 자유와 평화의 빛이 내려오기를 바라는 소망 때문입니다.

탁덕과 함께 지낸 지도 벌써 20여 년이 지났습니다. 탁덕과 함께 이야기를 나누며 그에게 들은 이야기들은 혼자서 수십, 수백 번 떠올렸습니다. 그러한 과정에서 나도 모르게 그의 생각에 내 생각이 보태졌을 것으로 짐작됩니다. 그러니 어디까지가 탁덕이 직접 한 말이며, 어디가 내가 보탠 생각인지 구분하기 어렵게 되었습니다. 하지만 탁덕과 함께 나누었던 이야기들의 핵심적인 주제와 의도는 크게 다르지 않을 것입니다.

지금까지 순교자의 삶과 신앙을 기록하는 과정에서 당시의 상황을 구체적으로 설명하기 위하여 여러 방면에 흩어져 있는 밀사들을 통해 각종 기록 자료들을 수집하였습니다. 자료에는 비변사와 의금부의 문서와 궁중 사가史家들의 기록도 있었습니다. 그래서 이번에 쓰게 될 편지에도 그런 자료들의 내용도 첨가될 것입니다. 마지막으로 탁덕을 비롯하여 편지에 등장하는 인물들의 호칭과 경어는 생략하겠으니 오해 없으시길 바랍니다. 다만 탁덕과의 추억에 나의 기억이 최대한 온전히 남아있기를 하느님께 간청 드립니다.

수선탁덕 首先鐸德

편지는 시작부터 난정을 충격에 빠뜨렸다. 문장과 단어마다 등줄기에 소름이 돋고 심장이 뛰었다. 베드로라는 해괴한 이름으로 편지를 쓴 남자는 스스로 나이가 쉰이 넘었다고 말했다. 보따리를 건넨 바로 그 초로의 남자임이 틀림없었다.

난정은 어린 나이에 진주 기방에 들어온 후 무엇이건 악착같이 배웠다. 기방을 자주 들락거리던 악공樂工이 있었다. 천한 신분이었으나 소학小學 정도의 글은 읽고 쓰며 문리에 어긋나지 않게 해석할 정도의 학문을 가졌는데, 더러 기녀들 앞에서 문장을 짓고 시를 써 선비들의 풍류를 흉내 내며 잘난 체했었다. 난정은 그 악공을 졸라 기방을 찾아올 때마다 한자漢字를 익혀 천자문을 읽고 쓸 정도는 되었다.

스스로 베드로라고 밝힌 편지의 발신인은 수신인 글라라에게 보내는 편지에 수선탁덕이라 불리는 이의 삶과 행적을 기록하고자 했다.

언문의 편지이지만 더러 한자가 섞여 있었다. 수선탁덕首先鐸德은 한자로 적혀있었다. 난정이 알고 있는 한자만으로도 '수선首先'의 뜻풀이가 '제일 먼저 앞선 자'라는 정도는 알 수 있었다. 하지만 '탁덕鐸德'은 무엇을 뜻하는 것인지 알 수 없었다. 하지만 뒤이어 나오는 편지의 내용으로 그 뜻을 추측할 수 있었다.

편지에서는 사제와 부제라는 말도 나왔다. 베드로의 설명대로 부제는 사제가 되기 이전 과정이라면, 사제란 바로 천주학 교도들의 수괴인 신부를 지칭하는 말일 것이다. 또 베드로가 탁덕이라 일컫는 자를 부제이던 시절에 만났다고 하였으니, 그 후 부제는 사제가 되었을 것이다. 천주교도 중 꽤 높은 지위인 듯한 베드로가 편지에서 탁덕이라 호칭하는 자에게 지극히 공손한 태도를 보이는 것을 보면 탁덕은 틀림없이 신부를 일컫는 또 다른 호칭이 확실하였다. 이렇게 결론을 내린 난정은 '수선首先'과 '탁덕鐸德'이 합쳐진 '수선탁덕首先鐸德'이란 조선의 첫 번째 신부를 말하는 것이리라 추측할 수 있었다.

난정은 첫 번째 편지에서 알게 된 몇 가지 사실을 정리해 보았다. 먼저 육의전 근처 골목에서 난정에게 보따리를 건넨 후 포졸에게 잡혀간 초로의 남자는 베드로라 불리는 천주교도이며, 그는 조선의 첫 번째 신부의 행적을 기록한 편지를 써서 또 다른 천주교도인 글라라에게 전한 후 교인들에게 널리 퍼뜨리려 한 것이다. 하지만 그의 의도와 계획은 실패하고 편지들은 지금 글라라가 아닌 그녀 앞에 놓여 있게 되었다.

언젠가 대감은 이런 말을 했었다. 천주학 무리는 서양 오랑캐와 내통하여 나라를 위험에 빠뜨리고, 임금을 업신여기며 부모와 조상마저 버리는 벌레만도 못한 자들이라고. 그래서 나라에서는 천주학을 신봉하는 자들에게 군문효수형으로 엄히 다스리며 그들과 내통하는 자들에게도 중형의 벌을 내린다고.

대감의 말대로라면 조선 최초 사학 괴수의 행적에 관해 쓴 편지 뭉치를 몰래 간직하고 있다는 사실만으로도 그녀 또한 중형의 벌에서 벗어나지 못할 것이다. 난정은 자신도 모르는 사이 어마어마한 범죄 행위를 저지른 것이다. 보따리의 정체를 알게 된 이상 대감에게 사실대로 말하는 것은 무모한 짓이다. 이건 난정에게만 국한된 일이 아니었다. 의금부 도사의 소실이 천주학 괴수가 쓴 편지 뭉치를 냉큼 받아 집안으로 들여왔다는 사실만으로도 대감의 처지가 곤란해질 것이다. 결코 있어서는 안 될 일이다.

난정은 범죄의 현장을 치우듯 다급히 편지 뭉치를 보자기에 묶어 다시 벽장 깊숙이 쑤셔 넣었다. 그리고 이 위험천만한 물건을 어떻게 처리할지 생각했다. 사실 편지 뭉치를 없앨 방법은 간단하다. 3월이 되었지만 아직은 새벽녘에는 우물가에 살얼음이 얼 정도로 날씨가 쌀쌀하였다. 그래서 하인들이 별당 난정의 방을 덥히기 위해 아침저녁으로 아궁이에 군불을 지폈다. 그러니 편지 뭉치를 아궁이에 넣어 태워버리면 그만이었다. 하지만 아직은 하인들이 깨어있으니 행여 난정이 아궁이에 무언가를 태우는 모습을 들키면 곤란하였다. 어쩔 수 없이 위험천만한 편지 뭉치를 벽장에 둔 채 하인들이 모두 잠들 때까지 기다려야 했다.

해결 방법을 찾고 나니 그녀의 마음은 한결 편안해졌다. 그러자 편지의 내용이 머리에서 맴돌았다. 수선탁덕… 그는 20년 전 병오년에 처형을 당했다고 했다. 우연히도 같은 해 가을 수선탁덕은 죽고 그녀는 태어났다. 난정은 지금까지 천주교의 신부라면 모두 키가 크고 눈이 파란 서양인이라고 생각했다. 가만 생각해보니 조선인 신부가 있다는 이야기를 들은 적이 있었던 것도 같았다. 자기와는 상관없는 일이라 관심을 두지 않았다. 하지만 지금은 상황이 달랐다. 최소한 조선의 첫 번째 신부 수선탁덕만큼은 그랬다.

편지를 쓴 남자는 한때 수선탁덕을 따라서 죽을 생각을 했었다고 했다. 도무지 이해되지 않았다. 오히려 천주학 무리의 결의와 의리에 섬뜩한 느낌마저 들었다. 편지 뭉치를 전했던 초로의 남자의 간절했던 표정이 떠올랐다. 도대체 수선탁덕이라는 자가 누구이기에 목숨을 걸고 그의 행적을 기록한 편지를 쓰고 그토록 간절하게 세상에 남기려 했을까?

첫 편지에는 편지를 쓰게 된 이유를 소상히 적었지만 수선탁덕이 누구인지 이름조차 언급하지 않았다. 난정은 뒤늦게 편지의 수신자로 적힌 글라라가 누구일지 궁금해졌다. 베드로는 글라라에게 이 편지를 전하는 것이 가장 안전하게 편지를 보관하는 길이라고 생각했다. 베드로처럼 천주교도들 사이에 통용되는 서양 이름임은 틀림없었지만, 왠지 글라라는 여자일 것 같은 느낌이 들었다. 한문이 섞여 있는 편지를 읽을 수 있는 여인이라면 여염집 여인은 아닐 것이다. 베드로는 편지에서 '그분'이 편지를 읽을 수 있기를 원했다. 난정은 글라라의 정체보다 '그분'이 누구일지 더 궁금했다.

　대감은 아직 돌아오지 않았다. 대감은 술을 좋아했다. 이 시간까지 귀가하지 않을 때는 대부분 어디선가 술을 마시고 있으며, 대감이 낀 술자리는 쉽게 끝나지 않는다는 걸 알았다. 난정은 편지 뭉치를 쑤셔 넣은 벽장을 쳐다보았다. 그리고 자리에서 일어나 벽장의 문을 열었다.

Intendo você clamoris mei,
rex meus et Deus meus.

별

베드로가 글라라에게 전하는 두 번째 편지입니다.

탁덕과의 첫 만남은 지금으로부터 29년 전, 1836년이었습니다. 그 무렵 나는 파리외방전교회 출신으로 처음으로 조선에 선교사로 온 모방 신부를 모시는 복사服事의 역할을 맡았습니다. 그때 나는 스물둘 청년이었고, 탁덕은 열여섯 소년이었습니다.

그 후 탁덕을 다시 만난 건 9년 후인 1845년 설 무렵이었습니다. 첫 만남에서는 탁덕은 사제가 되기 위해 중국 마카오로 유학길을 떠나는 소년이었지만, 다시 조국으로 돌아와 만났을 때는 스물다섯 살의 청년 부제가 되어 교우들이 마련해준 한양 소공동 어느 은신처에 머물고 있었습니다.

탁덕의 귀국은 매우 긴 시간 동안 은밀하게 진행되었습니다. 조정과 관아에서는 사제가 되기 위해 중국으로 떠난 세 명의 조선 소년을 이미 알았습니다. 그들 가운데 한 명이 부제가 되어 조선 땅에 다시 돌아온 사실이 드러나면, 그를 잡아들이기 위해 또 한 번 천주교인의 탄압이 자행되리라는 것은 불을 보듯 뻔했습니다. 이처럼 탁덕의 귀국은 조선 천주교 운명이 걸린 극비사항이었고, 탁덕 스스로도 자신의 귀국 소식을 어머니에게조차 알리지 못하게 했습니다. 다행히 나는 그의 귀국 소식을 알 수 있었습니다. 탁덕은 한양에 도착한 직후 그를 보필하던 신자 한 명을 내게 보낸 것입니다.

내가 소공동 은신처로 찾아갔을 때 그는 심하게 앓고 있었습니다. 아마도 수년간 조선에 입국하기 위해 겪어야 했던 온갖 고초로 인해 몸이 많이 상했었는데, 입국에 성공하자 긴장감이 풀리면서 그동안 참고 버티던 피로와 병들이 한 번에 쏟아져 나온 것 같습니다.

탁덕은 물조차 삼키지 못할 지경으로 사경을 헤맸습니다. 나는 탁덕의 은신처에 도착한 이후에도 탁덕과 말 한마디 나누지 못하고 교우들과 함께 그의 쾌유를 하느님께 간청했습니다. 조국을 떠난 지 9년 만에 부제가 되어 돌아온 탁덕의 회복을 바라는 마음은 교우들도 마찬가지였겠지만, 특별히 나의 기도는 지난날 내가 겪은 비극이 되풀이될까 두려운 마음까지 더해져 더욱 절실했습니다. 그 비극으로 인해 탁덕은 나를 남달리 특별히 생각하게 되었고, 따로 사람까지 보내어 나를 부른 것입니다.

그렇게 한 달 정도 지나면서 다행히 탁덕은 고비를 넘기고 의식을 차릴 수 있었습니다. 방에 누워 나를 알아본 탁덕은 대번에 그렁 눈물이 맺혔습니다. 그리고 힘겹게 첫 마디를 꺼냈습니다.

"최방제 형님은……"

"알고 있습니다. 말씀 안 하셔도 됩니다."

나는 탁덕에게 애써 미소를 지어 보였지만 나도 모르게 눈물이 맺혔습니다. 우리 두 사람은 그렇게 한동안 마주보기만 했습니다. 그것만으로도 서로의 마음을 확인하기에 충분했습니다.

나와 탁덕과의 눈물의 재회再回를 이해하려면 우리 두 사람이 첫 인연을 맺게 된 사연을 알아야 할 것입니다. 사실 9년 전 사제 수업을 받기 위해 중국으로 떠났던 조선인 신학생 세 명의 소년 가운데 한 명이 나의 친동생이었습니다. 동생의 이름은 최방제였습니다.

방제는 탁덕보다 한 살 많은 17살이었습니다. 탁덕과 방제 그리고 나머지 한 명의 조선인 유학생의 이름은 최양업으로 우리 집안과 사촌지간이었습니다. 최양업은 탁덕과 동갑내기였습니다. 그 뒤 9년여 시간이 흐르면서 탁덕은 부제가 되어 조선으로 돌아왔고, 최양업도 부제가 되어 중국에 머물며 귀국 준비를 했으나 내 동생 최방제는 오래전 하느님 곁으로 갔습니다. 탁덕은 내가 동생의 사망 사실을 아직 모르리라 생각하여 귀국하자마자 나를 제일 먼저 만나고자 했던 것입니다. 나와 탁덕이 마주 보며 흘렸던 눈물은 9년 만의 만남에 대한 기쁨의 눈물이 아니라 슬픔의 눈물이었습니다.

탁덕이 사경의 고비를 넘기고 의식을 되찾기는 했으나 일상적인 활동이 가능할 만큼 기력을 회복하기까지는 좀 더 시간이 필요했습니다. 그사이 나는 거의 매일 탁덕을 찾아갔습니다. 탁덕의 건강 상태가 궁금하기도 했거니와 중국에서 있었던 일들, 특히 동생의 이야기를 듣고 싶어서였습니다. 비록 몸은 병이 들었지만 탁덕의 인생 가운데 그때가 가장 한가로운 일상을 보내던 시기였습니다. 덕분에 탁덕과 나는 많은 이야기를 나눌 수 있었습니다. 대부분의 이야기는 탁덕이 하고 나는 주로 듣기만 했습니다. 중국 유학 시절 겪었던 일들뿐 아니라 파리외방전교회 선교사들을 통해 배운 다양한 서양 학문과 탁덕 스스로 깨달은 많은 신학적 사색 등 탁덕이 들려준 이야기들은 매우 다양했습니다.

아직 완전히 회복되지 않은 건강이 걱정될 만큼 탁덕은 나와의 대화에 열정적이었습니다. 그토록 열정적으로 내게 이야기를 들려주었던 데에는 나름의 이유가 있었을 것입니다. 탁덕은 이전에도 여러 차례 죽을 고비를 넘긴 경험이 있습니다. 하나하나 사연을 듣다 보면 조국으로 다시 돌아올 때까지 죽지 않고 살아있는 것이 신기할 지경입니다. 그는 사제품을 받기 위해 다시 중국으로 돌아가야 했습니다. 사제가 되어 다시 조국으로 돌아와 교우들과 만날 수 있다면 좋겠지만, 만일 그사이 또 무슨 일이 닥쳐 예기치 않게 죽음을 맞이한다면, 오랜 유학 생활하면서 배우고 느낀 바를 조선의 교우들에게 전할 수 없을 것이니 이처럼 허망한 일이 어디 있겠습니까.

사람의 삶과 죽음은 누구 하나 빠짐없이 하느님께서 계획한 바 그대로 될 것입니다. 그러나 인간은 죽음의 때가 언제인지 알 수 없으니 각자 지금 처한 자리와 상황에서 최선을 다하여 하느님의 지혜를 좇고 실천하는 것이 바른 도리입니다. 탁덕의 생각도 그랬습니다. 그래서 9년에 걸친 유학 생활에서 배우고 깨우친 신앙의 지혜를 교우들에게 전할 기회가 주어지지 않을 경우를 대비해 나에게나마 남기려 했던 것입니다.

당신도 알고 있듯이 탁덕의 우려대로 실제로 그는 그 이듬해 갑작스럽게 죽음을 맞이했습니다. 처형을 당하기 전 순교자들의 삶과 신앙의 기록을 남기라는 유언도 남겼건만 나는 정작 탁덕의 이야기만은 남기지 못했음을 이제야 깨닫게 되었으니, 대학살의 위태로운 시간을 눈앞에 마주한 지금 나의 심정이 얼마나 안타깝고 초조할지 이해할 수 있을지요.

나의 어리석음에 대한 변명이 장황하였음을 용서해 주십시오. 이제부터 탁덕의 이야기에 집중하도록 하겠습니다. 탁덕의 집안은 일찍이 조선에 천주교회가 설립될 무렵부터 신앙을 받아들였습니다. 그래서 탁덕의 삶과 신앙을 이해하기 위해서는 우리 조선 천주교회가 어떻게 시작되었는지의 이해가 필요합니다. 나와 당신 그리고 조선의 모든 교우와 마찬가지로 탁덕의 신앙의 뿌리도 거기에서 비롯되기 때문입니다.

조선의 천주교는 세계에서 유래를 찾아볼 수 없는 매우 특이한 점이 있습니다. 모두가 아는 대로 조선의 천주교는 외세의 침략으로 시작되지도 않았고, 외국의 선교사가 파견되어 시작되지도 않았습니다. 조선의 천주교는 전 세계에서 유일하게 조선 사람들의 자발적인 연구와 노력으로 탄생하게 되었습니다. 이렇게 놀라운 일이 왜 조선이라는 나라에서만 일어났을까요?

　우리 민족은 예로부터 하늘을 숭상하고 두려워하며 해마다 하늘을 향해 제祭를 올렸습니다. 또 흰옷을 즐겨 입어 백의민족白衣民族이라 불렸는데 동서양을 막론하고 흰색은 하늘을 상징하는 색이었습니다. 우리 민족은 병이 들거나 어려운 일을 겪으면 하늘을 우러러보며 '이 괴로움에서 벗어나게 해 주소서' 하며 빌고, 번개와 우레를 만나면 자기가 저지른 죄악을 생각하고 마음이 놀라며 부끄러워하고, 누군가 잘못을 저지르면 '하늘이 무섭지 않으냐?'라며 나무라기도 했습니다. 이것은 누가 가르치고 배우지 않아도 우리 마음이 하늘 위의 하늘, 하느님 계심을 이미 알고 있기 때문입니다. 그것은 하느님이 우리 민족에게 드러내신 은총이었습니다. 하지만 자발적으로 천주교를 받아들인 이유가 이와 같은 하느님의 은총 때문만은 아니었습니다. 오히려 그 반대로 가혹한 고통으로 인해 더욱 하느님을 찾게 되었습니다.

　그 무렵 조선 사회는 세계 어느 나라보다 피폐하고 불행했습니다. 임진왜란과 병자호란이라는 두 번의 잔혹한 전쟁을 겪으며 온 국토가 초토화되고 온 백성들의 삶이 황폐해진 이후에도 국가적인 비극은 계속 이어졌습니다. 수백만 명이 굶어 죽은 경신대기근과 을병대기근 이외에도 주기적으로 기근이 발생하여 굶어 죽거나 거지 신세가 되어 떠돌이 유랑 생활을 하는 백성들이 끊이지 않았습니다. 기근만이 아니었습니다. 한꺼번에 수십만 명이 떼죽음을 당하는 전염병도 여러 차례 겪어야 했습니다. 그러나 나라에서는 백성들의 고통을 덜어줄 현실적인 대책을 마련하기보다는 오직 주자학만을 정학正學으로 인정하고 장례와 제사 등의 의례만을 따지는 예학禮學을 강화했습니다. 그 결과 나라의 경제 상황은 더욱 피폐해졌고 나라의 재정을 확보하기 위하여 매관매직賣官賣職이 일상화되었습니다.

매관매직이란 말 그대로 나라의 행정을 책임지는 관료의 직책을 돈으로 사고판다는 뜻입니다. 만일 누군가 큰돈을 주고 어느 고을의 수령직을 샀다면, 수령직을 맡는 동안 그가 들인 돈을 어떻게든 회수하려고 할 것입니다. 그러기 위해서는 고을 백성들의 고혈을 쥐어짜는 수밖에 없습니다. 이런 과정에서 나라 재정財政의 근간이었던 삼정三政이 극도로 문란해지면서 백성들의 고충은 더욱 커져만 갔습니다. 그 고충이 얼마나 컸던지 평민이던 백성이 관료들의 횡포를 견디다 못해 목숨이라도 연명하고자 스스로 노비가 되어 팔려 가는 자매노비自賣奴婢가 되기도 하였는데, 젊은 장정 노비의 가격이 돼지 한 마리 값도 되지 못했습니다. 그래도 목숨을 연명하기 위해 자매노비가 되는 백성의 숫자는 해마다 늘어나 백성의 절반 가까이가 노비 신분이 되었습니다. 그리하여 부유한 양반은 더욱 손쉽게 재산을 늘려 갈 수 있었고, 반대로 백성들의 삶은 갈수록 궁핍해지는 악순환이 반복되었습니다. 그 무렵 진보적인 의식을 가졌던 학자 정약용은 당시의 나라꼴을 두고 '털끝 하나라도 병들지 않은 것이 없는 사회'라고 말하기도 했습니다.

자식이 부모를 선택할 수 없듯이, 백성은 자신이 속할 나라를 선택할 수 없습니다. 자식이 아무리 효성이 지극해도 부모의 인품이 금수 禽獸만 못하다면, 그 자식은 타고 난 효심으로 인해 불행한 삶을 살아갈 것입니다. 마찬가지로 백성들의 마음이 아무리 착하고 순박하다 할지라도 조선이라는 병든 나라에 태어나 그 나라의 백성으로 한평생 살아야 한다는 것은 불행한 일일 것입니다.

  사람들이 애써 사는 목적은 행복하기 위해서라고 합니다. 그 말을 뒤집어보면 우리 인생의 본래 바탕은 그리 행복하지 못하다는 뜻이 되기도 합니다. 우리가 태어나 사는 이 땅은 인류의 시조 始祖가 한때 행복하게 살았던 하늘의 낙원이 아니며, 시조가 저지른 원죄로 인해 그의 후손들은 이 땅에서 애써 수고하며 살아갈 수밖에 없는 것입니다. 그러니 세상 사람들 가운데 어찌 조선의 백성들만 불행하다고 말할 수 있겠습니까? 하지만 그래도 나는 조선의 백성들이 유독 더 불행하다고 생각합니다.

  비록 낙원에서 쫓겨나 땅에서 수고하며 살게 된 처지이지만 하느님은 인간을 나약하게 창조하지 않았습니다. 만일 그랬다면 인간이 만물의 영장이 되어 이 세상을 지배할 수 없었을 것입니다. 오늘날 인간이 이 세상을 지배할 수 있었던 가장 큰 힘은 인간에게는 희망이 있었기 때문입니다. 내일의 희망으로 오늘의 불행을 이겨나가며 끊임없이 새로운 도전을 이어갈 수 있었습니다. 그러한 사례는 우리 민족뿐 아니라 세계 여러 민족의 역사에서 어렵지 않게 찾을 수 있습니다. 그래도 나는 처음 천주학이 소개되었던 무렵 조선의 백성들은 불행하다고 말할 것입니다. 그 이유는 그 무렵 백성들이 겪었던 수많은 불행 가운데 가장 큰 불행은 바로 내일에 대한 아무런 희망도 가질 수 없었기 때문입니다.

어떤 사람들은 희망이라는 것이 먹을 수 있는 것도 아니고, 따뜻한 보금자리가 되어주는 것도 아니며, 전염병을 낫게 하지도 않는데 무엇 때문에 희망이 없다는 사실이 가장 큰 불행이 되냐고 말할지도 모릅니다. 사실 그렇습니다. 희망은 우리의 삶에서 아무런 현실적인 도움이 되지 못합니다. 그렇기에 희망은 불행한 현실 속에서 이르지 못할 밤하늘의 별을 바라보는 것과도 같습니다.

편지를 쓰는 지금은 어두운 밤입니다. 편지를 시작하기 전 잠시 마당에 나갔습니다. 오후부터 시커멓게 구름이 끼었던 하늘이 밤까지 이어지면서 눈을 뜬 것과 감은 것의 차이를 느낄 수 없을 만큼 짙은 어둠이 온 세상을 뒤덮었습니다. 그런데 어둠 속에 빛이 하나 보였습니다. 잠시 검은 구름이 갈라진 틈새를 비집고 별 하나가 나와 반짝이고 있었습니다. 어둠 속에 홀로 빛을 내는 별을 바라보며 탁덕이 했던 말이 떠올랐습니다. 그날도 밤하늘에 별 하나가 빛나고 있었습니다.

"저기 저 별은 손을 뻗으면 잡힐 듯 반짝이고 있으나 사실은 우리가 이르지 못할 만큼 아주 멀리 있습니다. 하지만 별에 이르지 못하는 것이 슬픈 일이 아닙니다. 정작 슬프고 안타까운 일은 이르지 못할 별을 가지고 있지 않다는 것입니다."

밤하늘의 별을 보고 있노라면 누구나 마음이 별빛처럼 순해집니다. 반짝이는 별빛을 보며 고단한 현실을 잠시 잊고 이런저런 생각에 잠깁니다. 행복했던 추억이 떠오르기도 하고, 그립고 사랑하는 사람의 얼굴이 떠오르기도 합니다. 때로는 서러움에 겨워 눈물을 흘리며 별을 향해 슬픔을 털어놓기도 합니다. 그래서 밤하늘에 빛나는 별은 우리 마음의 고향처럼 느껴지기도 합니다. 그곳에는 눈물도 없고, 배고픔도 없고, 신분의 차이나 남녀의 차별이 없고, 언제나 기쁨과 행복만이 가득한 세상일 거 같습니다. 그러다 보면 문득 그 별에 가고 싶어집니다. 하지만 그 별은 너무나 아득히 먼 곳에 있기에 불가능한 일입니다. 그렇습니다. 우리는 결코 밤하늘에 반짝이는 별에 이를 수 없습니다. 그러한 사실 때문에 어떤 사람은 이를 수 없는 밤하늘의 별은 현실의 삶과 아무 상관이 없는 존재이므로 하늘의 별빛을 개울가의 반딧불이보다 무의미하게 대합니다.

별은 우리의 현실과는 상관도 없으면서도 이 세상에서 우리와 함께 있습니다. 찾아오는 사람이 없어도 숲속의 꽃은 언제나 아름다운 향기를 내듯, 우리가 바라보지 않는다고 밤하늘의 별이 사라지는 것은 아닙니다. 별은 마치 땅 위의 사람들이 고개를 들어 바라봐주기를 기다리는 것처럼 매일 밤 반짝이며 빛을 냅니다.

이를 수 없기에, 현실의 삶에 아무런 도움이 되지 않기에 사람들은 더는 밤하늘을 올려다보며 별을 찾지 않고 고개를 숙인 채 땅의 현실에만 몰두합니다. 하지만 그들 가운데 누군가는 계속 밤하늘의 별을 쳐다보며 또다시 그리운 추억과 사람들을 떠올리고 슬픔과 서러움을 하소연하며 눈물을 흘리기도 합니다. 그에게 별은 이 세상에 속한 것이 아니어서 이를 수 없는 아득한 거리는 문제가 되지 않습니다. 그에게 별은 마음에 속한 것이며, 마음이 이를 수 없는 곳은 없기 때문입니다. 밤하늘의 별이 우리의 현실과 아무 상관도 없으면서 언제나 우리와 함께 있었던 이유는 바로 우리의 마음 때문이었습니다.

그런데 어쩌다 가끔 별을 바라보며 마음을 전하던 그 사람에게 신비로운 일이 일어납니다. 밤하늘에 반짝이던 별과 똑같은 별이 그의 마음속에도 반짝이기 시작합니다. 그 사람의 마음속 별은 없던 것이 갑자기 생겨난 것이 아닙니다. 그가 이 세상에 태어났을 때부터, 아니 태어나기 이전부터 그의 마음 안에 있던 별입니다. 다만 구름 낀 밤하늘에는 별이 보이지 않는 것처럼 긴 세월 동안 그의 마음에도 잔뜩 구름이 끼어있었거나, 어느 날 언뜻 반짝이는 별을 보았어도 살아가는 일에 쫓겨 그런 별이 있다는 사실을 잊었던 것입니다.

마음속 별은 누구나 가지고 있습니다. 어느 날 문득 마음 안에서 반짝이는 별을 발견하는 사람도 있지만, 죽을 때까지 그 별을 보지 못하는 사람도 있습니다. 또 하나 놀라운 사실은 우리가 밤하늘의 별을 바라보며 느끼는 사랑, 그리움, 슬픔 같은 감정들과 별을 보며 꾸는 아름다운 꿈들은 모두 마음속 별이 우리에게 알려준 것입니다.

우리는 밤하늘의 별에 이를 수는 없습니다. 하지만 마음 안에서 반짝이는 별에는 이를 수 있습니다. 마음속 별에 이른다는 것은 그 별과 우리가 하나가 되는 것입니다. 그때 우리는 새로운 희망을 발견합니다. 마음속 별은 지극히 아름다우며 평화롭고 영원하므로 그 별과 하나가 된 우리도 그러하리라는 희망입니다.

사람들은 어떻게 그런 일이 있을 수 있냐고 비웃습니다. 왜 그럴

까요? 사람들은 자신의 존재가 오직 그들 각자의 몸이라고만 믿기 때문입니다. 이 세상에 존재하는 것이라면 무엇이든 그들의 몸으로 보고 듣고 만질 수 있다고 생각하기 때문입니다. 그러나 그것은 매우 잘못된 생각입니다. 우리 몸과 몸이 지각하는 세상의 만물들은 우리가 사는 이 땅과 과거, 현재, 미래라고 구분된 시간에 갇혀 있다가 우리 몸이 죽어 흙으로 돌아가면서 동시에 함께 사라지는 허망한 것들입니다.

쉽게 이해할 수 없는 이야기일 것입니다. 그것은 일상의 현실보다 훨씬 높고 깊은 신비의 영역에 속해 있기 때문입니다. 우리가 사는 이 세상은 우리의 몸으로 보고 듣지 못할 뿐이지 온갖 신비로운 일들로 가득합니다. 아침마다 거대한 태양이 떠오르고, 때가 되면 계절이 바뀌고, 밤이 되면 바닷가 모래알보다 많은 별이 밤하늘을 가득 채우는 이유도 불과 얼마 전까지도 이해할 수 없는 신비 가운데 하나였습니다. 하지만 지금은 당연한 이치로 받아들이고 있습니다.

깊은 우물 안에 갇힌 개구리에게 보이는 하늘의 크기는 동전만 하며, 돼지의 꼬리를 잡는 소경에게 돼지는 꼬불꼬불 말려있는 딱딱한 밧줄처럼 생겼습니다. 우리의 마음과 영혼도 마찬가지입니다. 우물 안 개구리가 하늘을 제대로 보려면 우물 밖으로 나와야 하고, 소경이 돼지를 제대로 알려면 눈을 떠야 합니다. 우리는 우리의 너무 작은 부분만 알고 있습니다. 우리가 자기 자신이라고 믿는 경계선은 너무나 좁고 작습니다. 그로 인해 협소하게 스스로의 존재를 이해하고 있습니다. 그래서 마음속 별을 믿으려 하지 않고, 그 별과 하나

될 수 있음은 더욱 믿으려 하지 않습니다.

　마음 안에 별을 갖지 못한 사람들은 확실히 불행합니다. 그들의 가장 큰 불행은 자신의 진정한 모습을 알지 못하고 이 세상을 살아간다는 사실입니다. 자신이 어떠한 존재인지 알 수 없으니 진정한 삶의 목적도 알 수 없습니다. 자신의 몸이 자기 존재의 전부이므로 삶의 목적 또한 오직 자신 몸의 안락함과 쾌락뿐입니다. 물론 그들에게도 희망은 있으며, 그 희망으로 삶을 살아갑니다. 하지만 몸이 자기 존재의 전부인 이들의 희망은 역시 그의 몸처럼 결국에는 한 줌의 흙이 될 허무한 것들입니다. 그날 밤 나와 함께 별을 바라보던 탁덕은 말했습니다.

"어둠 속에 빛이 있었으나 어둠은 그 빛을 알아보지 못했습니다. 무슨 이유로 어떤 이는 그 빛을 보고 희망을 품고 살아가며, 어떤 이는 그 빛을 보지 못하고 계속 어둠에 머물게 되는지 그 이유를 나는 알지 못합니다. 거기에도 우리가 알지 못하는 하느님의 오묘한 섭리가 있겠지요. 다만 내가 아는 것은 어둠으로 인해 빛은 더욱 드러나게 된다는 사실과 그로 인해 하느님의 창조는 계속 이어진다는 것뿐입니다. 지금 조선은 깊은 어둠 속에 있습니다. 어둠이 짙을수록 빛은 더욱 선명해집니다. 그래서 조선의 백성들이 발견한 별빛은 더욱 찬란하게 빛나고 있습니다."

북극성

　난정의 추측은 옳았다. 탁덕은 신부를 지칭하는 말이었으며, 수선탁덕은 조선의 첫 번째 신부라는 뜻이었다. 두 번째 편지에서도 수선탁덕이 누구인지 이름은 적혀있지 않았다. 다만 그가 9년 동안 중국에서 신부가 되기 위한 유학 생활을 하였으며, 1845년 부제의 신분으로 조선에 다시 돌아왔다는 사실만 밝히고 있었다.
　이미 첫 번째 편지에서 난정이 받은 보따리가 천주학 무리끼리 주고받는 편지 뭉치임을 알았기에 두 번째 편지를 읽을 때는 충격과 당혹함은 덜했다. 오히려 천주학 무리가 가난하고 고통받는 백성들을 측은히 여기고 있음을 느낄 수 있었다. 심지어 양반과 관료들의 무능함과 부패를 비난할 때에는 통쾌함마저 들었다. 하지만 그러한 마음은 난정이 진주 기방의 기녀로 지낼 때의 심정이고, 의금부 도사의 소실이 된 지금은 역모를 부추기는 발칙하고 위험천만

한 글이었다.

편지를 다 읽은 후 난정은 애틋한 마음이 들었다. 낯선 감정이지만 그것이 무엇인지 알았다. 슬픔이었다. 편지에 빠져들면서 마음 깊이 묻어둔 슬픔이 슬며시 새어 나온 것이다. 난정은 저도 모르게 긴 한숨을 천천히 내쉬었다. 그리고 굳게 닫힌 방문을 바라보았다. 초승달이 뜬 지 이틀도 안 되었는데 문풍지 너머는 보름달이 뜬 것처럼 밝았다. 허리를 숙이고 손을 뻗어 방문을 열었다. 달이 아니라 별이었다. 밤하늘에 별들이 은하수처럼 총총히 박혀 빛을 내고 있었다.

"저기 저 별은 손을 뻗으면 잡힐 듯 반짝이고 있으나 사실은 우리가 이르지 못할 만큼 아주 멀리 있습니다. 하지만 별에 이르지 못하는 것이 슬픈 일이 아닙니다. 정작 슬프고 안타까운 일은 이르지 못할 별을 가지고 있지 않다는 것입니다."

난정은 편지에 기록된 탁덕의 말이 생생하게 떠올랐다. 그리고 그런 자신에게 놀라 당황했다. 탁덕은 별을 이야기하며 슬픔도 얘기했다. 별과 슬픔은 어떤 추억을 떠올리게 했다. 추억은 늘 난정을 슬프게 했고, 슬픔은 늘 추억을 끄집어냈다. 그래서 추억과 슬픔 모두 다 싫었다. 이번에도 슬픔은 추억을 불러냈고, 추억은 슬픔과 함께 있었다.

난정의 아버지는 가난한 소작농이었다. 소작농은 모두가 가난했으므로 가난한 소작농이란 표현은 적절하지 않을 것이다. 난정의 아버지는 건강하고 성실하여 지주地主와 아전衙前들의 횡포 속에서도 근근이 굶지 않고 버틸 수 있었다. 그런데 난정이 여덟 살 되던 해, 아버지는 갑자기 군역軍役으로 끌려갔다. 난정이 태어나기도 전에 이미 군역의 의무를 마쳤으나, 막냇동생이 군역을 피해 달아나자 관아에서는 동생 대신 아버지에게 한 번 더 군역을 치르라는 명을 내렸다. 만일 난정의 집이 조금만 여유가 있었더라면 아전과 향리에게 뇌물을 주어 억울하게 두 번씩 군역을 치를 필요는 없었겠지만 그럴 형편이 되지 못했다. 죄인처럼 아버지가 포졸에게 끌려가고 어머니는 혼자 농사일을 감당하며 아버지가 돌아오기만을 기다렸다. 그리고 이듬해 여름, 어머니는 남편이 함경도 어느 산골에서 병으로 죽었다는 소식을 관아의 이방으로부터 통보를 받았다.

난정은 새벽부터 늦은 밤까지 일만 해야 했던 아버지의 기억이 별로 없다. 그러나 생생하게 남은 추억 하나가 있다. 군역을 떠나기 얼마 전 아버지는 어린 난정을 데리고 멀리 갔다가 해가 진 늦은 저녁에야 집으로 돌아오게 되었다. 종일 잰걸음으로 아버지를 따라다니느라 지친 어린 난정을 아버지는 등에 업고 집으로 돌아왔다. 아버지는 등에 업힌 난정에게 밤하늘에서 북극성을 찾는 법을 알려줬다. 그리고 이렇게 말했다.

"난정아, 북극성은 언제나 변함없는 곳에 있으니 어두운 밤에 어디로 가야 할지 길을 잃었을 때는 북극성을 찾거라."

그 후 아버지는 돌아오지 못할 길을 떠났고, 난정은 자라면서 어찌할지 모를 힘든 상황이 닥치면 밤하늘을 올려다보며 북극성을 찾았다. 그렇게 하면 힘든 상황을 모면할 방법을 찾을 것 같았다. 방문을 열고 밤하늘의 별들을 바라보던 난정은 북극성을 찾았다. 북극성은 옛날 그 자리 그대로 있었다. 그리고 슬픔도, 추억도 옛날 그 자리 그대로 있었다. 그만 눈을 감아버렸다. 더는 슬퍼지기 싫었다.

편지 속의 탁덕이 모르는 것이 있었다. 마음속 깊이 소중히 간직한 별이 있더라도 그 별에 결코 이를 수 없다면, 그런 별을 가지고 있지 않은 자보다 훨씬 더 큰 슬픔을 겪게 된다. 이르지 못할 바에는 애초에 그곳에 이르고 싶다는 희망의 싹을 없애버리는 것이 낫다.

잊으려 했던, 그래서 잊었던 슬픔의 추억을 떠올리게 되자 슬그머니 화가 났다. 처음 보따리를 받아 들 때도 그랬다. 남자의 간절한 표정이 추억과 슬픔을 끌어냈고 그 후 귀신에 홀린 듯 보따리를 받아 집까지 들고 왔다. 이번에도 자신도 모르게 편지에 빠져들었고 편지는 또다시 추억과 슬픔을 끌어냈다. 알 수 없는 어떤 힘이 혼란에 빠뜨리며 현재의 삶을 위협했다. 그것의 정체가 무엇이든 본능적으로 저항해야 할 것 같았다. 그것은 어릴 적부터 떨칠 수 없었던 죽음에 대한 두려움과는 다른 어떤 두려움이었다.

확실히 난정은 두려움의 정체를 알지 못했다. 그때까지는 탁덕이 말한 이르지 못할 별의 의미를 정확히 이해하지 못했다. 그녀가 느낀 두려움의 정체는 저항하거나 달아날 수 있는 것이 아니었다. 그것은 아직 난정이 모르는 또 다른 자기 자신이기 때문이다.

난정은 생각하기 시작했다. 지금 그녀가 하는 생각은 지금까지 살아남기 위해 했던 생각들과는 다른 생각이었다. 그러나 그 생각이 그녀의 현실을 위협하는 알 수 없는 어떤 힘에 대한 저항이라는 목표가 이미 정해져 있었으므로 답도 이미 정해졌다.

 난정이 내린 답은 이렇다. 편지에 몇 번이고 반복해서 적어놓은 어둠이니 빛이니, 마음이니 영혼이니 뜻 모를 소리는 팔자 좋은 선비들이 잘난 체하는 말장난에 불과하다. 그러고 보니 대감의 말처럼 천주학 무리는 온갖 감언이설로 천한 무지렁이들을 꾀는 사악한 자들이 틀림없었다.

 대감은 이런 말도 했다. 천주학 무리는 살 수 있는 길을 열어주어도 살려 하지 않고 오히려 망나니의 칼에 목이 잘리는 것을 생일상 받듯 즐거워하며 영광스럽게 여긴다고. 그렇다면 탁덕이라는 자가 말하는 희망이란 결국 삶을 포기하고 죽음에 이르는 것인가. 가난해 굶어 죽으나, 전염병에 죽으나 죽는 것은 모두 마찬가지이다. 그런데 굶어 죽거나 병들어 죽으면 절망이요, 망나니의 칼에 죽는 것은 희망이라니 이런 궤변이 또 어디 있을까.

 저항을 위한 난정의 생각은 타당하였다. 덕분에 마음은 한결 편안해졌다. 그러나 그녀는 이미 생각하기 시작했으므로 또 다른 생각들이 이어졌다. 자신이 내린 결론에 한 가지 의문점이 생긴 것이다. 인생살이가 아무리 힘들고 고달플지라도 누구나 죽지 않고 살아가는 이유가 있다. 난정의 아버지가 그랬고, 어머니가 그랬고, 이 땅의 백성 대부분이 그랬다. 그런 이유로 죽고 싶어도 죽지 못하고 어떻게든 살아보려고 발버둥 치는 것이 인생살이 아닌가. 설사 그런 이유가 없을지라도 살아남으려는 의지는 모든 생명체의 본능이다. 그런데 망나니의 칼에 목이 잘려 죽음에 이르는 것이 삶의 목적이며 인생의 희망이라는 터무니없는 교리를 무턱대고 믿고 따르며 순순히 형장으로 끌려갈 사람이 어디 있겠는가? 거기엔 뭔가 다른 무언가가 있음이 틀림없다. 만일 그런 것이 있다면 알고 싶었다.

오랫동안 문을 열어놓아 방안은 싸늘하게 식어버렸다. 난정은 방문을 닫고 벽장 안의 편지 보따리를 꺼냈다. 보따리의 매듭을 푸는 손이 다시 떨렸다. 편지에 쓰여 있을 내용 때문이 아니라 그것이 무엇인지 궁금해하는 자기 자신이 두려웠다. 그제야 두려움의 실체를 조금씩 깨달았다. 난정은 편지 뭉치에서 세 번째 편지를 끄집어내어 읽기 시작했다. 방문은 꼭 닫았지만 호롱불 아래에서 무언가 읽고 있는 난정의 그림자가 문풍지에 비쳤고, 그 모습을 누군가 밖에서 지켜보았다.

Intende voci clamoris mei,
rex meus et Deus meus.

목숨

베드로가 글라라에게 전하는 세 번째 편지입니다.

아침에 도^道를 깨우치면 저녁에 죽어도 좋다는 말처럼 인간사와 천지 만물을 꿰뚫는 참다운 진리에 목말라하며 오랜 시간 학문에 정진하였던 선비가 있었습니다. 선비는 1779년 어느 날 중국을 통해 들어 온 『천주실의』라는 책을 보며 마음속 그림자를 지워주는 진리의 빛을 발견하였습니다. 선비의 이름은 이벽이었습니다.

이벽은 자신이 깨달은 진리를 동료 선비들에게 알려주고자 1779년 추운 겨울, 100리가 넘는 길을 떠났습니다. 이른 새벽 그가 도착한 곳은 천진암^{天眞庵}이라는 이름의 암자였습니다. 그곳에는 권철신, 권일신 형제의 주도 아래 정약전, 정약종, 정약용 형제와 이승훈, 권상학, 이총억 등 당대의 젊은 수재들이 모여 강학^{講學}을 열어 참된 진리와 당시 정치, 사회 현실에 대해 밤을 새워 토론을 벌이고 있었습니다.

이벽은 그들에게 천주학을 소개하며 그곳에 참된 진리가 있음을 설명하였고, 강학에 참여한 젊은 수재들은 이벽이 소개한 천주학에 즉시 매료되었으며, 그 후 신앙으로까지 받아들이게 되었습니다. 이렇게 이벽이 합류한 젊은 철학자들의 모임은 조선 교회의 씨앗이 되었으며, 그로부터 몇 년 후 조선 교회 설립에 가장 결정적인 사건이 발생하였습니다.

이승훈은 일찍이 진사시進士試에 합격하였으나 천진암 강학에 참여한 이후 과거 시험을 단념하고 오로지 진리 탐구에 몰두하였습니다. 조선은 매년 동지冬至가 되면 중국 북경으로 대규모 사절단을 보내는데, 그해 사절단의 서장관이 된 아버지를 따라 이승훈도 함께 북경으로 가게 되었습니다. 이 소식을 들은 이벽은 이승훈을 급히 만나 이렇게 말했습니다.

"북경에 도착하거든 바로 천주당을 찾아가게. 그곳의 서양 선비들과 상의하여 그들과 함께 교리를 깊이 연구하게. 그리고 천주교 실천의 모든 것을 알아 오며 필요한 책들을 가지고 오게. 우리 민족의 생사가 걸린 일일세."

이승훈은 이벽의 권고대로 북경에 도착한 후 북경 천주당天主堂 북당北堂에 찾아가 그곳의 신부들과 필담筆談을 나누었습니다. 아직 그 어떤 선교사도 들어가지 못한 조선이라는 나라에 이미 복음이 들어갔다는 사실에 북당에 있던 신부와 신자들은 모두 놀라며 기뻐했습니다. 그 후 이승훈은 그라몽 신부로부터 베드로라는 세례명으로 세례를 받고 조선인 첫 번째 천주교 신자가 되었습니다.

조선으로 돌아온 이승훈은 이벽을 비롯하여 김범우와 권일신 그리고 정약전, 정약종, 정약용 형제에게 세례를 주었습니다. 그리고 이승훈으로부터 세례를 받은 권일신은 내포 지역에 사는 이존창에게 세례를 주었으며, 김범우는 이존창과 같은 내포 지역에 살던 탁덕의 큰 할아버지인 김종현에게 세례를 주었습니다.

탁덕의 증조부인 김진후에게는 세 명의 아들이 있었습니다. 첫째 아들은 김종현이고, 둘째 아들은 탁덕의 할아버지인 김택현이며, 셋째 아들은 김종한이었습니다. 김범우에게 세례를 받은 김종현에 이어 나머지 형제들도 모두 천주교 신앙을 받아들였고, 아들들의 권면으로 증조부 김진후도 신앙을 받아들였습니다. 더욱이 탁덕의 할아버지 김택현이 같은 내포 지역에 살던 이존창의 딸 '이 멜라니아'와 혼례를 올리면서 집안의 신앙은 한층 깊어졌습니다. 비록 사제 한 명 없는 처지이지만 조선에서 천주교는 빠르게 전파되어 많은 백성이 하느님의 자식 됨의 기쁨과 영광을 누릴 수 있었습니다. 하지만 기쁨의 잔치는 오래가지 못했습니다.

1790년 8월, 북경으로 가는 사절단 가운데 윤유일이라는 교우가 있었습니다. 그는 조선 교회를 대표해서 북경 교구의 구베아 주교를 만났습니다. 윤유일이 구베아 주교를 찾아간 가장 큰 목적은 조선 교회를 이끌어 줄 선교사 파견을 요청하기 위해서였습니다. 윤유일로부터 조선 교회의 놀라운 활동 상황을 듣고 감동한 구베아 주교는 흔쾌히 선교사 파견을 약속하였습니다. 이어서 윤유일은 구베아 주교에게 조선 교회의 운명을 결정하는 질문을 던졌습니다.

"조선 사회에서 제사를 지내는 까닭은 돌아가신 분 섬기기를 산 사람 섬기듯 하기 위함인데, 만약 천주교 교리에 맞춰 함께 행할 수 없다면 이는 매우 곤란한 일이니, 혹 융통할 방법이 없겠습니까?"

주자학에 따른 예학을 중요시하던 조선에서 가장 엄격하게 시행하는 것이 제사입니다. 하지만 천주교 교리에서는 하느님 이외에 다른 귀신을 섬기는 것을 금하고 있으므로, 조선 교회 지도자들은 이 문제를 어떻게 해야 할지 구베아 주교에게 직접 물어보기로 한 것입니다. 윤유일의 질문에 구베아 주교의 답변은 단호했습니다.

"안 됩니다. 교황 클레멘스 11세의 칙서에서는 조상의 제사를 금지하고 있습니다. 또 조상의 신주神主를 집에 모시는 것 역시 금하고 있습니다."

주교의 답변을 듣고 조선으로 돌아오는 윤유일의 발걸음은 무겁기만 했습니다.

사실 제사 문제는 훨씬 이전부터 중국에 파견된 선교회들과 로마 교황청 내부에서 의견들이 분분했습니다. 초창기 중국 선교를 주도적으로 이끌어왔던 예수회 소속 선교사들은 가급적 중국 전통문화를 수용하면서 그들의 정서와 문화에 맞는 방식으로 선교 사업을 펼쳤습니다. 그 가운데 조상의 제사도 포함되어 있었습니다. 그들은 중국인들의 제사를 하느님 이외에 다른 귀신을 섬기는 것으로 보지 않고 중국 전통의 미풍양속으로 본 것입니다. 그러나 여러 차례의 논의와 갈등 끝에 결국 유럽 중심의 원칙론을 주장하는 몇몇 선교회와 교황에 의해 결국 중국 천주교에서 제사는 금지되었고, 예수회는 해산되었습니다.

그리하여 제사 금지는 조선 천주교에도 그대로 적용된 것입니다. 하지만 제사 금지가 조선 교회에 어떤 영향을 미치게 될지 구베아 주교와 교황청에서는 상상도 못 했을 것입니다. 윤유일이 북경에 다녀온 뒤 1년도 되지 않아 결국 사건이 터지고 말았습니다.

고산 윤선도 후예로 매우 번성했던 해남 윤씨 집안에서 태어난 윤지충은 집안의 기대를 한 몸에 받으며 전라도 진산에서 살았습니다. 그는 사촌 형제 정약용을 통해 신분 차별을 없애고 평등한 세상을 만들 수 있다는 천주학의 가치를 알게 된 후, 외사촌 형제인 권상연과 함께 교인이 되었습니다.

윤유일이 북경에 다녀온 이듬해인 1791년 5월, 아들과 함께 천주교 신앙을 받아들였던 윤지충의 어머니는 죽음을 앞두고 다음과 같은 유언을 남겼습니다.

"내가 죽거든 나의 장례식에서 교회의 법에 어긋나는 것은 결코 허용해서는 안 된다."

그리고 얼마 후 윤지충의 어머니는 돌아가시고, 윤지충은 어머니의 장례 문제를 권상연에게 말했습니다.

"어머니의 유언도 있었지만 교회법이 제사를 금하니 그대로 따르고자 합니다."

윤지충의 의견에 권상연도 동의하고 장례식을 거행하였습니다. 그는 유교식 제사 의식에서 봉행하였던 음식을 차리거나 신주를 모시는 의식은 하지 않았으나, 정성을 다하여 정중하게 어머니의 장례식을 치렀습니다.

윤지충이 어머니의 장례식에서 유교식 제사 의식을 따르지 않았다는 사실은 사림과 유생들 사이에 급속도로 퍼져나갔습니다. 특히 조정의 붕당^{朋黨} 가운데 노론에 속하는 이들이 적극적으로 윤지충과 권상연의 행동을 비판했습니다. 그들은 진산 군수에게 윤지충과 권상연을 즉시 체포한 후 관찰사에게 알리고 조정에 알려 섬멸하도록 촉구하였으며, 당시 좌의정이었던 채제공에게 두 사람의 행위를 패륜적 역적 행위라고 규탄하며 참형하도록 다음과 같은 장서를 올렸습니다.

「… 저들 윤지충의 무리는 제사를 폐한 것도 부족하여 부모의 상을 당하고서도 혼백^{魂帛}을 세우지 않았고 조문을 받지 않으니, 천지가 생겨난 이래 어찌 이와 같은 변괴하고도 사악한 일이 있을 수 있겠나이까? 그 죄는 살인한 것과 같나이다.」

결국 전라 감영으로 압송된 윤지충과 권상연은 그곳에서 혹독한 고문과 함께 심문을 받았습니다. 하지만 윤지충은 그 자리에서 당당하게 자신의 신앙을 밝혔습니다.

"사람이 죽으면 육신은 흙으로 돌아가고 영혼은 하늘나라로 가든지 지옥으로 갑니다. 이는 제가 확실하게 알고 있는 명백한 사실입니다. 그러므로 위패 나무 조각 하나를 모셔두고 거기에다 제사를 지내며 음식을 바치는 것은 부모님께 거짓된 도리로 효심과 사랑을 표현하는 것입니다. 이 위패들이 무엇입니까? 산에서 잘라온 나무로 장인이 재단하여 만든 것이 아닙니까? 그렇다면 이 장인의 수고로 부모님의 영혼이 거기에 와서 머물게 할 수 있다는 것입니까? 위패들은 아버지도 아니고 어머니도 아닙니다. 그저 나무토막에 불과합니다. 그런데 제가 어떻게 그것들을 아버지나 어머니처럼 여기며 받들 수 있겠습니까?"

조정에서도 이 문제로 시끄러웠습니다. 노론에 맞선 남인의 거두, 좌의정 채제공이 가장 우려한 것은 이 사건을 노론에서 정쟁에 이용하려 한다는 것이었습니다. 만일 이 사건으로 당시 천주교 신자이거나 천주학에 우호적이었던 정약용, 이승훈 등 남인 신서파의 재사들을 잃게 된다면, 노론의 강대한 세력을 탕평책으로 간신히 견제하던 것이 힘들어지리라 여겼습니다. 그래서 사건의 확대를 어떻게든 막고자 하였습니다.

당시 임금인 정조 역시 이 사건이 정치적으로 확장되지 않도록 세심한 배려를 하면서 사건 처리를 채제공에게 맡겼습니다. 채제공은 논쟁을 하루빨리 수습하기 위해서 윤지충과 권상연을 처벌하기로 했습니다. 그러나 노론 세력의 주장대로 윤지충과 권상연의 사건을 역적죄나 강상죄를 적용하지 않고, 일반 형사 사범에 적용하여 처형하도록 하였습니다. 왕의 재가를 받은 사형 판결문이 전라 감영에 하달되자, 전라 감사는 형의 집행을 서둘렀고, 윤지충, 권상연 두 사람은 형장으로 향했습니다.

그 무렵 정조는 채제공의 상신(上申)한 사형 선고를 재가한 것을 곧

후회했습니다. 만일 이번의 사형 결정이 사례가 되어 남는다면, 앞으로 계속해서 천주교도들이 희생될 것을 염려했기 때문이었습니다. 정조는 사형 집행을 유예하기 위해 전라 감영으로 급히 파발꾼을 보냈습니다. 그러나 임금이 보낸 파발꾼이 형장에 도착했을 때는 윤지충과 권상연의 사형 집행이 이루어진 후였습니다. 이렇게 천주교 박해로 인한 첫 번째 순교자가 탄생하였고, 그로부터 천주교인이 되는 것은 목숨을 걸어야 하는 일이 되었습니다.

윤지충과 권상연의 순교는 탁덕의 집안에도 영향을 미쳤습니다. 그때 내포 지역의 많은 신자도 체포되었는데 그들 가운데 탁덕의 증조부 김진후도 있었습니다. 김진후는 그 후에도 여러 차례 체포되었다가 석방되기를 반복하다가, 결국 해미 감옥에서 10년이 넘는 옥살이 끝에 숨을 거두어 탁덕 가문에 첫 번째 순교자가 되었습니다.

윤지충과 권상연의 순교 이후 기필코 죽이려는 자들과 기꺼이 죽으려는 자들 사이에 피의 역사가 지금까지 이어지고 있습니다. 탁덕은 수많은 순교자를 생각할 때면 떠오르는 예수님의 가르침이 있었습니다.

'사람이 온 세상을 얻는다 해도 제 목숨을 잃으면 무슨 소용이 있겠느냐?'

윤지충과 권상연을 시작으로 지금까지 이어지는 순교자들은 그들의 신앙을 지키기 위해 목숨을 버렸습니다. 예수님의 말씀대로라면 그들이 지킨 신앙이 아무리 소중할지라도 목숨을 잃었으니 결국 소용없는 짓입니다.

사람들은 자기 몸이 경험하는 것들을 세상 전부로 생각합니다. 눈에 보이고, 귀로 듣고, 손으로 만지는 것만이 세상 전부이며 이 세상에 존재하는 것입니다. 그들에게 생명이란 그들의 '몸'이 살아있음을 뜻합니다. '개똥밭에 굴러도 이승이 좋다'는 속담도 그래서 생겼습니다. 몸이 경험하는 것들을 세상 전부로 생각하는 사람들은 몸의 인생을 살아갑니다.

몸이 살아있을 때 몸이 보고, 몸이 듣고, 몸이 느꼈던 것들이 이 세상의 전부이므로, 몸이 죽으면서 이 세상도 함께 사라지는 것입니다. 하지만 사람들은 자신은 죽어서 이 세상에서 사라지지만, 그들이 살았던 세상은 이전처럼 계속 존재하리라 생각합니다. 그래서 자신이 사는 동안 쌓아둔 부富를 가족들에게 물려주거나, 살아있을 때 얻은 명예가 죽은 이후에도 이 세상에 남으리라 생각합니다.

자신의 몸이 경험하는 것만이 세상이라는 믿음과 몸이 죽고 난 이후에도 자신의 흔적이 이 세상에 남으리라는 믿음은 서로 모순됩니다. 그들에게 이 세상이라는 존재의 전제 조건은 자신의 몸이었으므로, 그 몸이 죽어 사라지면 그 몸의 경험으로 존재했던 세상도 함께 사라져야 타당합니다. 그럼에도 자신은 죽어 없어져도 세상은 그대로 존재한다고 생각하는 것은 착각입니다. 우리는 살아가면서 타인의 죽음을 경험합니다. 그때에는 그 사람은 죽어 없어져도 자기 자신을 포함한 이 세상은 그대로 존재합니다. 이러한 경험은 자신의 몸이 살아있을 때 몸이 경험하는 죽음 이후의 세상입니다. 죽은 자의 시선이 아니라, 죽은 자를 바라보는 산 자의 시선에서 존재하는 세상인 것입니다.

만일 죽은 자가 타인이 아닌 자기 자신이라면 상황은 달라집니다. 내 몸이 경험하는 것들이 세상 전부이므로, 내 몸이 죽으면 몸으로 인해 존재했던 세상의 모든 것들도 함께 사라지는 것이 당연합니다. 마치 잠에서 깨어나면 꿈에서 겪었던 세상이 모두 사라지는 것과 같은 이치입니다. 몸이 살아있을 때는 그의 몸이 보고 듣고 느꼈던 이 세상이 영원히 존재할 것 같지만, 몸이 죽으면서 드러나는 진실은 그가 살아온, 즉 그의 몸이 체험했던 세상은 꿈처럼 아무런 실체가 없는 허망(虛妄)입니다. 그래서 우리는 인생을 하룻밤 꿈으로 비유하기도 합니다.

몸은 죽어서 흙이 됩니다. 따라서 몸은 땅에 속해 있습니다. 부모의 몸도 마찬가지로 땅에 속해 있으며, 그 부모의 부모의 몸도, 그 부모의 부모의 부모의 몸도 땅에 속해 있습니다. 그러므로, 몸의 인생은 땅에서 태어나 땅으로 돌아가는 것입니다. 이렇듯 몸의 인생은 태어남과 동시에 죽음으로 가는 과정입니다. 아니 죽음과 함께 모든 것이 허망으로 돌아가니 어떤 의미에서는 태어났다고 볼 수도 없습니다. 또 태어나지 않았으니 죽었다고 말할 수도 없습니다. 이것이 우리의 몸이 우리 자신의 전부이며, 이 세상은 자신의 몸이 경험하는 것이 전부라고 믿는 사람들 인생, 즉 몸의 인생의 실체입니다.

죽음과 함께 모든 것이 허망으로 돌아갈지라도 몸의 인생을 살아가는 사람들에게 가장 중요한 것은 가능하면 오래 살아남는 것입니다. 그리고 살아남는 동안 자신의 몸이 원하는 바를 최대한 충족시키는 것입니다. 그러기 위해서 짧은 인생 속에서 악착같이 돈을 벌고 권력을 갖고 명예를 얻고자 합니다. 흙에서 태어나 결국 다시 흙이 될 인생에서 옳고 그름이 무슨 의미가 있고, 측은함과 희생의 마음이 왜 필요하겠습니까. 바로 이와 같은 몸의 인생이 삶을 대하는 태도에서 세상의 온갖 비극과 불행은 시작됩니다. 이러한 사실을 알고도 몸의 인생은 개의치 않습니다. 왜냐하면 자신의 몸이 이 세상의 전부이며, 자신의 몸이 이 세상에서 유일무이하게 가장 소중하기 때문입니다.

　몸의 인생을 살아가는 이들에게는 그들의 몸으로 경험할 수 없는 존재와 사건들이 모두 의심스러울 수밖에 없습니다. 그들은 오직 눈에 보이는 것만 믿고, 눈에 보이지 않는 것들은 부정하니 당연합니다. 그러나 그들이 모르는 사실이 하나 있습니다. 눈에 보이는 것은 눈에 보이지 않는 것에 의해 존재한다는 사실입니다.

　사실 그들이 가장 중요히 여기는 자신의 육체 또한 마찬가지입니다. 몸은 보이지만 생명은 보이지 않습니다. 살아있는 자신의 몸은 볼 수 있지만, 그의 몸을 살아있게 하는 생명의 근원은 볼 수 없습니다. 남녀의 사랑은 한 개인의 일생에 결정적인 영향을 미칩니다. 만일 그 사랑이 어느 국가의 왕과 관련됐다면 그 국가의 운명을 결정짓기도 합니다. 그런데 사랑의 대상과 그 사랑의 결과는 눈에 보이지만 그들이 주고받는 사랑의 마음은 보이지 않습니다.

같은 날 같은 시에 태어나도 왕의 자식으로 태어나면 왕자가 되고, 노비의 자식으로 태어나면 노비가 됩니다. 그렇게 신분이 다른 아기는 보여도 서로 다른 신분의 부모와 맺게 된 인연의 끈은 보이지 않습니다. 먹을 것이 없어서 며칠째 굶은 아이가 있습니다. 그 아이를 발견한 부자의 마음에 자애심이 있느냐 없느냐에 따라 그 아이는 살 수도 있고, 죽을 수도 있습니다. 자애심은 눈에 보이지 않지만 그 아이의 생과 사는 눈에 보입니다.

개인뿐 아니라 나라의 사정도 눈에 보이지 않는 것들에 의해 존재합니다. 임진왜란 때 나라를 구하고자 했던, 눈에 보이지 않는 애국심이 모여 눈에 보이는 의병이 되었고 왜적을 물리칠 수 있었습니다. 탐관오리들의 탐욕은 보이지 않으나 그로 인한 백성들의 가난과 고통은 눈에 보이며, 탐관오리들의 곳간에 가득 찬 곡식과 금은보화도 눈에 보입니다.

우리는 누군가에게 피해를 주는 나쁜 일을 할 때 뭔가 마음이 석연치 않습니다. 그것은 우리 마음속 눈에 보이지 않는 양심이란 것이 있기 때문입니다. 눈에 보이는 것만을 믿고 사는 사람들 가운데에는 양심의 가책을 느껴도, 보이지 않으니 없는 것이라며 서슴지 않고 나쁜 짓을 하는 이도 있습니다.

눈에 보이는 돈이나 권력은 땅에 속한 것입니다. 하지만 양심이나 사랑처럼 눈에 보이지 않는 것들은 하늘에 속한 것입니다. 눈으로 보이는 것은 땅에 속하여 죽음과 함께 흙이 될 허망한 것들이지만, 눈에 보이지 않는 것은 하늘에 속해 영원히 존재합니다. 좋은 것은 좋은 것으로 영원하며, 나쁜 것은 나쁜 것으로 영원합니다.

이 땅의 수많은 순교자는 눈에 보이는 것만을 믿는 몸의 인생이 아닌 눈에 보이지 않는 마음의 인생을 살았습니다. 그들은 육체의 눈으로는 보이지 않지만, 마음의 눈으로는 보이는 또 다른 세상과 또 다른 자신을 발견했습니다. 그것은 하룻밤 꿈처럼 허망한 육체와는 달리 영원한 생명에 속한 것들이었습니다. 탁덕은 수많은 순교자의 삶을 통해 예수님의 가르침이 옳다는 것을 알았습니다.

"이 세상에서 자신의 생명보다 더 소중한 것이 무엇이 있겠습니까. 그 사실을 알았기에 순교자들은 마치 나비가 애벌레의 허물을 벗고 창공을 향해 자유롭게 날아가듯, 진정한 생명을 시작하기 위해 본래 허망虛妄인 육체의 부귀영화와 목숨마저 버릴 수 있었습니다. 만일 나비가 잠시 머무를 애벌레의 허물을 끝내 움켜잡고 있다가, 결국 허물에 갇힌 채 죽어서 허물과 함께 썩어버린다면 이보다 안타깝고 어리석은 일이 어디 있겠습니까?"

몸의 인생

과거는 지나간 시간이다. 지나간 시간이란 존재하지 않는다. 따라서 과거는 존재하지 않는다. 그러나 과거의 기억이 현재의 순간으로 소환되어 작용할 때 과거는 다시 존재하게 된다. 난정이 편지를 읽으며 떠올린 지나간 어린 시절 기억도 다시 현재가 되면서 그녀의 현재에 어떤 의미가 되었다.

아버지가 억울하게 한 번 더 군역을 치르기 위해 끌려간 후 어머니 혼자 농사일을 해야 했다. 아버지와 함께 농사를 지을 때도 간신히 굶어 죽지 않을 정도로 버텼는데, 어머니 혼자서 일해야 하니 소출은 줄어들 수밖에 없었다. 지주의 몫과 나라에 바치는 세금을 제하면 살아갈 방도가 없었다. 춘궁기에 이르자 먹을 것이 없어서 관에서 곡식을 빌렸는데 이자율이 높아서 갚을 수가 없었다. 게다가 남편의 사망 소식까지 듣게 된 어머니는 더는 버틸 수 없었다. 농사일 뿐 아니라 삶 자체를 버틸 수 없었다.

　난정 어머니의 운명은 그녀가 살아가는 동안 아무런 선택의 기회를 주지 않았다. 그러나 고통에서 벗어날 수 있는 마지막 한 가지 선택은 남아있었다. 삶을 버틸 수 없다면, 삶의 고통에서 벗어나고 싶다면 저수지에 몸을 던지거나 굵은 나뭇가지에 목을 매면 그만이었다. 하지만 그 한 가지 선택도 자유롭게 할 수 없었다. 어린 난정을 두고 그럴 수는 없었다. 어린 난정과 함께 죽을 생각도 해보았다. 그건 더욱 할 수 없었다. 가난한 부모에게 태어난 것도 불쌍한데 낳고 길렀다는 이유로 맘대로 생명을 앗을 수는 없었다. 비록 어리지만 난정도 사람이니 하늘이 내려준 운명이 있다고 생각했다. 살 운명이면 어떻게든 살 것이고, 그럴 수 없는 운명이라면 그렇게 될 것이다.

　어느 장날, 어머니는 어린 난정을 개울가로 데려가 깨끗이 씻기고 머리도 곱게 빗질을 한 후 정성스럽게 땋았다. 장터로 데려가 새 옷도 사서 입히고 국밥도 한 그릇 먹였다. 영문을 모르는 난정은 마냥 신나 이리저리 장터를 뛰어다니며 구경을 했다. 그런 난정을 누군가 유심히 지켜보았지만 난정은 알 리 없었다.

　며칠 후 어머니는 난정에게 새로 산 옷을 입히고 다시 머리를 빗기고 땋았다. 치장을 끝낸 어머니는 딸아이의 모습을 무심히 바라보다가 한참을 안아주었다. 난정은 그런 어머니의 품이 어색했지만 기분은 좋았다.

　한나절을 걸어서 어머니가 그녀를 데려간 곳은 진주 기방이었다. 마당을 빗질하던 하인에게 장옥이라는 이름을 대자 잠시 후 짙게 분을 바른 늙은 기녀 한 명이 나왔다. 난정이 장터 구경을 할 때 몰래 지켜보던 사람이었다. 그때 이미 어머니는 난정을 진주 기방의 어린 기녀로 팔기로 늙은 기녀와 약조를 하였었다. 난정에게 새 옷과 국밥을 사줄 수 있었던 것도 미리 받은 난정의 몸값이었다. 건장한 장정의 몸값이 돼지 한 마리 값도 안 되었으니 어린 계집아이의 몸값이라는 건 거의 이름뿐이었다. 오히려 잔심부름이라도 시킬 수 있을 때까지 먹이고 재우고 입히는 값을 요구하지 않은 것에 고마워해야 했다.

어머니는 난정이 기녀가 되면 목숨은 부지하겠다고 생각했다. 난정은 갸름한 얼굴형에 이목구비가 오목조목 반듯하여 아기 때부터 예쁘고 귀엽다는 소리를 많이 들었다. 부모가 되어 어린 딸에게 물려준 것이라고는 그것뿐이었다. 그나마 물려주어 죽지 않고 살길이 생긴 것이다.

늙은 기녀는 난정에게 이제부터 자기를 어머니로 부르라고 했다. 난정은 진짜 어머니 앞에서 당당하게 자기가 어머니라고 말하는 늙은 기녀를 이상하게 바라보았다. 그리고 진짜 어머니를 돌아봤지만, 어머니는 늙은 기녀의 말을 들었는지 못 들었는지 넋이 나간 표정으로 난정을 가만 보고만 있었다.

이윽고 늙은 기녀가 난정의 어머니를 향해 손을 내밀자 어머니는 그제야 정신을 차리고 잠시 망설이다가 난정을 잡았던 손을 늙은 기녀 앞으로 뻗었다. 난정은 그녀의 손을 잡은 어머니의 손이 떨리는 걸 느꼈다. 어머니는 손을 내밀고 늙은 기녀를 바라보았다. 그때 어머니의 표정을 잊을 수가 없다. 육의전 앞에서 낯선 남자가 건넨 보따리를 귀신에 홀린 듯 덥석 받은 것도 그 남자의 표정에서 그때 어머니의 표정을 보았기 때문이다.

 농사일로 거칠고 굵은 마디의 어머니 손을 잡았던 난정의 손에 보드랍고 뽀얀 늙은 기녀의 손이 닿았다. 난정은 어머니 손을 힘주어 꼭 잡았다. 하지만 늙은 기녀의 손이 억지로 떼어냈다.

 그 후 어머니는 황급히 돌아서더니 빠른 걸음으로 기방 대문 밖을 나갔고, 마당을 빗질하던 하인은 서둘러 대문의 빗장을 쳤다. 모든 것이 순식간에 일어났다. 어린 난정은 겁에 질려 어머니가 사라진 대문만 바라보았다. 난정은 평소 눈물이 많았다. 하지만 그때는 울지 않았다. 그 순간이 영원한 이별의 순간이 될 것이라고는 상상도 하지 못했다.

 그 후 오랫동안 어머니 소식을 듣지 못했다. 1년이 넘게 기방에서 살면서도 어린 난정은 언젠가 어머니가 데리러 올 거라 생각했다. 그러던 어느 날 심부름 가던 길에 우연히 같은 동네에 살던 소꿉친구 어머니를 만났다. 소꿉친구 어머니는 난정을 보자마자 끌어안고 눈물을 터뜨렸다. 그리고 "너는 악착같이 살아남아야 한다."라는 말만 되풀이했다. 그때 어머니가 죽었다는 것을 직감했다. 언제 어떻게 죽었는지는 알지 못했다. 알고 싶지도 않았다. 무덤 같은 것도 있을 리 없었다.

 그날도 난정은 울지 않았다. 그 대신 어머니가 데리러 올 것이라는 꿈을 버렸다. 꿈을 버리면서 그리움이나 슬픔 같은 마음도 버렸다.

난정은 혼자 남았다. 소꿉친구 어머니의 말처럼 악착같이 살아남아야 함을 어린 나이에도 알았다. 그리고 한 해, 두 해 기방 생활이 익숙해지고 그곳 사람들의 사는 모습을 보면서 그녀가 살아남을 수 있는 유일한 도구가 몸뚱이 하나뿐이라는 것도 알게 되었다.

편지의 표현을 인용하자면, 난정은 누구보다도 철저하게 몸의 인생을 살아왔다. 살아남는 것이 목표였으며 눈에 보이는 것만을 믿었다. 몸의 경험으로 이 세상에 존재하고 있음을 안다. 살아있는 그녀의 몸은 아침에 해가 뜨고 밤이 되면 별이 뜨는 것을 볼 수 있으며, 꾀꼬리와 종달새 소리도 들을 수 있고, 초여름 산들바람의 시원함도 느낄 수 있다. 난정의 몸이 사는 이 세상엔 그녀의 아버지와 어머니는 존재하지 않는다. 하지만 난정은 분명 존재한다. 몸의 인생에서 있음과 없음을 가장 명확하게 구분할 수 있는 것은 살아있음과 죽음이기 때문이다.

죽음 이후 흙이 된들 무슨 상관인가. 죽음 이후 자신의 존재와 세상이 모두 허망이면 또 어떤가. 살아있다고 느끼는 시간만큼 편안히 잘 살다가 죽고 나서 모두 사라져 버려도 상관없다. 오히려 그러는 편이 더 좋았다. 세상살이가 꿈이면 어떤가. 어차피 꿈이라도 누구나 달콤하고 행복한 꿈을 원하지 누가 고통스러운 악몽을 원하겠는가. 영원한 생명 같은 것은 바라지 않는다. 스무 살 인생도 벅차고 힘든데 이 같은 삶을 영원히 이어갈 소망 따위는 없다. 어차피 스스로 원해 태어난 것도 아니다. 그래도 태어났으니 주어진 수명까지 편안하게 내 몸이 원하는 것을 누리며 살아가는 것이 뭐가 잘못인가.

편지에서는 몸의 인생은 몸이 경험할 수 있는 것들만이 세상이며, 눈에 보이는 것들만 추구하며, 그런 것은 땅에 속한 것들이라고 했다. 반면 양심이나 사랑, 슬픔, 정의 같은 눈에 보이지 않는 것들은 하늘에 속한 것이며, 그것은 영원하다고 했다. 난정은 하늘을 모른다. 누가 하늘을 안다고 장담할 수 있는가. 하늘을 알지도 못하면서 이것은 땅에 속한 것이고, 이것은 하늘에 속한 것이라고 어떻게 감히 말할 수 있는가.

편지의 내용 가운데 '눈에 보이는 것은 눈에 보이지 않는 것에 비롯된다.'는 말은 수긍이 되었다. 그 말의 실증이 바로 난정이기 때문이다.

이 세상에서 살아남기 위한 최고의 무기는 돈과 권력이다. 천한 기녀 신분인 난정은 돈과 권력을 가질 수 없다. 하지만 돈과 권력을 가진 남자는 가질 수는 있다. 난정이 기녀가 된 이듬해 진주 기방에 큰 잔치가 벌어졌다. 진주 기방 기녀 가운데 한 명이 한양에 사는 어느 정승의 소실로 들어가게 된 것이다. 진주 기방의 기녀들은 모두 권세 높은 양반의 소실이 되어 한양으로 떠나는 기녀를 부러워했다. 어린 난정도 그녀를 부러워했다. 최소한 그녀는 이 세상에서 살아남을 걱정은 이제 할 필요가 없게 됐다.

아무리 재색이 뛰어나도 기녀는 그저 기녀일 뿐이다. 꽃다운 나이 때야 양반들에게 사랑을 받지만, 한 해 두 해 늙어 가면 뒷방 퇴기退妓가 되어 결국 기방에서도 쫓겨나 갈 곳 없는 신세가 되어버린다. 기녀 인생에서 그야말로 팔자를 고칠 수 있는 유일한 방법은 권세 높은 양반의 소실이 되는 것이었다.

기녀들의 인생살이를 알게 된 후 난정은 남자의 마음을 사로잡는 법을 배우고 익히는 데 열심이었다. 창唱을 배우고, 가야금과 거문고를 배우고, 예의범절과 글까지 깨쳤다. 부모님께 물려받은 유일한 유산인 예쁘장한 얼굴과 노력으로 얻어낸 각종 기예로 어린 나이임에도 난정을 찾는 선비와 양반들이 많았다.

보통의 경우 어린 기녀로 기방에 들어온 기녀들은 열여섯 정도의 나이가 되면 처음으로 사내와 동침을 하고 머리를 올렸다. 하지만 난정은 열여덟이 되도록 머리를 올리지 않았다. 진주 기방의 책임자인 늙은 기녀 장옥이 그런 난정을 어르기도 하고 협박도 하였으나 그녀는 고집을 굽히지 않았다.

사내들이란 한 여인의 첫 남자가 되는 것을 자랑스럽게 여긴다는 걸 알고 있다. 그리고 아무리 재색이 뛰어난 여인이라도 이미 다른 남자와 정분을 나누었다면 그저 하룻밤 욕망을 채우는 대상으로만 여김도 알고 있다. 그렇다면 그녀의 머리를 올려줄 사내가 그녀를 구원해 줄 사람이 되어야 한다. 그런데 안타깝게도 그녀는 아직 그런 양반과 인연이 닿지 못했다.

비록 난정의 아버지는 지방 관아 아전들의 횡포로 억울하게 죽어야 했지만, 난정은 진주 관아의 연회를 담당하는 이방에게 뇌물을 주며 가까이 지냈다. 아버지의 죽음으로부터 배운 살아남는 지혜 가운데 하나였다. 어느 날 이방은 난정을 찾아와 진주 목사의 친구가 의금부 도사가 되어 진주 관아를 찾아올 것이며, 그날 기방에서 연회가 있을 것이라 알려주었다. 난정은 이방으로부터 진주 목사의 친구라는 의금부 도사에 관한 몇 가지 정보도 알아냈다.

갓 마흔을 넘긴 의금부 도사 이상윤은 10여 년 전 혼례를 치렀으나 부인은 아직 아이를 생산하지 못했다. 3형제 중 막내인 이상윤의 형님 두 분은 모두 다복하여 각각 아들 형제 셋을 두었다. 그래서 집안의 대를 이을 부담이 없어서인지, 아니면 부인을 향한 애정이 지극해서인지 10년이 넘도록 자식을 보기 위한 소실을 두지 않았다. 난정은 이러한 사실이 끌렸다. 아이는 낳아주면 될 것이고, 부인을 향한 각별함은 가로챌 자신이 있었다. 더구나 이상윤의 집안은 4대째 내려오는 무인武人 명가名家로, 오랜 세월 축적된 재력과 권력이 크고 높았다. 여러 가지 조건으로 보아 그동안 기다려왔던 기회임을 확신한 난정은 이방에게 연회가 있을 그날 밤 의금부 도사의 수청守廳을 들 것을 자청했다.

연회는 그녀의 의도대로 진행되었다. 이 순간을 위해 준비한 온갖 재주와 요염을 의금부 도사에게 과시했으며, 의금부 도사의 소실로서 부족함이 없는 품위와 지혜도 은근히 드러냈다. 의금부 도사 이상윤은 연회 내내 난정을 곁에 두고 즐거워했다. 더구나 그날 밤 난정의 머리를 올려주며 첫 남자가 되자 난정을 대하는 마음은 더욱 각별했다.

이상윤은 진주성에 머무는 동안 난정과 즐거운 시간을 좀 더 보내기 위해 매일 진주 기방에서 연회를 열었다. 난정은 이상윤이 떠나는 날까지 그의 곁을 떠나지 않았고, 헤어지는 날 눈물까지 흘리며 비록 몸은 천 리 멀리 떨어져 있으나 마음만은 언제나 첫사랑 낭군님과 함께 있을 것이라며 다시 만날 날까지 수절守節을 다짐했다. 며칠 밤을 함께 보내며 이상윤도 난정에 대한 정이 각별했지만, 한낱 기녀가 다짐하는 절개를 믿지도 않으려니와 크게 개의치 않았다. 그러나 그녀는 다짐대로 이상윤과 헤어진 이후 깊이 연모戀慕하는 이가 있음을 이유로 다른 선비와 양반들의 수청을 들지 않았으며, 그녀가 연모하는 이가 의금부 도사 이상윤임을 은연중에 드러냈다. 그녀의 의도대로 이러한 사실이 이방을 통하여 진주 목사에게 전해졌고, 얼마지 않아 한양에 있는 이상윤도 알게 되었다.

진주에서 돌아온 이상윤도 문득문득 난정과 나누었던 운우雲雨의 정을 그리워하였는데, 난정의 소문을 듣게 되자 그녀를 향한 마음이 더욱 애틋해졌다. 그래서 구태여 지방 순시의 기회를 만들어 다시 진주로 내려갔다. 그리고 난정과 더욱 농염하고 깊은 정을 나누었다. 이러기를 한 해 동안 서너 차례 반복하다가 결국 이상윤은 난정을 소실로 받아들여 한양 집에 들이기로 마음먹었으며, 난정은 진주 기방의 기녀들의 부러움을 받으며 한양으로 올라왔다.

어린 나이에 난정이 선택한 삶은 하늘에 속한 것들이 도움이 되지 않았다. 도움은 커녕 방해꾼, 잔소리꾼이었다. 그래서 양심, 사랑, 정의, 슬픔 같은 몸의 인생을 살아가는 데 방해되는 것들은 모두 마음에서 지워버리고 철저하게 내 몸이 살아남기 위해 필요한 것들만 생각했다. 방해꾼이나 잔소리꾼이 없으니 갈등이나 가책도 없었다.

그렇게 난정은 원하는 것들을 하나하나 가질 수 있었다. 난정의 마음이 변했으므로 인생도 변했다.

어린 시절 난정은 비록 가난하였지만 행복했다. 그 행복은 아버지와 어머니의 사랑에서 비롯되었음을 알고 있다. 하지만 하늘에 속한다는 사랑의 힘은 땅에서는 너무나 초라하고 보잘것없었다. 차라리 아버지, 어머니의 사랑이 가져다준 행복을 알지 못했다면, 아버지, 어머니에 대한 사랑이 없었다면 그들과의 이별이 그토록 힘들고 아프지는 않았을 것이다.

어디 사랑뿐이랴. 하늘에 속한다는 것들은 모두 하나같이 땅에서의 삶을 힘들고 고달프게 하며 심지어는 목숨까지 앗아간다. 정도의 차이는 있을지라도 땅에 속한 것들에 공을 들이고 노력을 기울이면 눈에 보이는 대가를 받는다. 하지만 하늘에 속한 것들을 위해 살아가면 가지고 있던 것마저 빼앗겨버린다. 그렇다면 하늘에 속한 것들은 땅에서 살아가는 사람들에게 고통을 주기 위해 존재한다는 말인가. 그렇다면 그런 것들이야말로 악하고 나쁜 것들이 아닌가.

그러나 난정의 이러한 판단에는 오류가 있다. 몸의 인생으로 하늘에 속한 것들을 판단했으며, 보이는 것으로 보이지 않는 것들을 판단했다. 비록 난정의 판단들은 여전히 땅에 속해 있었지만, 몇 가지 주목할 만한 변화도 있었다. 편지를 읽으면서 아주 오랜만에 과거의 기억을 현재로 소환하였고, 자신과 자신이 속한 세상의 정체성과 삶과 죽음, 하늘과 땅을 생각하였다. 생각, 모든 것은 여기에서 출발한다.

밤하늘을 올려다봐야 별을 볼 수 있다. 아직은 깜깜한 어둠뿐이지만 난정은 고개를 들어 하늘을 보았다. 아주 쉽고 단순해 보이지만 땅에 속한 대개의 사람은 하늘을 올려다볼 엄두조차 내지 못하고 살아간다. 어떤 의미에서 땅에 속한 이가 하늘을 바라본다는 것은 기적 같은 일이다. 모든 것은 '변화'한다. 난정도 그 진리에서 벗어날 수 없다. 변화의 본질은 궁극적으로 삶이 죽음이 되고, 죽음이 삶이 된다. 편지의 내용을 마음속으로 저항하면서도 계속해서 읽어가는 난정은 자신도 모르게 변화라는 거대한 힘에 서서히 끌려가고 있었다.

Intende voci clamoris mei,
rex meus et Deus meus.

각자위심 各自爲心

베드로가 글라라에게 전하는 네 번째 편지입니다.

밤을 꼬박 새워 세 번째 편지를 마무리한 후 동틀 무렵 잠깐 잠이 들었습니다. 식은땀까지 흘리며 끔찍한 악몽에 시달리다가 두어 시간 만에 다시 깨어났습니다. 꿈속에서 한강은 온통 시뻘건 핏물이었고, 강변에는 머리 없는 시신과 몸이 없는 머리가 산처럼 쌓여있었습니다. 너무나 생생한 광경이 머리에서 떠나지 않아 한동안 멍하니 얼이 빠져 있다가, 나에게 맡겨진 마지막 소임을 서둘러 끝내야 한다는 조급함에 억지로 정신을 가다듬고 다시 편지를 씁니다. 꿈속의 장면처럼 수많은 교우가 같은 장소에서 한꺼번에 살육을 당한 적은 없지만, 그동안 목이 잘린 순교자들을 생각한다면 충분히 한강을 피로 물들이고 강변에 머리 없는 시신과 몸이 없는 머리가 산처럼 쌓일 수 있을 것입니다.

 나라에서는 왜 이토록 잔혹하게 천주교인들을 박해할까요? 하느님을 섬기는 것이 살인의 죄와 같이 참수형과 교수형을 받아야 하는 극악한 죄일까요? 유가儒家에서도 천주天主와 유사한 의미로 상제上帝라는 표현을 사용했습니다. 공자의 핵심 사상인 인仁은 측은지심惻隱之心을 일컫는 말입니다. 그것은 천주학에서 사랑과 같은 의미입니다. 맹자는 유학의 핵심은 인仁을 통해서 천명天命을 깨닫고 그것을 생활에 실천함에 있다고 하였습니다. 즉, 이 세상에서 사랑을 실천하여 이 땅에 하느님의 뜻을 이루는 것입니다. 또 천성天性이란 하늘에 있는 것이 아니라 사람들 인성人性으로 체화된 것이라 하였습니다. 그 말은 하느님은 우리 안에 우리와 함께 계시며, 우리가 하느님과 하나가 될 때 하느님의 자식이 될 수 있음을 말합니다.

 동서고금을 막론하고 인간은 하느님 계심을 본성적으로 알고 그의 뜻을 따르고자 하였습니다. 그러나 하느님은 눈에 보이지 않고, 그의 섭리는 인간의 말로 설명하기 어렵습니다. 그래서 각각의 시대와 지역에 따라 하느님의 실체와 섭리는 다양한 용어와 비유로 설명되고 있으나, 근본적으로 뜻하는 바는 유사합니다. 한데 지금 조선의 유생儒生은 공자와 맹자가 일컫는 천명이나 상제라는 단어에는 몸과 마음을 가다듬고 그 뜻을 헤아리려 애를 쓰지만, 누군가 천주라 말하면 그 이치나 뜻을 따지지도 않고 간악한 사학 교도로 몰아 죽이려고만 듭니다. 그들은 왜 그래야만 할까요?

 조정에서 천주학을 사학邪學으로 규정하는 이유 가운데 하나가 '사후死後 천당 지옥설'입니다. 하지만 그와 유사한 내용은 이미 불교의 근본 교리로서 천 년 전 우리 민족에게 불교가 전파된 이래 백성들 모두 알고 있는 바입니다. 비록 지금의 불교는 유학에 배척받는 처지가 되었지만, 그렇다고 사후 극락 지옥설을 믿으며 법당을 찾아 예불을 드리는 사람들과 불가의 스님들을 참수형에 처하지는 않습니다. 이렇듯 같은 교리임에도 천주를 믿는 이들에게만 그 교리를 핑계 삼아 가혹하게 대하는 까닭은 무엇일까요?

천주교 신자들이 박해를 받는 가장 큰 이유는 조상에게 제사를 봉행하지 않는다는 것입니다. 예를 갖추어 제사를 봉행하지 않는 것은 인륜의 근본을 저버리는 행동이라며 천주교인은 금수만도 못한 존재로 치부합니다. 이것 역시 공정한 논의가 되지 못합니다. 그들의 주장으로 말하자면 조상에게 드리는 제사는 인륜의 근본이므로 그 예법은 사대부 양반뿐 아니라 양민과 천민에게도 적용해야 마땅합니다. 사람이라면 누구나 조상과 부모가 있기 때문입니다. 기근과 전염병과 관료들의 온갖 수탈 속에 수많은 백성이 먹을 것이 없어서 굶어 죽거나, 하루하루 근근이 목숨만 연명하고 있습니다. 이처럼 가난한 백성은 주자학의 예법에 따라 죽은 조상을 위한 제사상을 장만할 수 없습니다. 이는 양민과 천민뿐 아니라 가난한 양반도 마찬가지입니다. 그렇다고 나라에서 그들에게 죄를 물어 곤장을 치고 참수형을 처하지는 않습니다.

나라에서는 천주교가 부모와 임금을 업신여기는 무부무군無父無君으로 인간의 도리를 저버린 짐승만도 못하다 하였습니다. 그러나 맹자가 이르기를 백성이 가장 귀하며, 사직社稷이 그다음이고, 임금이 가장 가볍다고 했습니다. 또 임금이 정사를 잘못하면 바꾸고, 좋은 고기와 깨끗한 곡식으로 제사를 지내도 가뭄과 홍수가 그치지 않으면 제사를 지내기 위한 사직단社稷壇을 헐어버리라고 하였습니다.

나라에서는 왜 이토록 갖은 이유를 들어 천주교인들에게만 엄하게 죄를 물어 기필코 죽이려고 할까요? 그것은 두려움 때문입니다. 그들이 두려워하는 것은 천주교가 아니라 천주교로 인해 세상에 일어날 '변화'입니다.

'사람이란 한 번 생명을 받아 몸이 이루어지면 곧장 죽지는 않더라도 소진되기를 기다리는 것인데, 공연히 서로 다투고 해쳐서 내닫는 것이 마치 말 달리는 것 같아 멈추게 할 수 없으니 참으로 안타깝고 슬픈 일이다.'라고 장자는 말했습니다. 특히 가진 자들이 더 갖기 위해 서로 다투고 해치는 일은 보통의 사람들보다 훨씬 치열하고 잔혹합니다.

지금으로부터 약 80여 년 전, 한양 궁궐 휘령전 앞에 쌀을 담는 뒤주 하나가 놓여 있었습니다. 그 안에서 사도세자가 그의 아버지 영조의 명으로 뒤주에 갇혀 처참하게 죽음을 맞이하였습니다. 그 무렵 왕비는 정순왕후로 영조가 66세일 때 15세의 나이로 새로운 왕비가 되었습니다.

정순왕후에게는 김귀주라는 이름의 오라비가 있었는데, 그는 사도세자를 죽음에 이르게 한 영조의 처사를 지지하는 노론 가운데 벽파의 우두머리가 되었습니다. 영조가 죽고 그의 손자이자 사도세자의 아들인 정조가 왕위에 오르자 궁궐의 분위기는 변화가 일어나기 시작했습니다.

정조는 자신의 아버지인 사도세자를 죽음에 이르게 한 노론 벽파 세력을 달갑지 않게 여겼습니다. 정조는 정순왕후의 오라비이자 노론 벽파의 우두머리인 김귀주의 관직을 박탈하고 유배를 보냅니다. 그리고 탕평책을 써서 그동안 노론에게 소외당했던 남인 출신의 관료들을 대거 등용합니다. 특히 남인 가운데에서도 서양의 새로운 학문에 관심이 많았던 정약용, 이승훈 등 신서파의 젊은 인재를 가까이 두고 아꼈습니다. 그러나 조선은 불행히도 아직 새로운 개혁을 이루어낼 때가 되지 못했습니다.

조선의 건국 때부터 권력의 핵심 세력에 깊게 뿌리를 내린 노론은 그 후에도 계속 조정을 장악했습니다. 그래서 임금인 정조가 아무리 개혁의 의지가 있다고 하여도 쉽사리 그들의 세력을 제압할 수 없었습니다. 그 과정에서 또 한 번 역사의 반전이 일어납니다. 기존의 권력과 새로운 개혁 세력이 팽팽하게 줄다리기를 하던 1800년, 정조가 갑작스러운 의문의 죽임을 당합니다.

그 후 11살의 어린 순조가 왕위에 오르고, 그의 뒤에 영조의 어린 왕비였던 대왕대비 정순왕후가 버티고 앉아 어린 왕을 대신 수렴청정을 하였습니다. 그러자 또다시 노론 세력이 권력을 독점하게 되었고, 이듬해 신유년에는 정순왕후를 비롯한 노론 세력은 눈엣가시 같은 남인 가운데 신서파를 가장 먼저 제거하기 위해 전에 없었던 본격적인 천주교 박해령을 내렸습니다. 그때 정순왕후가 조정의 대신들에게 하교한 내용의 요지는 다음과 같습니다.

「…지금 듣건대, 사학이 옛날과 다름이 없어서 날로 더욱 치성熾盛하고 있다고 한다. 사람이 사람 구실을 하는 것은 인륜이 있기 때문이며, 나라가 나라 꼴이 되는 것은 교화敎化가 있기 때문이다. 그런데 지금 이른바 사학은 어버이도 없고 임금도 없어서 인륜을 무너뜨리고 교화에 배치되어 저절로 이적夷狄과 금수禽獸의 지경에 돌아가는데, 저 어리석은 백성들이 점점 물들고 어그러져서 마치 어린 아기가 우물에 빠져들어 가는 것 같으니, 이 어찌 측은하게 여겨 상심하지 않을 수 있겠는가? 수령은 그 통내統內에서 만일 사학을 하는 무리가 있으면 마땅히 의벌劓罰을 시행하여 진멸함으로써 유종遺種이 없도록 하라.」

정순왕후는 단 한 명의 천주교인도 남기지 말고 씨를 말리라는 하교를 내렸습니다. 천주교인들이 왕을 바꾸려는 역모의 무리도 아니고 양민의 재산을 빼앗는 도적들도 아닌데, 한 나라의 최고 권력자가 그 나라의 백성들 가운데 하느님을 믿고 선행을 베풀며 살다가 죽은 후 천국에 가려는 꿈을 가졌다는 이유로 그들을 단 한 명도 남김없이 씨를 말리라는 하교를 할 수 있단 말입니까.

이와 같은 천주교 박해령은 단순히 정순왕후를 중심으로 한 노론 벽파 세력의 정치적 음모만으로 내려졌다고는 말할 수는 없을 것입니다. 노론 벽파 이외의 대다수 조정 대신과 전국 각 지역에서 세도를 누렸던 양반들과 유생儒生들도 찬동하였기에 이와 같은 대살육의 하교가 가능하였습니다.

나라와 유생들은 중국의 주자학을 정학^{正學}이라 하며 천주학은 사악하고 어긋난 학문, 사학^{邪學}으로 규정하고 탄압을 하였습니다. 하지만 그것은 명분일 뿐이고 탄압의 근본적인 이유는 따로 있었습니다. 그들은 천주학이라는 새로운 학문과 종교 자체가 문제가 아니었습니다. 그들은 양반과 천민, 남자와 여자의 차별 없이 하느님 아래 모든 사람이 평등하다는 천주교의 개혁 정신이 가져올 변화가 두려웠던 것입니다.

유학의 근본이념은 크게 인의^{仁義}와 충효^{忠孝}로 나누어집니다. 그런데 지금 시대는 인의의 가치는 외면하고 오직 충효의 의무만 내세워 기존 사회의 신분 제도를 유지하기 급급하며, 충효의 명분만을 내세워 천주교인을 오랑캐와 짐승만도 못한 존재로 규정하고 학살을 자행하고 있습니다.

이 땅의 모든 생명체가 공통으로 가진 본성은 자신의 생명을 존속시키는, 즉 살아남는 일입니다. 그러한 본성은 인간도 마찬가지입니다. 천주교 박해령을 내리고, 이를 부추기고 찬동하는 이들은 이 땅에서 편안하게 살 수 있는 기득권을 가진 자들입니다. 그들은 스스로 살아남기 위해서 그들의 기득권을 위협하는 자들을 두려워하며 죽이려 했습니다.

이러한 일들이 비단 지금 조선에서만 일어나는 것은 아닙니다. 아주 오래전 유대 땅의 왕과 제사장 등 권력자들은 예수님의 행적에서 죽음에 해당하는 요소를 아무것도 찾아내지 못했으나, 그분을 죽이셨습니다. 그 이유도 예수님으로 인해 그들의 기득권이 위협을 당했기 때문입니다. 기득권을 지키려는 자들이 행하는 새로운 변화를 요구하는 자들의 박해와 살육은 앞으로도 계속 이어질 것입니다. 그것은 원죄와도 같은 인간의 본성이기 때문입니다.

박해령이 내려지자 정약용과 그의 친형제인 정약전과 정약종을 비롯하여 이승훈과 권철신 등 조선 교회 창립자들 대부분이 잡혀갔습니다. 그들 가운데 정약종 아우구스티노의 순교는 지금까지도 교우들이 회자하며 신앙의 모범이 되고 있습니다.

박해령이 내려지자 전국 관아의 포졸들이 천주교인들을 잡아들이기 시작했습니다. 이러한 사실을 알고도 정약종은 달아나지 않고 태연하게 집으로 돌아가다가 금부도사가 이끄는 포졸의 무리를 발견했습니다. 정약종을 체포하기 위해 그의 집을 향해 가던 금부도사는 다행히도 말을 타고 하인과 함께 가는 정약종을 보지 못하고 지나쳐 갔습니다. 금부도사 일행을 발견한 정약종은 하인에게 말을 멈추게 한 후 잠시 생각에 잠겼습니다. 지금이라도 말을 돌려 달아나 숨어 지내면 목숨을 건질 수 있었습니다. 정약종은 삶과 죽음 사이에서 잠시 망설였습니다. 그리고 하인에게 말했습니다.

"저기 포졸들을 이끌고 가는 금부도사에게 가서 누구를 잡으러 가느냐고 물어보거라. 만일 나를 잡으러 가는 길이라면 더 멀리 갈 필요가 없다고 이르거라."

하인이 분부대로 금부도사에게 달려가 물어보니 금부도사는 과연 정약종을 체포하러 가는 길이었습니다. 그러자 정약종은 말에서 내려 스스로 신분을 밝히고 그들과 함께 관아로 향했습니다.

1801년 4월 8일, 천주교인들의 첫 번째 사형을 집행하였습니다. 서소문 밖 형장에 관아의 깃발이 휘날리고, 창을 든 포졸 뒤로 많은 구경꾼이 모여 있었습니다. 형장에는 사형 집행을 기다리는 죄수들이 상투에 노끈이 묶여 고개를 들린 채 무릎을 꿇고 앉아 있었습니다. 그들 가운데 정약종도 있었습니다. 구경꾼들 사이에 7살 남짓의 남자아이가 형장을 지켜보았습니다. 정약종의 아들 정하상이었습니다. 그로부터 30여 년 후 장성한 정하상은 수선탁덕과 깊은 인연을 맺습니다.

형장의 포졸 한 명이 하늘을 향해 총을 한 번 쏘자, 집행관이 사형 집행문을 낭독하고 이어서 형을 집행하였습니다. 형리가 정약종에게 칼을 내려칠 나무토막 위에 머리를 숙이라고 하자, 정약종은 나무토막에 반듯이 머리를 누이고 하늘을 보며 이렇게 말하였습니다.

"땅을 내려다보면서 죽는 것보다는 하늘을 처다보면서 죽는 것이 더 낫다."

잠시 후 칼을 든 망나니가 정약종에게 다가왔습니다. 망나니는 눈을 뜬 채 평화로이 하늘을 바라보는 정약종의 목에 감히 칼을 내리칠 수 없었습니다. 형리가 망나니에게 형 집행을 다그치자 망나니는 두려움에 떨며 어쩔 수 없이 칼을 내리쳤습니다.

천주교인의 학살은 연일 이어졌습니다. 내포 지역의 사도였던 이존창은 공주에서 참수되고, 권철신은 옥사하였습니다. 정약종과 형제지간인 정약전은 신지도로, 정약용은 강진으로 유배되었습니다.

주문모 신부님은 조선 교회의 요청으로 북경 교구에서 파견한 최초의 중국인 선교사입니다. 박해가 시작되자 주문모 신부님은 조선을 빠져나가 중국으로 돌아가고 있었습니다. 신부가 체포될 때까지 박해가 멈추지 않을 것이라 여긴 신부님은 더 이상의 희생을 막기 위해 스스로 관아를 찾아가 자수하여 한강 새남터에서 군문효수 되었습니다.

앞선 편지에서 말했듯이 나는 처형 당하는 순교자들의 모습을 많이 보았습니다. 그 과정에서 나는 놀라운 경험을 하였습니다. 처형장에는 수많은 구경꾼과 포졸들과 망나니들이 있습니다. 그리고 곧 목이 잘릴 순교자가 처형장 한가운데 손발이 묶인 채 무릎을 꿇고 있습니다. 처형장을 둘러싼 수많은 구경꾼과 포졸들과 망나니들은 지금도 살아있고 내일도 살아있을 사람들입니다. 그들 중 이 사실을 부정할 사람은 아무도 없습니다. 그러나 손발이 묶인 채 처형을 기다리는 순교자들은 지금은 살아있지만 이제 곧 죽을 목숨입니다.

그런데 신기하게도 처형장을 둘러싼 구경꾼과 포졸과 망나니들보다, 곧 죽음을 맞이할 순교자들의 눈빛에서 오히려 내일의 삶에 대한 확신이 더욱 강렬하게 느껴졌습니다. 그들은 죽음을 맞이하는 것이 아니라 새로운 생명의 탄생을 기다렸습니다. 그렇지 않고서야 어떻게 잔혹한 고문에 이은 죽음의 순간을 두려움 없는 맑은 눈빛으로 맞이할 수 있겠습니까. 도대체 그러한 믿음과 확신은 어디에서 비롯되는 것일까요? 그들이 남달리 두려움이 없거나 용감해서일까요? 그것은 아닐 것입니다.

공식적인 박해령은 멈추었으나 그 후 10여 년이 흐르도록 박해는 멈추지 않았습니다. 수선탁덕의 가문에도 순교자가 이어졌습니다. 윤지충, 권상연의 '폐제분주 사건' 때 고된 옥살이 끝에 1814년 12월 해미 감옥에서 숨을 거둔 탁덕의 증조부 김진후에 이어, 박해를 피해 경상도 안동으로 이주해 살던 탁덕의 작은할아버지 김종한 안드레아도 1816년 대구 감영에서 참수형을 받아 순교하였고, 김종한의 사위 손영욱은 해미에서 옥살이를 하다가 1824년에 순교하였습니다. 탁덕의 가족사는 박해와 순교의 역사이기도 합니다. 그러한 역사 속에서 탁덕은 태어나고 자랐습니다.

탁덕은 어린 시절부터 선조들이 육신의 삶을 버리고 선택한 영원한 생명이 무엇일지 고민했습니다. 학문을 알지 못하는 가난한 천민들도 영원한 생명의 확신과 믿음으로 죽음을 맞이했습니다. 그러므로 순교자들의 새로운 생명에 관한 확신은 이성적인 지식이나 논리의 결과가 아닌 마음과 영혼을 통하여 자연스럽게 그런 믿음이 생겼을 것입니다. 그것은 땅의 이치로는 설명할 수 없는 또 다른 신비의 영역입니다. 그러나 신부가 되기 위한 공부를 하는 탁덕의 입장에서는 순교자들이 갖는 믿음과 확신은 매우 철학적이며 신학적인 문제였습니다. 탁덕은 오랜 고민 끝에 나름대로 결론에 도달했습니다.

"인생살이에는 두 가지 유형이 있다고 합니다. 하나는 우리가 가졌던 소중한 것들을 하나씩 잃어가는 삶이고, 다른 하나는 잃었던 것들을 하나씩 되찾아가는 삶입니다. 두 가지 인생 가운데 어떤 인생이 바람직한 인생일까요? 물론 두 번째일 것입니다. 그런데 양반

계급에 속했던 신자들은 천주교인이 되면서 조상 대대로 쌓아온 부와 명예를 하루아침에 잃고 말았습니다. 윤선도의 후손이었던 윤지충이 그러하고 저희 집안 또 그러합니다. 그러면 천주교인들의 인생은 실패한 인생일까요?

우리는 '눈에 보이는 것과 눈에 보이지 않는 것'을 언제나 유심히 생각해야 합니다. 하느님께서 흙의 먼지로 사람을 빚으시고, 그 코에 생명의 숨을 불어넣으시니, 사람이 생명체가 되었습니다. 하느님이 태초에 인간을 창조하고 인간에게 불어넣은 생명은 눈에 보이지 않습니다. 그런데 이 땅에서 흙의 먼지로 빚은 몸의 인생으로 살아남기 위하여 눈에 보이는 것들을 쫓아 살아가면서 본래의 생명을 하나둘 잃어갔습니다. 몸의 인생을 살아가는 이들에게는 오직 자기만을 위하려는 '각자위심各自爲心'의 마음밖에 없습니다. 이것이 바로 인간의 원죄입니다.

하느님이 주신 생명은 사랑입니다. 하느님의 사랑과 이웃을 위한 사랑입니다. 하느님이 주신 생명의 삶을 살아가기 위해서는 자기만을 위하는 삶을 버려야 합니다. 하지만 대개 사람들은 그러지 못합니다. 원죄에서 벗어날 수 없습니다. 이렇게 하느님 사랑과 이웃 사랑, 이 두 가지 사랑을 잃으면서 하느님이 주셨던 영원한 생명도 잃어버렸습니다.

갓난아기들의 맑고 순수한 눈빛을 보십시오. 우리는 이 땅에 태어날 때 하느님이 주신 생명을 간직한 채 같은 출발점에 있었습니다. 하지만 이 세상에 살아가면서 어떤 사람은 하느님이 주신 생명을 하나씩 잃어가기도 하고, 어떤 사람은 잃었던 생명을 하나씩 되찾아가기도 합니다. 인간의 몸으로 이 세상에서 한평생 살아가는 것은 똑같지만, 몸의 경계를 벗어난 세상에서 보자면 두 가지 삶의 결과는 그야말로 '하늘'과 '땅'만큼의 차이가 있습니다. 동물들은 태어날 때와 죽을 때의 모습이 같습니다. 까치로 태어나면 까치로 죽고, 여우로 태어나면 여우로 죽습니다. 그러나 사람은 다릅니다. 태어날 때는 모두 사람으로 태어났지만, 죽을 때는 사람이 아닌 다른 존재가 되기도 합니다.

인생은 짧습니다. 짧은 시간에 부자가 된다거나, 권력가가 된다거나, 큰 명예를 얻게 되는 등 세상에서 말하는 성공을 얻기 위해서는 짧은 인생의 시간 대부분을 그가 원하는 것을 위해 온통 집중해야 합니다. 그의 마음도 그가 원하는 것에 집중해야 합니다. 눈에 보이는 성공만이 인생의 목적이 되고 모든 가치 판단의 기준이 되며 결국 그의 인생의 전부가 되어버립니다. 그러한 성공을 위해서 눈에 보이지 않는 하늘의 가치를 외면해야만 합니다. 삶의 수단이 삶의 목적으로 바뀐 것입니다.

사람은 매우 완고합니다. 삶의 대부분 시간을 부와 명예 등 몸의 욕망을 위해 온전히 사용한 사람은 나이가 들수록 더욱 완고해집니다. 세상의 의미와 가치는 오직 그가 이룩한 성공의 정도에 따라 결정됩니다. 그들은 자신의 성공을 자랑스럽게 여기며, 그렇지 못한 사람들을 업신여깁니다. 이렇게 굳어진 그들의 마음과 영혼에는 더는 하느님의 생명이 머물지 못합니다. 이미 자신이 원하는 바를 이룬

자는 삶의 다른 가치가 필요치 않고, 원하는 바를 이루지 못한 자는 그것을 이루기 위해 다른 가치들이 필요치 않습니다.

심지어 그들은 죽음을 맞이하는 순간조차도 육신의 삶의 허망을 깨닫지 못합니다. 죽음이 그의 머리에서 의식을 빼앗고, 그의 눈에서 빛을 빼앗을 때까지도 생전 누렸던 부귀와 영화를 움켜쥐며 미련을 버리지 못합니다. 그 모습은 오로지 육신의 본능에만 의지한 채 죽는 줄도 모르고 장작불에 달려드는 하루살이 날벌레와 같습니다.

그는 태어날 때는 하느님을 닮은 하느님의 자식으로 태어났지만, 죽을 때에는 그가 평생 추구한 욕망의 자식입니다. 참사람의 삶에는 향기가 납니다. 영혼의 향기가 납니다. 그러나 성공과 욕망의 덫에 갇힌 이들의 삶에는 썩은 냄새가 납니다. 육체의 썩은 냄새가 진동합니다. 참사람의 눈빛은 맑고 순합니다. 그러나 성공과 욕망의 덫에 갇힌 이들의 눈빛은 산짐승처럼 어둡고 탁합니다. 우리는 주변의 사람들의 눈빛을 보면서 이런 차이들을 쉽게 느낄 수 있습니다.

순교자가 꿈꾸는 영원한 생명이란 원래 없던 것을 하느님께서 새롭게 주시는 것이 아닙니다. 태초에 인간을 창조하였을 때부터 본래 있던 것입니다. 그것이 본래의 사람이었습니다. 우리가 구원을 받고 영원한 생명을 얻는다는 것은 본래의 사람으로 다시 돌아가는 일입니다. 자기 자신만을 위하는 삶은 살아도 죽은 것이나 마찬가지이며, 자기 자신만을 위한 삶을 버리고 죽는 것은 본래 간직했던 영원한 생명으로의 회귀이자 변화를 뜻합니다.

하느님의 본성을 하나로 말한다면 아름다움이라고 생각합니다.

그의 사랑도 아름다우며, 그의 지혜도 아름답기 때문입니다. 하느님이 사람을 자신과 닮게 창조하셨으니 사람의 본성도 아름답습니다. 그렇다면 아름다운 사람으로 태어났으니, 아름다운 사람으로 살다가, 아름다운 사람으로 죽어야 하지 않을까요? 그것이 그렇게도 힘든 일일까요? 그렇습니다. 인간은 하느님과 자연과 이웃과 함께 사는 것이 아니라, 자기 자신만을 위해 살고자 하는 각자위심各自爲心이라는 원죄의 덫에 갇혀 있기에 매우 힘든 일입니다. 그래서 천국의 문은 좁습니다. 그러나 사람으로 태어나 끝내 사람의 참모습을 알지 못한다면, 천 년을 산들 그 허망함을 어찌할까요."

의금부 도사

병인년 고종 3년 이른 봄, 조선의 정치적 상황은 이러했다. 왕을 대신하여 실질적인 통치를 하던 고종의 아버지 홍선대원군은 천주교에 특별한 반감이 없었다. 오히려 러시아가 남하 정책을 펴며 조선에 통상을 요구하자 위기감을 느낀 홍선대원군은 프랑스 선교사들을 통해 회유책을 모색하고자 조선에 머물던 조선 교구장 베르뇌 주교를 만날 계획까지 세웠다.

한 개인의 인생사人生史건, 한 국가의 역사歷史건 돌이켜보면 위기 속에서 오히려 새로운 가능성이 실현될 수 있는 순간들이 있었음을 뒤늦게 발견하기도 한다. 만일 홍선대원군과 베르뇌 주교 두 사람의 만남이 성사되었고, 또 프랑스 선교사의 도움으로 러시아의 남하 정책을 억제할 수 있었다면 조선 천주교 역사는 물론 조선 역사의 흐름도 크게 변화했으리라. 그러나 실제 역사에서는 홍선대원군과 베르뇌 주교의 만남은 무위로 끝났으며, 그 후 조선 천주교가 겪은 비극과 조선의 종말은 우리가 알고 있는 그대로이다. 아무튼 홍선대원군이 프랑스 선교사까지 동원하여 러시아의 남하 정책을 막아보려던 중 러시아의 통상 요구는 잦아들었고, 조선 조정에서는 다급한 상황에서 벗어날 수 있었다. 그런데 정작 러시아가 아닌 청나라에서 발생한 어떤 변화가 조선 천주교에 영향을 끼쳤다.

예수회의 선교 이후 오랜 시간 천주교를 묵인해오던 청나라 황제가 천주교 탄압을 개시했다. 그러자 조선의 지배층과 지방의 유생들도 청나라를 따라 천주교 탄압을 다시 요구하기 시작했다. 고종이 왕위에 오른 지 3년이 채 안 되어 안정적인 통치 기반을 확보하지 못한 홍선대원군은 결국 여론을 의식하고 지금까지 고수했던 천주교 묵인책을 포기하고 탄압 교령敎令을 포고하였다.

탄압의 시기에 천주교인들은 자신의 신앙을 숨기며 비밀리에 소통하여왔다. 그 후 오랜 시간 박해 없이 평화로운 시기를 보내면서 서서히 일반인들에게도 노출되어갔다. 그러던 중 갑작스럽게 탄압령이 내려지자 수많은 신자가 속수무책으로 체포되었다.

난정을 소실로 데리고 있는 의금부 도사 이상윤의 나이는 마흔다섯으로 수선탁덕이 살아있었다면 동갑이었다. 이상윤의 집안은 4대째 무과에 급제한 무인 집안으로 증조부 때부터 포도청과 의금부 등에서 대대로 높은 벼슬까지 올랐으며, 그들의 업적 가운데 하나가 천주교인들을 잡아들이고 고문하며 처형하는 것이었다. 공교롭게 4대에 걸쳐 순교의 역사를 이어왔던 탁덕의 집안과 이상윤의 집안은 같은 시기 같은 조선 땅에서 서로 다른 삶의 이유로 이어져 왔다. 한쪽은 기어이 죽이고자 한 무리에 속했고, 다른 한쪽은 순순히 죽음을 받아들이는 무리에 속했다. 또한 같은 양반 계급이었으나 탁덕의 집안은 천주교인이 되면서 가산과 신분을 버리고 가난과 순교 속에서 간신히 대를 이어갔고, 의금부 도사 이상윤의 집안은 대를 거듭할수록 자손이 번성하고 부와 명예를 축적하며 살아갔다.

탄압령 이후 좌우 포도청에서는 제일 우선으로 조선에서 활동 중인 프랑스 선교사들을 잡아들였다. 한때 흥선대원군이 스스로 만나기를 고대했던 베르뇌 주교도 대원군의 정책 변화와 함께 사학 무리의 수괴로 체포되었다. 포도청에서 베르뇌 주교를 심문하는 과정에서 천주교 교리와 순교자들에 관한 수천 권의 책들이 천주교인들 사이에 퍼뜨려져 읽힌다는 사실이 드러났다. 포도대장은 책의 출처를 베르뇌 주교에게 물었으나 주교는 끝까지 입을 열지 않았다. 그러던 중 '이선'이라는 밀고자에 의해 책의 출처가 최형崔炯이라는 이름의 인쇄공임이 밝혀졌다. 최형의 세례명은 베드로였다.

탄압 교령이 내려질 무렵 최형은 용인 미리내 근처 은신처에서 글라라에게 편지를 쓰기 시작했다. 그 후 포도청으로부터 수배령이 떨어지자 한양으로 올라와 남문 밖에서 머물렀다. 숨어 지내기에는 한적한 시골보다 사람이 많은 한양이 더 수월하리라는 판단도 있었지만, 편지의 수신자인 글라라가 한양에 살고 있었기 때문이었다.

천주교와 관련된 책자 수천 권이 전국에 배포되었다는 사실은 조정의 입장에서는 매우 심각한 일이었다. 책 한 권이 미치는 영향력은 100명의 신자보다 더 크다. 흥선대원군과 조정 대신들은 최근 들어 천주교 신자가 급격히 증가한 가장 결정적인 이유도 바로 천주 교리가 인쇄된 책자가 전국에 퍼뜨려졌기 때문이라 판단했다. 따라서 책의 출처인 최형을 시급히 체포하여 배포 경유를 알아내고 배포된 책들을 모두 회수하여 소각하라고 포도청과 의금부에 지시했다.

의금부 도사 이상윤이 포졸들을 이끌고 최형의 은신처에 갔으나 최형은 이미 달아난 이후였다. 그 후 포도청에서는 최형의 행방을 추적하기 위해 이미 잡혀 온 천주교인들을 엄하게 심문하여 가까스로 최형이 한양 남문 밖 주막에 머물러 있음을 알아냈다. 포도청에서는 은밀히 그곳을 급습하였으나, 이를 눈치챈 최형이 달아나는 바람에 쫓고 쫓기는 추격전 끝에 육의전 근처에서 간신히 체포했다.

흥선대원군이 엄하게 지시한 사건이라 포도청에서는 최형을 체포한 즉시 심문을 시작했고, 심문 과정에서 드러난 사실들을 우선 의금부 도사에게 전달했다. 포도청에서 밝혀진 그의 개략적인 신상은 다음과 같다.

천주교 세례명이 베드로인 최형은 자신의 신분을 감추기 위해 최치창이라는 이름을 쓰기도 하였다. 최형은 1814년 충청도 공주에서 태어났으며, 그의 아버지는 스무 살에 세례를 받고 천주교 신자가 되었다. 최형의 아버지는 세 명의 아들과 한 명의 딸을 두었는데, 아버지의 권유로 자녀들 모두 천주교 신자가 되었다.

최형은 어릴 적부터 영민하여 한문을 배우며 학문에 뜻을 두었는데, 집안이 워낙 가난하여 공부를 그만두고 농사일을 하며 가족을 부양했다. 그러던 중 1836년 조선에 몰래 입국한 파리외방전교회 모방 신부가 최형의 깊은 신앙심과 영민함을 알아보고 그를 복사로 두었고, 1839년 새남터에서 참수형을 당할 때까지 곁에 두었다. 또 하나 특이할 만 한 사실은 최형 형제들 가운데 막내인 최방제는 조선인 사제가 되기 위해 1839년 중국 마카오에 설립된 조선 신학교에 가서 사제 수업을 받다가 그곳에서 사망하였다는 것이다. 최형은 1840년 천주교 신자라는 죄목으로 아버지와 함께 관아에 체포된 적이 있었다. 그러나 그때는 1839년 기해년 박해 이후 박해의 광풍이 가라앉은 때라 옥에 갇히지 않고 고문만 당하다가 포졸들에게 풀려날 수 있었다.

이상이 최형이 체포된 날 실토한 내용이다.

포도대장은 천주교 관련 책자의 배포 경유와 관련자들을 대라고 독촉하였지만 최형은 남을 해치지 말라는 천주교 교리를 근거로 거절했다. 포도대장은 배교자로부터 최형이 최근 또 다른 책을 집필 중이라는 사실을 알아냈다. 그러나 최형이 머물던 주막에는 글을 쓴 흔적만 있을 뿐 글을 적은 종이는 보이지 않았다. 후에 포도대장은 최형을 쫓던 포졸들로부터 주막에서 쫓겨 달아날 때는 분명 손에 작은 보따리를 들고 있었는데, 체포 당시에는 그 보따리가 없었다는 내용을 전달받았다. 그렇다면 최형이 들고 있던 보따리에 그가 집필하던 책이 들어있음이 분명하며, 달아나는 과정에서 누군가에게 그 보따리를 전달하였으리라 추측했다.

  포도대장은 최형에게 집필 중이던 책의 내용과 달아날 때 가지고 있던 보따리의 행방을 추궁하였으나, 최형은 힘있게 거절했다. 이에 포도대장은 최형이 실토할 때까지 갖은 고문을 가했다. 처음에는 다리에 매를 맞았고, 이어 머리채를 매단 채 세모난 몽둥이로 무섭게 매를 맞았으며, 정강이에 서른 번 몽둥이질을 당했다. 그래도 입을 열지 않자 태장 서른 도를 맞았다. 태장이라는 형벌은 다리와 어깨와 발가락을 동시에 치는 것이어서 최형의 발가락은 그대로 으스러지고, 결국 형벌을 버티지 못하고 혼절하고 말았다. 이로써 체포된 첫날 최형의 심문이 끝났다.

  포도청에서 보내온 첩보와 최형을 체포했던 포졸 중 한 명의 증언에 의하면, 체포될 당시 조금 떨어진 곳에 젊은 여인이 있었고, 여인은 작은 보따리 하나를 가슴에 품고 있었다고 하였다. 최형을 체포했던 포졸들은 최형이 주막에서 가지고 달아났던 보따리의 내용을 알지 못했으므로 이를 대수롭지 않게 여긴 것이다. 포도대장이 포졸에게 여인의 인상착의를 묻자, 지체 높은 양반집 여인의 옷차림이었다는 것 말고는 특별히 기억하는 것이 없었다.

  의금부 도사 이상윤은 포도청에서 보내온 첩보를 바탕으로 조정과 비변사에 올릴 장계를 작성하느라 늦은 밤까지 관아에 머물러 있었다. 같은 시간 이상윤의 저택 별당에는 여전히 호롱불이 밝혀져 있었고, 난정은 최형 베드로의 다섯 번째 편지를 읽고 있었다.

Intende voci clamoris mei,
rex meus et Deus meus.

성소 聖召

베드로가 글라라에게 보내는 다섯 번째 편지입니다.

   1821년 8월, 평양성에서 구토하고 설사를 하는 병으로 하루 사이 죽은 자가 삼백 명이 넘는다는 소문이 퍼졌습니다. 그리고 한 달도 되지 않아 같은 증상의 병이 한양을 비롯하여 제주도를 포함한 전국 팔도에 퍼져 평안도에서만 수만 명이 사망하였고, 한양에서의 사망자는 십만 명이 넘는 등 전국에 걸쳐 수십만 명의 백성들이 치료법을 알지 못하는 괴질에 속수무책으로 죽어갔습니다.
   괴질은 특히 떠돌이 거지 신세가 되었거나 먹을 것이 없는 가난한 백성들 사이에서 더욱 급속히 퍼져갔으며, 관아에서는 늘어만 가는 시체들을 수습할 방도가 없어서 거리에는 버려진 시체들이 쌓여만 갔습니다. 후에 밝혀진 바에 의하면 이 괴질은 '인도'라는 나라의 풍

토병이었는데, 인도를 식민지로 지배하던 영국군에게 전염되었으며, 영국군은 식민지를 확장하는 과정에서 다른 나라에 이 병을 옮겼고, 급기야 중국을 거쳐 조선 의주를 통해 한양과 전국 팔도에 퍼져 나간 것이었습니다.

어둠은 빛을 이길 수 없고, 죽음은 생명을 이길 수 없습니다. 수많은 사람이 죽어가는 상황에서도 새로운 생명의 탄생은 이어졌습니다. 괴질이 처음 발생했던 해 8월 21일, 충청도 당진 솔뫼 마을에서도 새 생명이 탄생하였습니다. 이처럼 온 백성이 공포에 떨던 죽음의 시대에 수선탁덕은 탄생하였습니다.

다행히 괴질의 화마火魔는 탁덕의 집안을 덮치지 않았습니다. 그러나 탁덕의 증조부 김진후의 순교 이후 계속되는 박해로 인해 시시각각 위험이 다가오자 탁덕의 할아버지 김택현과 아버지 김제준은 신앙을 이어가기 위해 오랜 삶의 터전인 솔뫼를 떠나기로 하였습니다.

처음엔 한양 청파동으로 이주해 살다가 좀 더 안전한 한덕동 광파리골로 옮겨갔습니다. 그곳에서 화전을 일궈 간신이 삶을 연명했으나, 결국 할아버지를 비롯하여 가족 몇몇이 그곳에서 숨을 거두었습니다. 그 후 아버지 김제준은 다시 가족들을 이끌고 생활 여건이 좀 더 나은 용인 골배마실로 이주했습니다. 탁덕의 가족이 골배마실로 이사간 까닭 가운데 하나는 인근에 '은이'라는 이름의 교우촌이 있었기 때문이었습니다. 은이隱里는 숨겨진 마을이라는 뜻입니다.

수선탁덕의 어릴 적 이름은 재복이었습니다. 그러므로 탁덕의 어린 시절 이야기에서는 재복이라는 이름을 쓰겠습니다. 재복의 가문은 김해 김씨로 대대로 벼슬하던 양반이었습니다. 그러나 증조부 이후 천주교 신앙을 받아들이면서 재산을 몰수당하는 등 가세가 기울다가, 급기야 깊은 산속에서 화전을 일구며 근근이 연명해야 하는 처지에 놓였습니다. 가난한 환경 속에서 자란 탓인지 재복은 어릴 적부터 몸이 허약하였습니다. 키는 컸으나 비쩍 마른 몸에 원인 모를 두통과 복통 등으로 늘 괴로워했습니다.

가난과 뒤바꾼 신앙으로 육체적으로는 고달팠으나 영적인 생활은 풍요했습니다. 4대째 내려오는 신앙의 가풍과 아버지 김제준, 어머니 고 우르술라의 엄격한 가르침과 생활 습관으로 재복은 하느님의 존재를 바람이나 공기처럼 당연히 여겼습니다. 육체의 끼니는 거를 때가 많았어도, 기도와 교리 공부라는 영혼의 양식은 빠뜨리지 않고 풍족하게 누렸습니다. 하지만 부모님이 재복에게 전해 준 하느님은 아직 그의 하느님이 되지 못했습니다. 재복은 세상에 대한 나름의 의견을 가질 수 있는 나이가 되자 부모님이 전해 준 하느님 가운데 받아들일 수 없는 부분도 많아졌습니다. 특히 죽음에 대한 두려움과 슬픔이 그랬습니다.

재복은 대구 감영에서 참수형으로 순교한 작은할아버지 김종한 안드레아의 이야기를 자주 들으며 자랐습니다. 재복의 부모님은 안드레아 작은할아버지가 하느님으로부터 영광스러운 순교의 화관을 받았다며 자랑스럽게 여겼습니다. 또 부모님들도 머지않아 망나니 칼에 목이 잘리는 교수형을 받거나, 감옥에서 포졸들의 밧줄에 목을 매는 교수형으로 죽게 될 것이라는 걸 자연스레 받아들였습니다.

죽음에 대한 재복의 두려움은 참수형으로 죽은 김종한 안드레아 작은할아버지의 영향이 가장 컸습니다. 재복도 언젠가는 안드레아 작은할아버지처럼 끔찍한 죽음을 맞이해야 한다는 사실 때문에 더욱 두려웠던 것입니다. 얼마나 두려웠던지 안드레아 작은할아버지처럼 참수형을 받는 꿈을 꾸다가 가위에 눌린 적도 많았습니다. 그렇게 끔찍한 죽음을 부모님들은 왜 잔칫상 받듯 기쁘고 즐겁게 맞이할 생각을 하는지 이해할 수 없었습니다.

죽음과 함께 어린 재복이 이해할 수 없는 것이 슬픔이었습니다.

훗날 탁덕은 나에게 이런 질문을 한 적이 있습니다.

"이 세상의 슬픔은 모두 어디로 갈까요?"

갑작스러운 질문에 나는 우물쭈물 대답하지 못했습니다. 탁덕이 재복으로 불리던 어린 시절 스스로에게 던진 질문이었습니다.

재복이 14살 되던 겨울이었습니다. 가난한 사람들에게 겨울은 언제나 춥기 마련이지만 그해 겨울은 유독 더 추웠습니다. 재복은 이른 새벽 아버지의 심부름으로 골배마실의 집에서 은이에 있는 공소에 갔습니다. 골배마실에서 은이까지 가려면 산을 하나 넘어야 했습니다. 재복은 눈이 얼어붙은 산길을 걷기 위해 신발에 새끼줄을 동여맸습니다. 보통 때 같으면 산 중턱 즈음 이르렀을 때 이마에 땀이 살짝 배었는데, 그날은 바람까지 매섭게 불어 정상에 이를 때까지 잔뜩 몸을 웅크려야 했습니다.

꽁꽁 얼어붙은 비탈진 내리막길을 한 걸음 한 걸음 조심스럽게 내려오는데, 숲길에서 조금 벗어나 움푹 파인 곳에 무언가 보였습니다. 멀리서 보기엔 덫에 걸린 짐승 같았습니다. 가끔 산을 넘다가 멧돼지와 마주칠 때도 있었기에 재복은 조심스럽게 다가가 보았습니다. 몇 걸음 만에 그것이 무엇인지 알 수 있었습니다.

사람이었습니다. 어린아이 둘이 웅덩이 안에 있었습니다. 재복은 급히 다가갔습니다. 10살이 안 되어 보이는 여자아이와 7살 즈음 되어 보이는 남자아이가 꼭 끌어안고 잠들어 있었습니다. 처음엔 그렇게 생각했습니다. 하지만 두 아이는 이미 죽어있었습니다. 추위에 얼어 죽은 것입니다. 두 아이의 몸은 이미 뻣뻣하게 굳었고, 얼굴에는 서리가 하얗게 내려앉아 있었습니다.

재복은 놀라고 당황하여 어찌할 바를 몰랐습니다. 할 수 있는 것이 아무것도 없었습니다. 아마도 여자아이가 누나이고 남자아이가 동생일 것입니다. 신기하게도 두 아이의 표정은 모두 편안해 보였습니다. 누나의 품에 안긴 남자아이의 표정은 정말 깊은 잠에 빠진 것 같았습니다. 실제로 그들은 겨울밤 추위와 배고픔을 견디지 못하고 잠들었을 겁니다. 그리고 얼마 후 영원히 깨지 못할 또 다른 잠에 빠진 것입니다. 탁덕은 그때의 기억을 떠올리며 이렇게 말했습니다.

"배고픔과 추위에 떨며 어두운 숲속을 헤맬 때 얼마나 무서웠을까요. 누이는 칭얼대는 어린 동생에게 무어라며 달랬을까요? 어린 남매는 왜 한밤중에 산속을 헤매야 했을까요? 두 아이의 부모는 어디에 있을까요? 혹시 아이들은 집을 떠난 엄마를 찾아 나선 건 아닐까요? 과연 아이들의 부모는 살아있기는 했던 걸까요? 꼭 끌어안은 채 얼어 죽은 두 아이의 얼굴을 보고 있으니 눈물이 흘렀습니다. 울면서 고개를 들어 하늘을 보았습니다. 아침 햇살이 나뭇가지 사이로 눈부시게 빛났습니다. 이 세상에는 어린 남매의 슬픔과 고통을 위로하는 것은 아무것도 없었습니다.

언제나 그랬습니다. 굶주림을 견딜 수 없어 어느 어미가 자기가 낳은 자식과 함께 강물에 뛰어들었을 때도 청명한 하늘의 흰 구름은 한가로이 흘렀고, 전염병으로 죽은 일가족의 시체를 불태우는 장작더미 위에도 산들바람은 불길을 부추겼습니다. 슬픔을 견디지 못하고 하늘을 올려다보며 울부짖는 이들의 처절한 비명과 눈물에 하늘은 한결같은 태연함과 무심함으로 대했습니다. 마치 땅 위에서 벌어지는 모든 일은 아무런 문제 없이 완벽하며, 하늘의 평화가 땅에도 그대로 이루어지고 있음을 말하듯, 밤이 되면 별들은 아름답게 반짝이고 아침이 오면 황금빛 태양은 어김없이 장엄하게 떠올랐습니다. 그렇다면 땅 위의 순박하고 가난한 이들의 가슴에 맺힌 슬픔은 어찌 됐을까요? 죽음과 함께 연기처럼 덧없이 사라지는 걸까요? 우리의 삶이라는 게 그렇게 제멋대로이며 부조리한 것인가요? 인간이란 그렇게 하찮고 무의미한 존재일까요? 그것이 아니라면 이 세상의 슬픔은 모두 어디로 갔을까요?"

재복은 오랜 시간 스스로에게 던진 질문의 답을 찾지 못했습니다. 죽음의 두려움과 이 땅의 슬픔에 무심하기만 한 하느님에 대한 의문과 원망은 그가 하느님을 찾는 화두가 되었습니다.

그로부터 2년 후, 1836년 1월, 재복의 인생에 가장 결정적인 영향을 미친 한 사람이 등장합니다. 칠흑처럼 어두운 밤 얼어붙은 압록강을 조선 옷을 입은 한 무리의 사내들이 은밀히 건너고 있었습니다. 그들 가운데 한 명이 누군가를 등에 업고 조심조심 발걸음을 떼었습니다. 등에 업힌 사람은 상복을 입고 갓을 썼는데 큰 키에 코가 길고 뾰족했고, 눈에는 푸른빛이 돌았으며, 긴 수염으로 뒤덮인 얼굴색은 유난히 희었습니다. 파리외방전교회 소속 모방 신부가 조선인 밀사들의 안내를 받으며 비밀리 조선 땅으로 잠입하던 것이었습니다.

조선 교회는 주문모 신부의 순교 이후 또다시 목자 없는 양 떼의 신세가 되었습니다. 그 사이 로마 교황청에서는 조선을 중국에서 분리된 별도의 조선 교구로 지정하였습니다. 그 후 조선 교구의 선교를 프랑스 파리외방전교회에서 맡았으며, 조선 교구의 초대 주교로 브뤼기에르 주교를 임명하였습니다. 파리외방전교회는 브뤼기에르 주교의 입국을 준비하며 본격적인 조선 교구를 이끌어 갈 계획들을 세워나갔습니다. 그러기 위해서 파리외방전교회 소속 선교사인 모방 신부를 먼저 조선에 입국시켜 상황을 살피고 주교의 입국을 준비하도록 했습니다.

무사히 압록강을 건넌 모방 신부와 밀사 일행은 의주 성문이 바라보이는 곳에 이르러 성안으로 이어진 수문을 향했습니다. 앞서가던 일행이 막 수문을 나가자, 성안을 지키던 개 한 마리가 사람들을 발견하고 짖어댔습니다.

한편, 같은 시간 의주성 밖 어느 주막에 말 두 필이 묶여 있고, 두 명의 남자가 모방 신부 일행을 초조하게 기다렸습니다. 새벽이 다 되어서야 어둠 속에서 인기척이 들리더니 멀리에서 모방 신부와 밀사 일행이 다가왔습니다. 주막에서 기다리던 남자 가운데 한 명이 모방 신부에게 급히 달려가 땅에 엎드려 절하였습니다. 그의 이름은 정하상이었습니다.

앞선 편지에서 1801년 신유년 박해 때 순교했던 정약종의 이야기를 했었습니다. 그때 7살이던 그의 아들 정하상도 잠깐 언급했습니다. 그 후 정하상은 고난 속에서도 신앙을 지키며 성장하여, 사제가 없는 조선 교회의 실질적인 지도자 역할을 해왔습니다. 중국에서 독립된 별도의 조선 교구 설립을 교황청에 요청한 이도 정하상이었습니다. 주문모 신부와 아버지의 순교 이후 35년이 지나서야 정하상은 조선 교구에 처음으로 파견된 파리외방전교회 소속 신부를 맞이하였습니다. 파리외방전교회는 조선 교구의 선교를 맡으면서 조선에 선교사를 파견하는 일 이외에 새로운 계획을 세웠습니다. 주교에 앞서 모방 신부가 먼저 조선에 들어온 이유 가운데 하나도 그것 때문이었습니다.

세계 천주교 역사 속에서 사례를 찾기 힘들게 혹독한 탄압을 받은 조선에서 생김새와 언어가 다른 서양인 선교사가 제대로 된 선교 활동을 펼치기란 힘들었습니다. 교우들 처지에서도 언어가 다른 사제에게 고해성사하고 교리를 배우기는 힘들었습니다. 더구나 중국에서 분리된 독립적인 조선 교구가 되었으니 당연히 조선인 사제가 필요해졌습니다. 하지만 한 명의 사제가 탄생하기까지는 많은 시간과 노력이 필요합니다. 모방 신부에게 주어진 또 다른 임무는 조선에서 사제가 될 만한 인재를 찾아 중국에 있는 신학교로 보내는 것이었습니다.

모방 신부의 계획을 들은 정하상은 가슴이 뛰었습니다. 조선에 처음으로 교회가 설립되고 50년이 지나서야 조선인 사제를 가질 수 있는 희망이 생겼습니다. 모방 신부의 요청으로 정하상은 중국에 보낼 조선인 신학생 후보를 찾는 일에 몰두하였습니다. 앞서 말했듯이 나는 모방 신부님의 복사 역할을 하며 그를 가까이에서 모실 수 있었고, 나에게 그런 귀한 기회가 주어진 것도 정하상 덕분이었습니다. 정하상도 사제의 꿈을 가졌습니다. 하지만 어느덧 마흔이 넘은 나이가 되어 그의 꿈은 다음 세대의 청년들을 통해 대신 이루어야 했습니다.

외람되게도 저 역시 사제의 꿈을 가지고 있었습니다. 사제가 되는 것이 얼마나 힘든 과정인지 몰랐던 철없던 시절의 꿈이었습니다. 그런데 모방 신부가 신학생 후보를 찾는다는 소식을 듣자 은근히 욕심이 났습니다. 내가 아니라 내 동생 최방제가 사제가 되기를 바랐습니다. 하지만 그것 역시 욕심에 불과하다는 걸 알고 있으므로 나의 욕심을 모방 신부님께 감히 드러내지는 못했습니다.

그러던 어느 날 모방 신부님이 내 동생 최방제를 만나고자 하였습니다. 나중에 알고 보니 동생을 기특하게 생각하던 정하상이 모방 신부님께 신학생 후보로 추천했습니다. 동생을 직접 만난 모방 신부님도 만족하셨습니다. 이리하여 동생 최방제가 조선인 신학생 예비생이 되어 한양에 있는 모방 신부 거처에 머물며 라틴어 수업을 받게 되었습니다. 더욱 놀라운 사실은 또 다른 신학생 후보로 선발된 소년은 우리 형제와 사촌지간인 최양업이었습니다. 양업 또한 정하상 추천으로 모방 신부와의 만남이 이루어졌습니다.

내 동생 최방제는 열일곱이었고, 최양업은 이보다 한 살 어린 열여섯이었습니다. 모방 신부는 두 명의 예비 신학생을 매우 만족해했습니다. 그리고 그해 겨울 그들을 중국의 신학교로 보내기로 했습니다. 최방제와 최양업은 그날을 대비해 열심히 라틴어 공부를 이어갔습니다.

그리고 몇 개월 후 정하상이 뒤늦게 또 한 명의 소년을 모방 신부에게 추천했습니다. 충청도 골배마실에 사는 김재복이라는 소년이었습니다. 공교롭게도 김재복의 할머니는 조선에 천주교가 처음 뿌리를 내릴 때 내포의 사도라 불리었던 이존창의 딸이었고, 최양업의 어머니는 이존창의 손녀라서 최양업과 김재복은 육촌지간이었습니다. 모방 신부는 무엇보다 재복 가족의 순교 역사에 감동했습니다.

재복의 아버지 김제준과 오랜 세월 신앙적인 교류를 해왔던 정하상은 김제준에게 재복이 신학생으로 선발될 수 있다고 알려주었습니다. 지금도 마찬가지지만 사제 없이 오랜 시간 힘겹게 신앙생활을 이어갔던 당시의 조선 교우들에게 사제란 하느님 다음가는 엄청난 존재였습니다. 재복의 아버지는 자기 아들이 사제가 될 수 있으리라는 건 상상도 못 했습니다. 그는 이 모든 것이 죽음으로 하느님을 증거한 선조들 덕분이라고 생각했습니다.

　정하상을 만난 후 집으로 돌아온 아버지 김제준은 재복과 단둘이 만났습니다. 조용한 산중이라 누군가 엿듣기라도 할까 봐 계곡물이 시끄럽게 흐르는 냇가로 갔습니다. 물론 부모의 뜻을 거스를 아들이 아니라는 걸 알지만 사제직은 부모의 권유나 강요로 될 수 없기에 아들의 생각이 궁금했습니다. 당연히 아버지의 이야기를 들은 재복은 놀라고 당황했습니다. 사제가 될 생각은 꿈도 꿔 본 적도 없으려니와, 죽음의 두려움과 온갖 슬픔으로 가득 찬 세상에 현존하는 하느님을 향한 의구심으로 본인의 신앙도 갈피를 못 잡고 있는데, 하물며 신자들의 모범이 되고 그들이 가야 할 길을 인도하는 목자가 될 자신이 없었습니다.

　재복은 고개를 숙인 채 말이 없었고, 아버지는 먼 산을 바라보며 말이 없었습니다. 두 사람 사이의 무거운 침묵은 아버지가 먼저 깼습니다.

　"난 네가 신부님이 되었으면 좋겠다."

　아버지는 자신의 마음을 솔직히 밝혔습니다. 하지만 그 말을 하기까지 아버지의 심정은 무겁고 힘들었습니다. 조선 땅에서 혼자만의 신앙을 지키는 것도 목숨을 걸어야 하는데, 하물며 조선의 모든 교우를 보살피고 이끌 사제가 될 결심을 하는 순간 이미 죽은 목숨이나 다름없기 때문입니다. 아무리 죽음 이후 하느님이 약속한 영원한 생명의 믿음이 있더라도 불 보듯 확실한 사지死地로 자식을 보내려는 부모 심정이 어떨지 나로서는 도저히 가늠할 수 없습니다.

"이번 결정은 내 뜻을 따를 필요는 없다. 이건 육체의 부모와 너의 문제가 아니라, 영혼의 부모인 하느님과 너의 문제이니 하느님의 뜻을 따라서 결정해라. 열흘 후에 모방 신부님께서 은이 공소를 방문하기로 했다. 그전까지는 결정해야 한다. 당분간 밭일은 그만두고 공소에 가서 기도를 드리거라. 그날 미사 때 너의 세례식도 함께 치를 것이니 준비하고 있거라."

이야기를 마친 아버지는 떠나고 냇가에는 재복 혼자 남았습니다. 해가 저물고 어두워지도록 그 자리에 계속 있었습니다. 어느새 밤하늘에 별 하나가 빛나고 있었습니다.

이미 아버지에게 자초지종을 들은 어머니 고 우르술라는 재복에게 아무 말도 하지 않고 평소처럼 대했습니다. 처음 소식을 들었을 때 감사하고 기뻤지만, 시간이 지날수록 이상하게도 자꾸 눈물이 나왔습니다. 재복은 어렸을 때 비가 내리면 비를 맞으며 빗물이 고인 물웅덩이에서 물장난을 치는 걸 좋아했습니다. 껑충하게 키만 컸지 어머니에게 16살 재복은 여전히 그때의 어린아이로만 느껴졌습니다.

모방 신부가 은이 공소로 오기로 한 하루 전, 아버지는 재복을 데리고 다시 시냇가로 갔습니다. 재복이 어떤 결정을 내렸는지 듣기 위해서였습니다. 지난번처럼 두 사람 사이에는 무거운 침묵이 흘렀습니다. 이번에는 재복이 먼저 침묵을 깼습니다.

"떠나겠습니다. 신학생이 되겠습니다."

"너의 뜻이냐? 아니면 나의 뜻을 따른 것이냐?"

"지금은 아버지의 뜻입니다."

"너의 뜻이 아닌 이유가 무엇이냐?"

재복은 한참 망설이다가 대답하였습니다.

"두렵습니다."

재복의 대답에 아버지도 한동안 말이 없었습니다.

"사실 나도 두렵다. 그리고 비오 증조할아버지도, 안드레아 작은할아버지도 두려웠을 것이다."

재복은 놀라 아버지를 바라보았습니다. 언제든지 죽을 각오가 되어있는 아버지 입에서 두렵다는 말이 나올 줄 몰랐습니다. 그때 새 한 마리가 날아와 시냇가 옆 나뭇가지에 앉았습니다. 이 모습을 바라보던 아버지가 이야기를 이어갔습니다.

"재복아, 나무에 앉은 새가 나뭇가지가 부러질까 두려워하지 않는 이유가 뭔지 아느냐? 새는 나뭇가지를 믿는 게 아니라 자신의 날개를 믿기 때문이다."

뜻 모를 아버지의 이야기에 재복은 나뭇가지에 앉은 새만 바라보았습니다.

"내키지 않으면 안 가도 괜찮다."

"아닙니다. 가겠습니다. 하느님의 뜻이 무엇일지 궁금합니다."

재복은 그동안 아침 일찍 공소로 가서 저녁 늦게까지 그곳에 있었습니다. 공소에 걸린 십자고상을 보며 기도도 하고 생각에도 잠겼습니다. 그러면서 자신의 신앙과 사제가 되는 것의 어떤 확신을 얻고 싶었습니다. 터무니없는 생각이지만 하느님이 뭐라고 얘기라도 해주기를 바랐습니다. 하지만 그런 일은 일어나지 않았습니다. 재복의 마음은 여전히 혼돈 속에 있었습니다. 결정의 시간이 다가왔지만 재복은 아무런 결정도 하지 못했습니다. 재복이 내린 마지막 결정은 모든 것을 하느님께서 이끄는 대로 따르겠다는 것이었습니다.

"네 말이 옳다. 모방 신부님이 허락지 않으면 너와 나의 뜻이 무슨 상관이겠냐."

이튿날 정하상이 모방 신부를 모시고 은이 공소에 도착하였습니다. 계획대로 그날 미사 때 재복의 세례 의식이 거행되었습니다. 모방 신부는 재복에게 세례명은 무엇으로 할지 물어보았습니다.

"안드레아로 하겠습니다."

재복은 대구 감영에서 참수형을 당한 작은할아버지의 세례명을 따르기로 했습니다. 조선에서 하느님을 믿는 자로서 감내해야 할 운명을 받아들이기로 한 것입니다. 이때만 해도 그건 재복의 이성理性에 의한 결정일 뿐이었습니다. 그런 재복의 생각을 가슴으로 받아들이고 발로 실천되기까지는 많은 과정과 시간이 필요했습니다.

세례 의식과 미사가 끝나고 공소에는 모방 신부와 재복 그리고 정하상 세 명만 남았습니다. 모방 신부는 조선어를 모르지만 오랜 중국 생활에 중국어는 능숙했습니다. 정하상은 모방 신부의 중국어를 재복에게, 재복의 조선어를 모방 신부에게 중국어로 전하는 통역관 역할을 맡았습니다. 모방 신부는 재복에게 단도직입적으로 물어보았습니다.

"왜 사제가 될 결심을 하였습니까?"

신학생이 되고자 하는 이에게 물어볼 기본적인 질문이었지만 재복은 우물쭈물 답을 하지 못했습니다.

"모르겠습니다… 다만 하느님의 뜻에 따르고자 할 뿐입니다."

예기치 못한 재복의 대답에 통역해야 하는 정하상이 오히려 당황하였습니다. 혹시나 다른 말이 이어질까 정하상은 잠시 재복을 바라보았습니다. 하지만 재복은 고개를 숙이고 더 말을 하지 않았습니다. 어쩔 수 없이 정하상은 모방 신부에게 재복의 말을 그대로 전하였고, 모방 신부는 재복을 말없이 바라보았습니다. 그때 재복이 어딘가 아픈 듯 얼굴을 찌푸렸습니다. 그 모습을 보고 모방 신부가 재복에게 물어보았습니다.

"어디 아픈가요?"

"가끔 두통이 심할 때가 있습니다."

정하상은 또 한 번 난감한 표정을 짓고 재복의 대답을 모방 신부에게 전했습니다. 이번에도 모방 신부는 말없이 재복을 바라보기만 했습니다.

모방 신부와 재복의 대담은 예정보다 빨리 끝났습니다. 사실 대담이라기에도 애매한 자리였습니다. 아버지는 궁금한 마음에 정하상을 찾아갔습니다. 아버지를 맞이하는 정하상의 표정은 그리 밝지 못했습니다.

"지금까지 경우를 보면 그 자리에서 답을 주셨는데 이번엔 차후에 알려주시겠다고 하네요. 신부님은 무엇보다도 재복의 건강이 제일 걱정인 거 같습니다."

정하상의 이야기를 들은 아버지의 표정에 실망감이 역력했습니다. 모방 신부가 떠나고 재복의 가족은 평소와 같은 일상으로 돌아갔습니다. 아무도 사제에 관한 이야기를 꺼내지 않았습니다. 모두 하느님의 뜻이라고 받아들였습니다. 훗날 탁덕은 그때의 기억을 떠올리며 나에게 이런 말을 했습니다.

"자기 자신을 불쌍히 여기지 못하는 사람보다 더 불쌍하고 불행한 사람이 어디 있을까요?"

자기 자신을 불쌍히 여긴다는 것은 자기 자신을 비하한다는 뜻이 아닙니다. 사람들은 타인들 앞에서 자기 자신을 자랑하기 좋아합니다. 자신이 타인보다 뛰어나다고 드러내 보이는 것을 좋아합니다. 그래야만 자신의 존재감을 느끼기 때문입니다. 만일 자기 자신이 타인보다 부족하거나 못났다는 생각이 들면 스스로 견디기 힘들어합니다. 그래서 어떡하든 자신은 옳고 뛰어나며, 타인은 틀리고 미천하다는 신념을 가지고 살아갑니다. 그러한 현상은 나이가 들수록 더욱 심해집니다. 왜냐면 늙은 후 자신을 불쌍히 여기면 그동안 살아온 삶 전체가 부정되기 때문입니다. 그는 잘못된 삶을 살아온 게 됩니다. 그래서 사람들은 나이가 들수록 더욱 완고해지며 그의 인생에서 변화는 점점 더 일어나기 어려워집니다.

탁덕이 말한 자기 자신을 불쌍히 여기는 것은 타인과의 비교에서 스스로 불쌍히 여기는 것이 아닙니다. 자신의 모습을 바라보는 또 다른 자기자신이 스스로 불쌍히 여기는 것입니다. 자신을 바라보는 절대자의 시선에서 스스로 불쌍히 여기는 것입니다. 이것은 자기 자신에 대한 진정한 깨달음이며, 스스로에 대한 각성(覺性)입니다. 스스로 불쌍히 여긴다는 것은 자기 삶과 자기 존재의 전격적인 고민과 깨달음의 뜨거운 갈망 속에서만 일어나는 현상입니다. 그 무렵 재복에게도 그러한 일이 일어났습니다.

다시 일상으로 돌아온 재복은 한여름 태양이 이글거리는 돌투성이 담배밭에서 혼자 김을 매고 있었습니다. 재복은 허리가 좋지 않았습니다. 그래서 얼마 동안 일을 하면 잠시 허리를 펴고 쉬어야 했습니다. 재복은 목 언저리로 흐르는 땀을 닦으며 밭 한가운데에서 가만히 서 있었습니다.

지난밤 내린 비를 듬뿍 먹은 담뱃잎은 뜨거운 햇살을 받으며 더욱 푸르러졌습니다. 때마침 산들바람이 불어와 나뭇잎을 흔들며 재복의 땀을 식혀주었습니다. 잠시 후 새 한 마리가 입에 나뭇가지를 물고 어디론가 날아갔습니다. 아마도 알을 품을 둥지를 만들려는 것 같았습니다. 평범한 풍경이었지만 그날따라 재복은 신비롭게 느껴졌습니다. 한여름 낮의 고요한 정적 속에서 이 세상 모든 것들이 각자 자기 역할을 하고 있었습니다. 그러한 풍경 속에 자기 자신만이 뭔가 외톨이가 된 느낌이 들었습니다. 재복은 상념을 떨쳐 다시 일하려고 허리를 숙였습니다. 조금 전 밭에서 뽑았던 잡초들이 한낮의 뜨거운 햇살에 버석 말라 이미 생명의 흔적은 사라져 버렸습니다. 그때 재복의 머릿속에 어떤 생각이 떠올랐습니다. 어쩌면 어떤 소리를 들었을지도 모릅니다.

"내 영혼아, 헛된 것이 되지 말지어다."

그때 재복은 현실 속의 재복을 바라보는 또 다른 재복을 느꼈습니다. 뜨거운 햇살 아래에서 들었던 소리는 또 다른 재복이 현실 속의 재복에게 한 말이었습니다. 그것은 마치 애벌레 안에 숨어있는 나비가 애벌레에게 하는 속삭임 같았습니다. 아니 애절한 외침 같았습니다. 사람이 자신의 영혼을 떠나 어디로 도망갈 수 있겠습니까? 자기 자신에게서 떠나 어디로 도망갈 수 있겠습니까? 마음속 소리를 듣고도 재복은 멍하니 앉아 있었습니다. 그러자 마음속 소리는 계속 반복되었습니다.

"내 영혼아, 헛된 것이 되지 말지어다."

그때 재복의 눈에 버석 말라버린 잡초더미가 들어왔습니다. 말라버린 잡초가 자신의 모습 같았습니다. 재복은 그때 자기 자신이 불쌍히 여겨졌습니다. 재복은 그의 영혼이 농부의 손에 뽑혀 버려져 생명을 잃고 말라버리는 잡초 같은 존재가 되고 싶지 않았습니다. 아름다운 꽃을 피우고 열매를 맺고 싶었습니다.

"내 영혼아, 헛된 것이 되지 말지어다."

마음속에 들리는 소리는 재복의 기도로 바뀌었습니다. 재복은 그 자리에서 무릎을 꿇고 눈을 감았습니다. 간절한 마음으로 그의 영혼이 헛된 것이 되지 말게 해달라고 기도했습니다. 그 말만 계속해서 되풀이하였습니다. 돌밭에 무릎을 꿇고 기도하는 재복의 머리 꼭대기에 한여름의 태양이 이글거렸고, 재복의 얼굴은 땀인지 눈물인지 분간할 수 없는 것들이 하염없이 흘러내렸습니다.

이미 몇 개월 전 예비 신학생으로 결정된 최방제와 최양업의 라틴어 실력은 점점 더 늘었습니다. 특히 최방제는 간단한 문장의 책을 읽을 수 있을 정도의 실력이 되었습니다. 모방 신부는 두 명의 신학생 후보를 만족해했습니다. 그래서 은이에서 만난 재복은 여러 가지 측면으로 그들에 비해 많이 부족하다고 판단했습니다.

정하상이 재복의 아버지에게 말한 것처럼 재복의 가장 큰 문제점은 건강이었습니다. 창백한 얼굴에 푸석하게 윤기 없는 머리카락은 누렇게 변색해 고질적인 두통이나 복통 이외에도 뭔가 다른 병이 있어 보였습니다. 아무리 집안의 신앙 역사가 깊고 훌륭하더라도 사제가 되어야 할 사람은 재복이었습니다. 모방 신부는 재복을 예비 신학생 후보에서 제외하기로 하고 중국 상하이에 있는 파리외방전교회 대표 신부님에게 조선인 신학생에 관한 최종적인 결정 사항을 알리기 위한 편지를 쓰기 시작했습니다.

막 편지를 쓰려는데 한 가지 걱정거리가 떠올랐습니다. 원래부터 처음 계획은 두 명의 방인 사제를 키우는 것이었습니다. 그래서 최방제와 최양업 두 명의 예비 신학생을 선발한 것입니다. 그런데 지금 조선의 정세와 국경의 상황으로 봐서는 조선에서 중국으로 신학생을 보낼 기회는 언제 다시 생길지 알 수 없었습니다. 만일 선발한 두 명의 신학생에게 무슨 일이라도 생기면 그동안 방인 사제를 만들려고 했던 수고는 모두 물거품이 되고 맙니다. 모방 신부는 그럴 경우를 대비해야 했습니다. 모방 신부는 잠시 생각에 잠기다가 책상 위에 놓은 편지지에 다음과 같은 내용으로 편지의 시작을 썼습니다.

"리브와 신부님께, 이번 겨울 조선인 신학생을 한 명 더 보내기로 했습니다. 그의 이름은 김재복이며, 솔뫼 마을에서 태어났습니다."

대결

다섯 번째 편지를 읽은 후 난정은 다시 편지 보따리를 벽장 안 깊이 넣어두고 호롱불을 껐다. 머지않아 대감이 귀가하리라는 예감 때문이었다. 대감이 집으로 돌아오면 말잡이 하인이 대문 앞에서 큰 소리로 대감의 도착을 알린다. 그러면 문간방의 마당쇠가 큰 소리로 응답한 후 얼른 뛰어나가 대문을 열고 대감을 맞이한다. 그래서 별당에서도 대감의 도착을 알 수 있다. 대감이 집에 도착한 이후에도 편지를 숨길 시간은 충분하였으나 일부러 평소보다도 일찍 불을 끄고 자리에 누웠다. 보통의 경우 오늘처럼 늦게 귀가를 하는 날은 곧바로 사랑채로 들며 달래에게 잠자리를 준비하도록 한다. 하지만 별당에 불이 켜져 있으면 그녀에게 들러 주안상을 차리게 할 때도 있다.

의금부 도사라는 직책 때문인지 간혹 대감의 눈빛이 매처럼 날카롭게 변할 때가 있다. 그런 대감의 눈동자를 마주 보고 있으면 난정은 대감이 자신의 속마음을 들여다보고 있다는 느낌이 들었다. 그녀 또한 진주 기방 기녀로 수많은 사람을 겪고 만만치 않은 인생을 살았으므로 대감이 난정의 속마음을 살필 때는 천진한 눈빛으로 자신의 속마음을 감출 수 있었다. 그러나 오늘 밤 그녀는 그럴 자신이 없었다. 대감과 마주한다면 뭔가 숨기고 있음을 금방 들킬 것 같았다. 편지를 읽으면서 요동치는 온갖 감정과 생각을 주체할 수 없었다.

불을 끄고 잠자리에 누웠지만 잠을 이룰 수 없었다. 대감과 마주치는 것보다 그런 자신의 변화가 더 두려웠다. 벽장 안에 사나운 호랑이 한 마리가 몸을 웅크리고 그녀를 노려보는 것 같았다. 호랑이가 언제 튀어나와 그녀의 인생을 물어뜯어 갈기갈기 찢어놓을지 몰랐다. 이미 난정의 마음은 호랑이의 날카로운 발톱에 긁혀 상처가 나 있었다.

제일 큰 상처는 슬픔이었다. 난정은 어머니가 죽었다는 사실을 안 이후 마음에서 슬픔이란 걸 지워버렸다. 그녀에게 가장 큰 슬픔은 아버지, 어머니와의 이별이었다. 그녀는 슬픔이 두려웠다. 슬픔이 처음부터 두려웠던 건 아니다. 어릴 적 난정은 또래의 아이들보다 마음이 여렸다. 누군가의 발에 밟힌 민들레를 보았을 때 슬펐고, 말라비틀어진 고목을 볼 때 슬펐고, 비를 맞으며 걸어가는 고양이를 보고도 슬펐다. 나뭇가지에 찢긴 채 걸린 연을 보고도 슬펐고, 저 산 너머로 지는 해를 볼 때도 슬펐다. 왜 슬픈지 이유도 모르면서 그냥 슬펐다. 그때 난정은 사람들 마음속엔 본래부터 슬픔의 자리가 있다고 생각했다.

난정은 아버지와 어머니가 일을 나가고 혼자 있을 때가 많았다. 그때가 그녀는 가장 슬펐다. 집에 혼자 남아있는 외로움이 슬펐고, 아버지와 어머니가 보고 싶은 그리움이 슬펐다. 그런데 일을 마치고 집으로 돌아온 아버지와 어머니를 만났을 때도 이상하게 슬펐다. 슬퍼서 눈물이 났다. 그때까지 그녀는 슬픔이 사랑이라는 걸 몰랐다.

아버지와 어머니와 이별을 할 때의 슬픔은 고통이었다. 슬픔이 고통스러운 이유도 역시 사랑 때문이었다. 아버지와 어머니가 난정을 사랑한다는 것을 알아서 슬펐고, 그녀가 아버지와 어머니를 사랑하기 때문에 슬펐다. 사랑하지 않으면 슬픔도 없고 고통도 없다. 슬픔이 사랑이며, 사랑이 슬픔이었다. 어머니와 이별 이후 그녀는 오랫동안 슬퍼했다. 하지만 아무도 그녀의 슬픔을 슬퍼해 주지 않았다. 아무도 그녀의 슬픔은 위로해주지 않았다. 오히려 슬픔에 빠진 그녀를 야단치고, 슬퍼한다는 이유로 매를 맞기도 했다.

"이 세상의 슬픔은 모두 어디로 갈까요?"

편지에서 탁덕의 질문에 난정은 자신 있게 대답할 수 있었다. 이 세상에 슬픔이 갈 곳은 없다. 슬픔은 이 세상에서 아무런 쓸모가 없기 때문이다. 슬픔은 이 세상을 살아가는 데 아무런 도움이 되지 않을 뿐 아니라, 도리어 방해가 된다. 난정의 슬픔은 늘 아버지와 어머니의 추억에서 시작되었다. 그녀를 사랑했고 그녀가 사랑했던, 그래서 그녀가 혼자가 아니라고 생각하게 했던 누군가의 기억이 그녀를 슬프게 만든 것이다. 하지만 현실에서는 철저하게 혼자였다. 그녀의 사랑은 현실이 아닌 추억 속에만 있었다. 이제 혼자라는 사실을 받아들여야만 했다. 혼자서 살아남아야 했다. 그러기 위해서는 강해져야 했다. 강해지기 위해선 더는 슬퍼해서는 안 된다. 더는 사랑을 기억해서는 안 된다.

난정은 마음속에서 슬픔을 지웠다. 슬픔을 지우니 사랑도 사라졌다. 사랑을 지워서 슬픔이 사라졌을지도 모른다. 마음속 슬픔의 자리를 비정함으로 채웠다. 덕분에 그녀는 동정 없는 세상에서 살아남을 수 있었고, 결국 그녀의 목표를 이루었다.

늦은 밤 의금부 도사의 저택 별당에서 불을 끄고 누워있는 난정은 슬펐다. 육의전 골목길에서 받은 보따리 안에 들어있는 것이 천주교인이 쓴 편지라는 사실을 알았을 때는 두려웠다. 그 후 그들의 별이니, 어둠이니, 빛이니 하는 뜻 모를 이야기에 화가 나기도 했다. 그런데 지금은 두려움도 없고, 화도 나지 않고 그냥 슬펐다. 추운 겨울 숲속에서 얼어 죽은 어린 남매가 자기 같았고, 그들의 슬픔을 외면하는 하늘을 올려다보며 눈물을 흘리는 14살 소년이 자기 같았다.

"이 세상의 슬픔은 모두 어디로 갈까요?"

탁덕이란 자가 던진 질문의 답은 편지에 없었다. 그는 과연 자신의 질문의 답을 찾은 것일까? 아마도 그랬을 것이다. 그녀는 그 답이 궁금했다.

궁금한 것이 한 가지 더 있었다. 탁덕은 자기 자신을 불쌍해하지 않는 것보다 더 불쌍하고 불행한 일은 없다고 말했다. 어린 시절 난정과 아버지, 어머니는 누가 봐도 불쌍하고 불행했고 그들 스스로 그렇게 생각했다. 깊은 산 중에서 화전을 일구며 근근이 살아갔던 탁덕의 어린 시절도 불쌍했다. 하지만 지금의 난정은 불쌍하지 않다. 사람들은 그녀를 부러워하고 난정은 지금의 삶을 자랑스럽게 여긴다. 탁덕의 말처럼 자기 자신을 불쌍해하지 않는 것보다 더 불쌍하고 불행한 일은 없다면 지금 난정이 아버지나 어머니보다 혹은 어린 시절 탁덕보다 불쌍하고 불행하다는 말인가. 그건 말도 안 된다.

편지에서는 자기가 알지 못하는 또 다른 자기 혹은 영혼이라는 말이 나온다. 또한 스스로 불쌍히 여기는 마음은 몸의 인생의 자신이 아니라 또 다른 자기라고 말했다. 그러나 난정은 그게 뭔지 모른다. 편지에서는 어린 시절 탁덕이 스스로 불쌍히 여기며 눈물을 흘렸다. 자기 자신의 모습에서 슬픔을 느낀 것이다. 슬픔은 언제나 사랑과 함께한다. 그러므로 어린 시절 탁덕은 자기 자신을 사랑하였고 그래서 슬펐다. 그런 사랑과 슬픔을 느끼는 주체는 또 다른 자기 자신, 진정한 자기 자신이라고 말했다. 진정한 자기 자신… 모든 이야기는 결국 거기로 종결한다. 편지를 읽으면서 난정은 매우 독특한 경험을 하였다. 처음으로 자기의 삶을 지켜보는 또 다른 자신을 그녀도 조금씩 느끼기 시작하였다.

이때, 쿵 쿵 대문 두드리는 소리가 들렸다. 어제까지만 해도 반갑던 소리가 오늘은 마른천둥처럼 가슴을 철렁 내려앉게 했다. 이어서 말잡이 하인의 목소리가 들렸다.

"대감마님 퇴청하시었소!"

이어서 달래의 목소리가 크게 들렸다.

"예! 나갑니다요!"

평소에는 마당쇠가 뛰어나가 대문을 여는데 오늘따라 달래가 먼저 나갔다. 대문 빗장을 여는 소리가 들리고 대감과 하인들이 이야기를 주고받았다. 별당 안에서는 들리지 않았지만 대감이 하인들에게 하루 동안 집안의 안부를 물었을 테고, 하인들은 답을 했을 것이다. 난정은 대감의 목적지가 어디일지 밖에서 들리는 소리에 귀를 쫑긋 세웠다. 대감과 하인들이 주고받는 이야기가 평소보다 길었다. 간간이 달래의 목소리가 들리기도 했다.

'달래는 대감에게 무슨 얘기를 저리할까? 설마?'

난정은 어떤 생각에 온몸의 신경이 곤두서며 심장이 거칠게 뛰기 시작했다. 잠시 후 대문 쪽에서 들리던 소리가 멈췄다. 이어서 누군가 별당 쪽으로 걸어오는 발걸음 소리가 들렸다. 아마도 대감일 것이다. 대감과 마주할 때를 대비해 거칠게 뛰는 심장을 어떻게든 진정시켜보려 하였다. 지금 상태에서 대감과 마주하면 대감은 대번에 그녀의 불안을 눈치채고 이유를 다그칠 것이다. 발걸음 소리는 별당 방문 바로 앞에서 멈췄다. 대감이 불 꺼진 별당을 바라보는 듯했다. 잠시 후면 방문이 열릴 것이고 대감은 방 안으로 들어설 것이다. 그렇지 않다면 불이 꺼진 별당까지 일부러 왔을 리 없다. 이제는 부딪히는 수밖에 없었다. 여전히 그녀의 뛰는 심장은 진정되지 않았다. 그런데 발걸음 소리가 방문 앞에서 멈춰선 지 한참동안 아무런 기척이 없었다. 난정은 더욱 불안해졌다. 거칠게 뛰는 심장 소리가 밖에서도 들릴 것만 같았다. 잠시 후 발걸음 소리가 다시 들렸다. 방문 앞에 잠시 서 있던 대감이 돌아서 가고 있었다. 그제야 안도의 숨을 조심스레 뱉어냈다.

'달래는 대감에게 무슨 말을 했을까? 대감은 왜 방문 앞까지 왔다가 그냥 돌아갔을까?'

난정은 곤란한 일이 생겼을 때 늘 최악의 상황을 떠올려 보는 습관이 있었다. 그래야 어떤 상황이 닥치더라도 살아남을 수 있기 때문이었다.

'만일 육의전에서 혼자 집으로 돌아간다고 했을 때, 달래가 난정이 걱정되어 뒤늦게 뒤따라왔다면… 그래서 포졸에게 잡혀간 낯선 남자에게서 보따리를 전달받는 모습을 보았다면…'

어두운 방 안에 누운 채 벽장을 바라보았다. 벽장 속 호랑이도 날카로운 이빨을 드러내며 그녀를 바라보았다. 이제 난정이 죽건 호랑이를 죽이건 결판을 내야 했다. 대감이 머무는 사랑채 불이 꺼지고 얼마 후 별당 안에 다시 호롱불이 켜졌다. 새벽 동이 틀 무렵 난정이 남은 편지들을 모두 읽을 때까지 호롱불은 꺼지지 않았다.

Intende voci clamoris mei,
rex meus et Deus meus.

길

베드로가 글라라에게 보내는 여섯 번째 편지입니다.

마침내 나의 예측대로 대살육의 박해가 시작되었습니다. 전국 각지의 교우들이 포졸들에게 체포되어 관아로 끌려갔다는 소식을 속속 접하고 있습니다. 나도 지금까지 머물던 곳에서 급히 떠나기로 했습니다. 과연 이 편지를 완성하여 당신에게 전할 수 있을지 두렵습니다. 나는 나의 은신처를 당신이 있는 곳에 최대한 가까이 정하려고 합니다. 그래야 편지를 당신에게 신속하고 안전하게 전달할 수 있기 때문입니다. 소문에 의하면 당신이 있는 곳도 이제는 안전하지 못하다고 하던데 당신과 그분에게까지 화마가 덮치지 않을지 걱정이 됩니다. 확실한 것은 나에게 시간이 얼마 남지 않았다는 것이며 따라서 이제부터 편지 쓰기에 좀 더 속도를 붙이고 이야기의 분량도 전보다 더 늘릴 생각입니다.

재복은 예비 신학생으로 결정이 되자 곧바로 이미 선발된 또 다른 두 명의 예비 신학생이 있는 모방 신부의 거처로 떠나야 했습니다. 신학생을 선발하여 중국으로 보내는 일은 극비 사항이라 재복이 한양으로 떠나는 것도 교우들 모르게 진행되었습니다. 그래서 모두가 잠든 이른 새벽에 집을 떠났습니다.

새벽의 여명도 밝지 않은 마당에서 재복은 부모님께 큰절을 올렸습니다. 그리고 자리에서 일어선 후 돌아서지 못하고 그 자리에 그대로 서 있었습니다. 그런 재복에게 아버지가 엄한 목소리로 말했습니다.

"이제부터 가족은 잊어라. 너는 이제 만인의 부모가 되어야 한다."

여전히 발걸음을 떼지 못하는 재복에게 아버지는 다시 한번 엄한 목소리로 말했습니다.

"가거라! 어서 길을 떠나거라!"

어쩔 수 없이 재복이 돌아서서 발걸음을 옮기자 떠나는 사람도, 남아있는 사람도 모두 눈물을 흘렸습니다. 언제 다시 만날지, 다시 만날 수는 있는 건지 아무것도 기약할 수 없는 이별이었습니다. 재복의 부모님은 재복의 뒷모습이 사라질 때까지 눈을 뗄 수 없었습니다. 그 모습이 아들의 마지막 모습일지도 모르기 때문입니다. 그리고 실제로 그렇게 되었습니다.

한양에 있는 모방 신부의 거처에 도착한 재복을 최방제와 최양업이 반갑게 맞이했습니다. 가깝고 먼 차이는 있었지만 세 명의 신학생 후보들은 모두 친인척 간이어서 첫 만남부터 친밀감이 느껴졌습니다. 하지만 재복은 얼마 지나지 않아 그들과 이질감을 느꼈습니다.

이미 몇 개월 전부터 라틴어 수업을 받은 최방제와 최양업은 라틴어로 간단한 문장을 지을 실력이 되었지만 재복은 알파벳부터 배워야 했습니다. 처음 써 보는 깃털 펜이라 글씨도 엉망이어서 모방 신부에게 꾸지람을 듣기도 했습니다.

재복이 예비 신학생으로 선발되어 라틴어 공부를 시작할 무렵 조선 교구장이었던 브뤼기에르 주교는 결국 조선 땅을 밟아보지도 못하고 사망하였고, 그 후 앵베르 주교가 새로운 교구장이 되었습니다. 파리외방전교회는 앵베르 주교의 조선 입국을 준비하기 위하여 샤스탕 신부를 먼저 입국시키기로 하였습니다. 이때 조선의 예비 신학생 3명의 중국 입국도 동시에 진행하기로 하였습니다.

그 무렵 중국에서 조선으로 들어올 수 있는 유일한 입국 경로는 지난번에 모방 신부가 입국한, 중국 변문을 거쳐서 압록강을 건넌 후 의주성으로 들어오는 길이었습니다. 마찬가지로 조선에서 중국으로 갈 수 있는 길도 같았습니다. 그래서 양쪽 모두 압록강물이 어는 겨울까지 기다려야 했습니다.

1836년 12월 3일, 마침내 실행에 옮기는 날이 왔습니다. 아직 동이 트지 않은 이른 새벽, 모방 신부의 거처 주변의 마을 일대에 몇몇 교우들이 숨어서 망을 보고 있었고, 거처의 마당에는 정하상을 비롯하여 예비 신학생들을 데리고 의주까지 갈 조선 교회 밀사들이 긴장된 표정으로 서성였습니다. 방 안에는 최방제, 최양업, 김재복 세 명의 예비 신학생도 채비를 마치고 지시를 기다렸습니다.

이 무렵 나는 모방 신부의 거처를 향해 급히 달려가고 있었습니다. 포도청에 잠입하여 활동 중인 밀사에게 들은 중요한 정보를 전달하기 위해서였습니다. 나는 먼저 그 내용을 정하상에게 말했고, 정하상은 나를 데리고 모방 신부의 방으로 들어갔습니다.

"조선 소년 3명이 신부 수업을 받기 위해 중국으로 가는 걸 관아에서 눈치챈 거 같습니다. 들리는 소식에 의하면 조선 소년 3명을 쫓기 위한 추격대가 이미 준비되었다고 합니다. 소년들의 가족에게 아직 특별한 징후가 없는 걸 보면 세 명의 구체적인 정보는 모르는 것 같습니다."

그토록 비밀리에 준비했건만 조선인 신학생 소식이 관아에 들어간 것입니다. 이 같은 일들은 대부분 배교한 교우들의 소행이었습니다. 그 배교자가 누구인지 알 수 없는 한 관아에서 어디까지 알고 있고, 또 앞으로 알게 될 내용이 무엇인지 예측할 수 없었습니다.

"아무래도 예비 신학생들의 출발을 미루고 만일을 대비해 신부님의 거처도 옮겨야 할 것 같습니다."

정하상의 말을 들으며 잠시 깊은 고민에 잠겼던 모방 신부가 단호하게 말했습니다.

"그건 안 됩니다. 샤스탕 신부님을 이번에 모셔오기로 했습니다. 관아에서 우리의 계획을 알게 되었다면 앞으로 예비 신학생의 추적은 더욱 심해질 것입니다. 무엇보다 이번 겨울을 넘기면 또 1년을 기다려야 합니다. 무슨 일이 있어도 이번에 반드시 실행해야 합니다."

출발에 앞서 정하상이 꾀를 내었습니다. 일행을 둘로 나누어 출발시키는 것이었습니다. 중국으로 가는 세 명 소년의 정보를 아직 모른다면 추격대가 쫓을 대상은 그들을 중국으로 데려갈 밀사들일 것입니다. 그들 가운데에는 반드시 조선 천주교의 핵심 세력이 포함되어 있을 테니 그들을 추격하면 자연스레 세 명의 소년들도 잡아들일 수 있으리라 생각할 것입니다. 그래서 정하상을 비롯한 주요 밀사들은 예정했던 행로로 먼저 출발하고, 뒤따라 세 명 소년의 일행이 또 다른 행로로 출발한 후 약속한 중간 지점에서 다시 만나기로 했습니다.

정하상의 예측과 계획은 주효했습니다. 추격대는 정하상의 일행을 뒤쫓았고, 일행은 그들을 따돌렸습니다. 그리고 세 명의 소년들을 안내하는 또 다른 일행은 거친 산길을 따라 한양 근방을 벗어날 수 있었습니다.

나는 한양에서 내 동생 최방제와 작별 인사를 나누었습니다. 의주까지라도 따라가고 싶었지만, 모방 신부님을 보살피는 것이 저의 역할이어서 그럴 수 없었습니다. 최방제는 나에게 큰절을 하였습니다. 동생에게 절을 받아보기는 그때가 처음이었습니다. 절을 마친 방제는 나를 보며 해맑게 웃어보여, 나도 그런 동생에게 웃음을 지었습니다. 주고받는 웃음 속에는 여러 가지 감정과 말로도 못 하는 이야기들이 담겨 있었습니다. 아직도 그때 해맑게 웃음 짓던 동생의 얼굴이 선명하게 떠오릅니다.

1836년 12월 28일, 마침내 세 명의 예비 신학생 일행은 의주에 도착하였습니다. 의주 인근의 약속 장소에는 샤스탕 신부와 신부님을 의주까지 모셔 온 중국 안내인들이 먼저 도착해 있었습니다. 추격대를 따돌리느라 정하상을 비롯한 예비 신학생 일행은 예정보다 3일 늦게 도착한 것입니다.

추운 겨울날 한양에서 의주까지 오면서 쌓인 여독을 풀기도 전에 예비 신학생과 조선의 밀사들은 다시 각자의 길을 떠나야 했습니다. 조선의 밀사들은 샤스탕 신부를 모시고 다시 한양으로 돌아가야 했고, 예비 신학생 일행은 중국 안내인들을 따라 최종 목적지인 마카오까지 중국 대륙을 횡단하는 대장정을 시작했습니다.

샤스탕 신부는 중국에서 준비해 온 선물을 세 명의 조선 소년들에게 주었습니다. 중국식 겨울옷과 방한모 그리고 겨울용 신발이었습니다. 그곳에서 그들은 길게 땋아 기른 머리를 중국식 변발로 깎았습니다. 샤스탕 신부는 소년들 머리에 손을 얹고 한 명씩 강복했습니다. 그리고 그사이 배운 어눌한 조선어로 소년들에게 말했습니다.

"열심히 공부하세요. 훌륭한 신부님이 되어 꼭 조선에 돌아오세요."

변발하고 중국인 의상으로 갈아입은 세 명의 소년과 그들을 의주까지 인솔하였던 조선 밀사 일행들이 작별 인사를 나누었습니다. 정하상은 마치 아버지처럼 세 명의 소년을 한 명씩 끌어안고 어깨를 토닥였습니다. 조선 천주교의 미래가 세 명의 어린 소년들에게 달려 있었습니다.

샤스탕 신부와 조선 밀사 일행을 먼저 떠나보내고 세 명의 소년 일행도 반대 방향으로 길을 떠났습니다. 소년들은 하나같이 고개를 숙인 채 발끝만 보며 말없이 걸었습니다. 나란히 걷는 세 소년의 눈에는 모두 눈물이 흘렀습니다. 그때까지 그들은 나약한 소년들이었습니다. 칼날같이 매서운 겨울바람이 눈물을 흘리는 소년들의 여린 볼을 차갑게 얼어붙게 하였습니다.

소년들과 중국 안내인들은 어두워질 때를 기다렸다가 압록강을 건넜습니다. 밤이 되자 기온은 더욱 떨어지고 강줄기를 따라 거침없이 불어대는 세찬 바람은 송곳처럼 날카롭게 살갗을 파고들었습니다. 중국 안내인들이 앞장서서 걸었고, 행여 놓칠세라 그 뒤를 소년들이 바쁘게 따라갔습니다. 제대로 얼지 않은 곳을 지나칠 때는 빠직 빠직 얼음 갈라지는 소리가 났습니다.

이때 중국 국경 쪽에서 소리지르는 사람의 소리가 들렸습니다. 그러자 중국 안내인들은 낮은 목소리로 세 명의 소년에게 엎드리라고 말했습니다. 소년들은 겁에 질려 차가운 얼음 바닥에 엎드리고 숨을 죽였습니다. 압록강을 경계로 한 중국인과 조선인은 서로 간의 증오심이 심했습니다. 중국인들이 불법으로 국경을 넘어 여자와 아이들을 납치하기도 하고, 조선인들은 불법으로 넘어온 중국인들의 목을 자르기도 했습니다.

무사히 압록강을 건너자 거대한 만주 벌판이 그들을 기다렸습니다. 끝이 보이지 않는 벌판에 부는 바람은 압록강을 건널 때 더 세고 차가웠습니다. 바람보다 소년들을 더욱 겁에 질리게 한 것은 끝이 보이지 않는 허허벌판을 언제까지 걸어가야 하는지 알 수 없다는 것이었습니다. 소년들은 마음속으로 성모송을 외며 바람을 뚫고 한 걸음 한 걸음 앞으로 내디뎠습니다.

사람이 사는 마을과 마을을 연결하며 여정은 이어갔지만 때로는 벌판 한가운데와 숲속에서 잠을 자야 할 때도 많았습니다. 벌판에서 잠을 잘 때는 땅에 구덩이를 파고 그 속에 들어가 몸을 바짝 붙이고 서로의 체온에 의지해야 했습니다. 한 번은 숲속에서 모닥불을 피우고 잠을 자려 하는데 멀지 않은 곳에서 늑대 울음소리가 들려왔습니다. 그러자 중국 안내인들은 모닥불을 더욱 크게 지피고 "워어이! 워어이!" 목청껏 함성을 질러댔습니다. 그러자 소년들도 중국인 안내인들을 따라 "워어이! 워어이!" 함성을 질렀습니다.

그들은 이미 있는 길을 따라 걸었지만, 때로는 길이 아닌 곳을 걷기도 했습니다. 길이란 원래부터 있던 것이 아닙니다. 누군가 맨 처음 걷고, 그 뒤를 따라 다른 사람들이 걷고 또 걷다 보면 길이 생기는 것입니다. 세 명의 소년이 지금 가는 인생의 길은 아직 아무도 걷지 않은 길입니다. 한 걸음 한 걸음 내디딜 때마다 어떤 일이 벌어지고, 그 걸음의 끝이 어디일지 아무도 알 수 없었습니다. 그래도 소년들은 걸어가야만 했습니다. 한 치 앞을 내다볼 수 없는 안개 속에서도 그들은 발걸음을 내디뎠습니다. 그들이 가는 곳이 길이라는 믿음이 있었기 때문이었습니다. 소년들은 도보 여행 도중 늘 두 가지 질문을 떠올렸습니다.

'나는 왜 걷고 있는가?'

'지금 이곳은 어디이며, 내일 가야 할 곳은 어디인가?

하지만 눈보라가 휘몰아치는 허허벌판과 가파른 산길을 오르는 힘든 행군을 할 때면 아무런 생각도 할 수 없었습니다. 한 걸음 한 걸음 내딛는 그 순간만이 존재했습니다. 함께 걷는 중국 안내인도 사라지고, 함께 고국을 떠난 동료들도 사라지고, 한 걸음 한 걸음 내딛는 그 순간의 자기 자신만 남았습니다. 그러나 혼자이지만 결코 혼자가 아님을 느꼈습니다. 하루의 여정을 무사히 마치고 잠자리에 들 때마다 함께했던 그 존재를 더욱 실감했습니다.

온갖 역경을 겪으며 대자연을 지나는 도보 여행 과정에서 그들은 인간이라는 존재가 얼마나 나약하고 보잘것없는지 실감하였습니다. 그러다가 드넓은 땅과 하늘 사이 한가운데 우뚝 버티고 서서 장엄하게 떠오르는 태양을 마주하고 있을 때는 자신이 태양처럼 위대해 보였습니다. 그런 과정이 반복되면서 인간이란 먼지처럼 보잘것없는 존재이면서 동시에 우주보다 위대한 존재임을 느꼈습니다.

그들이 힘든 여정을 견딜 수 있었던 가장 큰 힘은 그들에게는 최종 목적지가 있었다는 사실이었습니다. 대개 사람들의 인생 여정은 태어남과 동시에 영문도 모르고 한 걸음 한 걸음 죽음이라는 최종 목적지로 어쩔 수 없이 걸어가지만, 소년들은 여행 도중 그들과 함께했던 그분을 향해 스스로 의지로 걸어가는 여행이었습니다. 그들에게는 희망이 있었고, 그 희망은 어떤 고통과 고난도 극복할 힘이 되었습니다.

재복은 여정이 험난해지면 비오 증조할아버지의 10년이 넘는 감옥 생활과 안드레아 작은할아버지 순교의 순간을 떠올렸습니다. 그들이 겪은 고통을 떠올리며 그가 겪는 고통을 위안받고자 했습니다. 그러던 어느 날 놀라운 사실을 깨달았습니다. 힘든 여정의 하루를 마치면 재복은 자기 모습이 대견하고 자랑스러웠습니다. 그가 걷는 이유는 하느님의 뜻을 따르고자 함이었습니다. 그러므로 그가 걸으면서 겪는 고통은 하느님을 위한 영광스러운 고통인 셈입니다. 고통과 영광은 하나였습니다. 비오 증조할아버지의 고통과 죽음도, 안드레아 작은할아버지의 고통과 죽음도 하느님의 거룩한 영광과 하나였습니다. 그래서 그들은 기쁘게 고통과 죽음을 받아들일 수 있었습니다.

재복은 채찍을 맞으며 십자가를 지고 죽음의 언덕을 올라가는 예수님과 양손과 양발이 십자가에 못 박혀 죽어가는 예수님의 모습을 떠올렸습니다. 그때에도 예수님의 고통과 죽음만이 있었던 것은 아니었습니다. 그의 고통과 죽음은 인류를 향한 사랑과 하나였습니다. 그가 겪은 고통은 그가 베푸는 사랑은 같았습니다. 이러한 깨달음은 또 다른 깨달음으로 이어졌고 재복의 인생에서 결정적인 영향을 미쳤습니다. 하느님이 두려움의 대상에서 사랑의 대상으로 바뀐 것입니다. 하느님이 그를 사랑하심을 알게 되었고, 그 하느님을 그가 사랑하게 된 것입니다.

만주 벌판을 지나 북경을 지나던 어느 날이었습니다. 다시 아침 일찍 길을 떠나는데 신기한 기운이 느껴졌습니다. 여전히 날씨는 추웠지만 그 속에서도 생명의 기운을 느꼈습니다. 봄이 오고 있었습니다. 아직 꽃은 피지 않고 새싹도 돋지 않았으나 대지에는 생명의 기운이 서서히 차올랐습니다. 사람들은 꽃이 피면 봄이 온 것을 압니다. 하지만 봄이 왔기 때문에 꽃은 핍니다. 보이는 것은 보이지 않는 것에서 비롯합니다.

마카오로 향하는 세 소년도 그동안 많이 변했습니다. 얼굴은 시커멓게 그을리고 피부는 얼고 터서 갈라졌으나 눈빛만은 맑고 형형하게 빛났습니다. 잔뜩 겁을 먹은 채 한양을 떠날 때와는 전혀 다른 모습이었습니다. 소년들의 모습처럼 대자연도 빠르게 모습을 바꾸었습니다. 눈으로 뒤덮였던 벌판에 신록의 풀들로 채워지더니, 태양이 뜨거워지면서 연둣빛 신록은 짙푸른 녹음으로 변해갔습니다.

1836년 12월 3일, 한양을 떠난 세 명의 조선인 소년은 광활한 중국 대륙의 요동, 만주, 심양, 북경, 제담, 남경, 황주, 화문을 지나는 1만 2천 7백 리의 긴 여정 끝에 1837년 6월 7일, 만 6개월 만에 최종 목적지인 파리외방선교회 극동 대표부가 있는 마카오 성 안토니오 성당에 도착했습니다.

조선인 신학교는 마카오 성 안토니오 성당 안에 있었습니다. 강의실 창밖으로 멀리 마카오 항구가 보였습니다. 르그레즈와 신부, 리브와 신부, 매스트르 신부, 베르뇌 신부 등 파리외방전교회 신부님들은 멀리 조선에서 온 세 명의 소년을 깊은 감동으로 반갑게 맞이했습니다. 조선 신학교 초대 교장은 칼르리 신부가 맡았습니다. 예비 신학생에서 정식 신학생이 된 세 명의 조선 소년은 선교사들로부터 라틴어와 수학, 지리, 역사, 음악, 철학, 신학 등을 배웠습니다.

신부님들은 그들의 제자를 매우 만족스러워했고, 특히 교장을 맡은 칼르리 신부님은 조선 신학생들이 훌륭한 사제가 되기 위해 갖추어야 할 신심, 겸손, 면학, 스승에 대한 존경 등 모든 면에서 완전하다고 말하기도 했습니다.

조선 신학생들에게 제일 힘든 수업은 음악이었습니다. 음악 수업은 칼르리 교장 신부님이 직접 진행했습니다. 신학교에 손풍금조차 없어서 칼르리 신부가 직접 성가를 한 소절씩 부르고 이어서 학생들이 따라 부르게 했는데, 세 명의 소년 모두 칼르리 신부가 선창한 소절을 따라 하지 못했습니다. 몇 번이고 반복해도 결과는 마찬가지였습니다. 음을 하나하나 짚어가며 가르쳐도 정확한 음정을 잡지 못했습니다. 거기에는 그럴 만한 이유가 있었습니다. 조선의 음계와 서양의 음계가 서로 달라서 서양 음계를 처음 접한 소년들은 따라 부르지 못했습니다.

세 명의 조선 유학생들 가운데 내 동생 최방제 프란치스코가 신학생으로서 가장 우수했다고 합니다. 모두가 잠든 늦은 시간까지 공부하고, 새벽에 가장 먼저 일어나 기도를 하였습니다. 반면 재복은 최방제와 최양업보다 뒤떨어졌습니다. 고질적인 두통과 복통에다가 마카오에 오고 나서 가슴 통증까지 생겨서 수업을 빠지는 경우도 종종 있었습니다. 수업을 맡은 신부님들도 모두 재복이 과연 신학교 과정을 끝까지 할까 걱정했습니다. 이러한 일들이 반복되면서 재복은 더욱 의기소침해지고 수업에도 적극적이지 못했습니다.

마카오 거리에서 성 안토니오 성당까지는 높은 계단으로 이어져 있습니다. 어느 날 저녁, 성당 계단 맨 아래에 재복이 혼자 침울한 표정으로 앉아 있었습니다. 조선 신학교의 규율은 엄격했습니다. 혹시나 있을지 모를 사고와 마카오 항구 주변 환경이 어린 조선 소년들에게 나쁜 영향을 줄까 봐 신부님들은 신학생들이 신학교 밖으로 나가는 것을 통제하였습니다. 그런데 재복은 신부님 허락도 없이 성당에서 나와 계단 맨 아래에 걸터앉아 멀리 떨어진 마카오 항구를 보고 있었습니다. 얼마 후 그 모습을 본 방제가 재복에게 다가갔습니다.

"신부님께 들키면 어쩌려고 말도 없이 밖에 나와 있어?"

"들키면 들키는 거지 뭐."

재복은 될 대로 되라는 식으로 시큰둥하게 대답했습니다. 생사고락을 같이하며 7개월 동안 중국 대륙을 관통하는 도보 여행을 함께 한 세 명의 소년은 친형제보다 더 친해졌습니다. 비록 한 살 차이지만 그래도 세 명의 조선 신학생 가운데 방제가 제일 형이었습니다. 방제는 마카오에 온 이후 수업을 따라오지 못하고 건강도 안 좋은 재복이 늘 걱정이었습니다.

"무슨 일 있어?"

재복은 멀리 마카오 항구를 바라보며 힘없이 대답했습니다.

"난 지금처럼 성당 계단 맨 밑에 있는 거 같아. 한 계단만 더 내려가면 신부님이 못 될 거야."

방제는 그런 재복의 마음을 이해했습니다.

"재복아, 모든 걸 하느님께 맡겨. 하느님께서는 그가 우리의 유일한 힘일 때 진정으로 강력한 힘이 되어주셔. 하지만 우리가 우리 자신의 힘에 의지할 때 하느님은 아무런 힘이 되질 못 해."

그때까지도 재복은 방제가 한 말의 의미를 잘 알지 못했습니다. 하지만 그때 그 말은 후에 재복의 인생에 가장 큰 교훈이 되었습니다. 조선 신학교에서 사제 수업을 시작하면서 여름이 지나고 가을이 되었습니다. 11월 어느 날 첫 수업이었던 칼르리 신부의 강의에 방제의 모습이 보이지 않았습니다. 방제가 배가 아프다며 수업에 참석하지 않았던 것입니다. 웬만큼 아파서는 수업에 빠지지 않던 방제였기에 칼르리 신부는 걱정이 되어 방제의 숙소를 찾아갔습니다. 식은땀까지 흘리며 침대에 누운 방제의 몸이 불덩이처럼 뜨거웠습니다. 칼르리 신부는 방제를 등에 업고 병원으로 달려갔습니다. 진단 결과는 위열병이었습니다. 병에 걸린 지 이미 오래되었는데 그동안 통증을 참고 견딘 것이 오히려 화근이 되어 돌이킬 수 없는 지경에 이르렀습니다.

방제의 병은 빠르게 악화하였습니다. 방제는 자신이 곧 죽게 된다는 것을 알고 있었습니다. 하지만 슬퍼하거나 절망하지 않고 평상시처럼 해맑은 웃음으로 사람들을 대했습니다. 방제의 유일한 걱정은 혹시라도 자신이 갑자기 죽게 되어 마지막 종부 성사終傅聖事를 받지 못할까 그것뿐이었습니다.

11월 27일 밤, 칼르리 신부의 침실에 노크 소리가 들렸습니다. 방문을 열자 재복이 앞에 서서 울먹이며 말했습니다.

"프란치스코가 이상해요. 이제 죽으려는 거 같아요."

칼르리 신부는 재복과 함께 황급히 방제에게 갔습니다. 침대에 누워있는 방제가 손에 십자고상을 들고 힘겹게 숨을 몰아쉬었습니다. 거역할 수 없는 때가 온 것입니다. 칼르리 신부는 종부 성사를 거행하고 재복과 양업은 침대 옆에 무릎을 꿇고 앉아 있었습니다. 호흡은 가쁘고 몸은 죽음의 경계에 있었으나 성사를 받는 방제의 얼굴에는 안도감이 가득했습니다. 칼르리 신부님이 마지막 성사를 마치자 방제는 맑은 눈빛으로 칼르리 신부님께 간신히 말했습니다.

"그라시아스 파트리(Gratias Patri, 신부님, 감사합니다.)."

이어 방제는 손에 들고 있던 십자고상을 입에 대고 눈을 감은 채 힘없는 목소리로 되풀이하여 기도했습니다.

"좋으신 예수님… 좋으신 하느님… 좋으신 예수님… 좋으신 하느님…"

방제가 기도하는 동안 칼르리 신부와 재복과 양업도 침대 옆에 나란히 무릎을 꿇고 앉아 기도했습니다. 시간이 흐를수록 방제의 기도 소리는 점점 희미해지더니 어느 순간 멈추었습니다. 방제가 편안한 표정으로 숨을 멈추었습니다.

최방제의 시신은 마카오에 있는 성 미카엘 묘지에 안장되었습니다. 조선 신학교의 신부님들은 조선을 위한 훌륭한 목자가 될 수 있었던 가엾은 신학생의 죽음을 진심으로 안타까워했습니다. 방제의 죽음은 재복에 많은 영향을 끼쳤습니다. 재복은 죽음을 맞이하는 방제의 모습에서 하느님의 현존을 체험했습니다. 죽음의 순간 방제와 함께했던 하느님을 재복은 느낄 수 있었습니다. 감사와 찬미 속에 맞이한 방제의 평화로운 죽음이 그가 하느님과 함께하였음을 증명했습니다. 지금까지 재복에게 죽음은 언제나 두려움의 대상이었습니다. 그러나 하느님이 함께한 죽음은 평화롭고 오히려 경이롭기까지 했습니다. 재복은 안드레아 작은할아버지의 죽음도 달리 생각할 수 있었습니다. 안드레아 작은할아버지가 망나니의 칼에 목을 잘릴 때도 하느님이 함께하셨으므로 방제처럼 감사와 평화 속에서 죽음을 맞이했던 것입니다. 재복은 성경 속 말씀 하나가 떠올랐습니다.

'나는 너의 아버지 하느님이다. 내가 너와 함께 있으니 두려워 말라.'

장례식이 끝난 후 재복은 텅 빈 방제의 침대를 바라보았습니다. 방제는 이 세상에 없습니다. 이 세상에서 사라졌습니다. 하지만 사라진 것이 아닙니다. 육신으로는 만날 수 없었지만 재복은 마음속에서 방제를 생생하게 느꼈습니다. 시간은 오직 현재의 순간만 존재합니다. 과거는 이미 지나갔으므로 없는 시간이고, 미래는 아직 다가오지 않았으므로 없는 시간입니다. 방제의 육신은 이미 사라진 과거의 시간 속에 속해 있었지만, 방제와 함께 한 수많은 추억과 사랑의 마음은 재복의 마음속에서 살아있는 순간순간마다 늘 함께 존재했습니다.

재복은 방제가 하느님의 품에 안겨 좋은 나라에 갔음을 잘 알고 있지만, 그의 죽음에 괴로워했습니다. 방제야말로 누구보다 훌륭한 사제가 될 수 있었습니다. 그런데 그는 죽고 부족한 자신이 남아있다는 사실이 힘들었습니다. 조선의 교우들을 위해서 오히려 재복이 죽고 방제는 살았어야 했다고 생각했습니다.

재복은 스스로 낙담했을 때처럼 또다시 어두운 밤 성 안토니오 성당 계단 맨 아래에 앉아 있었습니다. 그때 방제가 들려주었던 이야기가 마음속에서 방제의 음성으로 다시 들려왔습니다.

"모든 걸 하느님께 맡겨. 하느님께서는 그가 우리의 유일한 힘일 때 진정으로 강력한 힘이 되어주셔. 하지만 우리가 우리 자신의 힘에 의지할 때 하느님은 아무런 힘이 되질 못 해."

재복은 그제야 방제가 한 말의 의미를 알았습니다. 재복은 자리에서 일어나 뒤돌아섰습니다. 높은 계단 꼭대기에 성 안토니오 성당과 지붕 위의 십자가가 보였습니다. 재복은 성당을 향해 무릎을 꿇었습니다. 그리고 돌계단 하나하나를 무릎으로 기어서 올라갔습니다. 재복의 눈에서 눈물이 쏟아졌습니다. 눈물을 흘리며 계단을 하나씩 오를 때마다 하느님께 똑같은 기도를 반복했습니다.

"주님, 저에게 자비를 베푸소서! 주님, 저에게 자비를 베푸소서!"

며칠 후 재복은 칼르리 신부를 찾아갔습니다.

"저의 조선 이름을 바꾸고 싶습니다."

재복의 갑작스러운 이야기에 칼르리 신부는 당황했습니다.

"무슨 이름으로 바꾸고 싶은가요?"

재복은 들고 온 종이를 칼르리 신부 앞에 보였습니다. 종이에는 한자로 '大建(대건)'이라고 적혀 있었습니다.

"조선에서 세례를 받을 때 모방 신부님께서 왜 사제가 되려는지 물었던 적이 있습니다. 그때는 이유를 몰랐습니다. 하지만 이젠 이유를 찾았습니다. 꼭 사제가 되어 조선 교회를 크게 일으키고 싶습니다. 절망에 빠진 조선의 백성들에게 희망이 되고 싶습니다."

중국 대륙을 횡단하는 1만 2천 7백 리의 길을 걸어 성 안토니오 성당 앞에 이르면서 재복은 그의 여정이 끝났다고 생각했습니다. 하지만 그건 시작에 불과했습니다. 그가 가야 할 길은 끝나지 않았음을 깨달았습니다. 이제는 김대건이라는 새로운 이름으로 다시 여정을 떠나기로 한 것입니다. 성경에 쓰인 것처럼 '오늘도 내일도 다음날도 그 길을 계속 가야 한다.'는 것을 알게 된 것입니다.

지금부터 이어지는 이야기는 재복이 아닌 김대건의 이야기입니다.

김대건은 아침 기도마다 이렇게 기도했습니다.
"주님께서 시작하신 창조의 일을 중단하지 마소서. 나의 불완전함을 완전하게 하소서."

방제의 죽음 이후 김대건은 이름뿐 아니라 많은 모습이 변해갔습니다. 자신의 능력보다 하느님께 의지한다는 것은 어떤 의미에서 마음을 비우고 최선을 다한다는 의미였습니다. 라틴어 수업을 늦게 시작한 탓에 방제와 양업에게 위축되어 자신감을 잃어서였지, 사실 김대건은 언어에 남다른 소질이 있었습니다. 김대건은 라틴어는 물론 중국어와 프랑스어 회화도 어느 정도 할 수 있을 만큼 빠르게 성장하였습니다. 학업적으로는 성장했으나 건강은 여전히 좋지 않았습니다.

겨울이 지나고 다시 두 번의 봄을 마카오에서 맞이하였습니다. 그 사이 두 명의 조선 신학생은 특별한 사건 사고 없이 학업에 몰두할 수 있었습니다. 늘 그랬듯이 평화는 오래가지 못했습니다. 1839년 4월, 중국과 영국의 아편 전쟁으로 인해 마카오에서 민란이 일어났습니다. 서양인에 대한 중국인들의 증오심이 커지면서 파리외방전교회 소속 조선 신학교에도 위험이 닥칠 수 있으리라 판단한 조선 신학교의 신부님들은 급히 마닐라로 피신하기로 했습니다. 마닐라에 도착한 그들은 다시 도미니코회가 운영하는 롤롬보이 수도원 농장으로 거처를 옮겼습니다.

롤롬보이 농장의 아름다운 전경을 마주한 대건과 양업은 탄성이 절로 나왔습니다. 수로를 따라 펼쳐진 평야와 곳곳에 보이는 푸른 열대림은 마치 조선의 아름다운 시골 마을 같았습니다. 롤롬보이 농장에서 수업하며 신학교 교장인 칼르리 신부는 과목을 한 개 추가하였습니다. 바로 '산책'이라는 수업이었습니다.

롤롬보이 농장에서의 생활은 두 명의 신학생이 조선을 떠난 이후, 아니 지금까지 두 사람의 일생을 통틀어 가장 행복하고 여유로운 시간이었습니다. 마카오 신학교에서는 외출을 못 하고 대부분 시간을 신학교 건물 안에서 보냈습니다. 그런데 마닐라의 아름다운 자연 속에서 자유롭게 산책까지 하면서 김대건의 건강도 점점 좋아졌습니다. 대건과 양업의 산책 코스에 커다란 망고나무 하나가 넓은 그늘을 만들었습니다. 그곳은 둘만의 쉼터가 되었습니다.

평화롭고 행복한 나날 속에 기쁜 소식이 전해졌습니다. 북경에 왔던 조선인 밀사 유진길과 조신철이 조선인 신학생들에게 보내는 편지가 파리외방전교회 본부로부터 도착했습니다. 편지에는 모방 신부와 샤스탕 신부 그리고 마침내 조선에 입국한 조선 교구장 앵베르 주교 모두 건강히 잘 지내고 있으며, 그동안 조선은 큰 박해 없이 평화로운 시기를 보내고 있다는 내용이었습니다. 또 마카오에서 사제가 되기 위한 수업을 받고 있을 조선인 신학생에 대한 조선 교우들의 기대와 격려의 말도 있었습니다.

조국을 떠난 지 3년 만에 조선인 동포에게 모국어로 된 편지를 받은 대건과 양업의 기쁨은 이루 말할 수 없었습니다. 그들은 두 사람의 쉼터인 망고나무 아래에서 편지를 읽고 또 읽으며 고향과 가족들 생각에 눈물을 흘렸습니다.

편지의 내용 가운데 조선이 큰 박해 없이 평화로운 시기를 보내고 있다는 소식이 가장 반가웠습니다. 사제가 되고 난 후 가족들을 다시 만날 수 있다는 희망이 생겼습니다. 그날 저녁 양업은 고향에 계신 아버지 최경환에게 편지를 썼습니다. 하지만 대건은 쓰지 않았습니다. 골배마실을 떠나던 날 아버지가 대건에게 했던 '잊으라'는 말 때문이었습니다.

그러나 그 무렵 대건과 양업이 모르던 사실이 있었습니다. 편지를 보낸 조선 밀사들이 북경에 도착하기까지 오랜 시간이 걸렸고, 또 북경에서 쓴 밀사들의 편지가 롤롬보이 농장에 도착하기까지 또 오랜 시간이 걸렸다는 사실입니다. 그래서 실제 그 무렵 조선의 상황은 편지와는 달랐습니다.

Intende voci clamoris mei,
rex meus et Deus meus.

입국로

베드로가 글라라에게 전하는 일곱 번째 편지입니다.

며칠 전 꾸었던 꿈을 또다시 꾸었습니다. 한강은 피로 시뻘겋게 물들고 강변에는 머리가 잘린 몸뚱이와 몸뚱이 없는 머리가 산처럼 쌓여있었습니다. 몸뚱이 없는 머리 가운데 내 가족들도 있었습니다. 그리고 나도 있었습니다. 죽어있는 내 모습을 내가 보고 있었습니다. 너무나 생생하여 이미 있었던 일처럼 느껴졌습니다. 그러나 두렵지는 않았습니다. 한강 변의 잔혹한 광경이 꿈처럼 느껴졌습니다. 꿈이니까 당연히 꿈처럼 느낄 거라 생각하겠지만, 그러한 광경이 실제로 현실이 되어도 나는 꿈처럼 느낄 것 같았습니다. 그런 생각을 하다 보니 '우리가 사는 이 세상도, 우리의 인생도 정말 꿈이 아닐까? 꿈에서 깨어나면 나는 누구이며, 내가 있는 곳은 어디일까?' 하는 생각이 절로 들었습니다.

　오늘은 우연히 만난 행인들의 입을 통해서도 박해의 소식을 들을 수 있었습니다. 그만큼 이번 박해가 대대적으로 자행되고 있다는 뜻이겠지요. 나에게 맡겨진 소임을 다하기엔 아직 한참 남았는데 새벽 무렵 잠시 눈을 붙인 것이 불충스럽게 느껴집니다. 다시 탁덕의 이야기를 서둘러 이어가도록 하겠습니다.

　1842년 김대건이 22살 청년이 되었을 무렵, 영국과 중국 사이에 벌어진 아편 전쟁이 영국의 승리로 끝이 나면서 국제 정세가 급변했습니다. 여기서 조선인들은 잘 모르는 아편 전쟁에 관한 설명이 필요할 것입니다.
　영국 동인도회사가 중국 무역을 독점하면서 대량의 아편을 수출하자, 중국에서는 일반인의 아편 흡입이 급속도로 확산하였습니다. 이에 중국 정부는 아편이 중국 국민의 인성을 파괴한다는 이유로 아편 흡입과 수입을 금지했습니다. 당시 서양의 국가들이 중국에서 가장 많이 구입한 품목은 차*였는데, 서양 상인들의 차 구매량이 계속 증가하자 중국과의 무역 불균형이 초래되었습니다. 그래서 서양 상인들은 아편의 밀거래를 통해 무역 적자를 해소하고자 했습니다. 이에 중국 정부는 밀거래하던 서양 상인들의 아편을 몰수, 소각하고 아편 상선을 추방했습니다. 이러한 중국의 조치에 항의하며 영국은 중국과 전쟁을 벌인 것입니다.
　영국이 중국과의 전쟁에서 승리하자 뒤늦게 프랑스 정부도 이권에 개입하기 위해 에리곤호와 파보리트호 두 척의 군함을 중국으로 급파했는데, 그 경유지가 마카오였습니다. 두 척의 프랑스 군함 가운데 에리곤호 함장의 이름은 '세실'이었습니다. 세실 함장은 파리외방전교회의 리브와 신부를 은밀히 만나 한 가지 제안을 하였습니다.

세실 함장은 조선으로 가서 조선의 왕을 만나 다른 나라를 제외하고 프랑스하고만 교역하자고 제의할 생각이었습니다. 그래서 조선어 통역관으로 신학생 한 명을 요구하였습니다. 리브와 신부의 판단으로는 만일 프랑스 군함을 타고 선교사가 조선에 갈 수 있다면 이보다 더 좋은 기회는 없었습니다. 리브와 신부는 그 일을 매스트르 신부에게 맡겼고, 매스트르 신부는 함께 갈 통역관으로 김대건을 결정하였습니다. 프랑스 군함의 군의관에게 김대건의 가슴 통증 치료를 받을 수 있을 거라 생각했습니다.

세상에는 수많은 우연이 있고, 그러한 우연 가운데 일부는 인연이 되며, 인연들 가운데 몇몇은 인생에 결정적인 역할을 하는 운명이 됩니다. 정하상, 모방 신부, 최방제 등 탁덕의 인생도 몇 사람과의 인연으로 인해 그의 운명이 결정되었습니다. 세실 함장과의 인연도 후에 그의 운명에 매우 중요한 역할을 하게 됩니다. 하지만 그와의 인연은 악연이었습니다.

민란이 진정되고 마카오로 돌아온 김대건은 매스트르 신부와 함께 에리곤호에 승선해 마닐라, 대만을 거쳐 영국과 중국 사이 조약이 체결될 장소인 난징으로 향했습니다. 항해 과정에서 김대건은 영국군과 중국군의 격전지들을 지났습니다. 양쯔강 입구의 도시들은 전쟁으로 파괴되어 폐허가 되어있었습니다. 전쟁에서 수백 명의 영국군 병사와 수천 명의 중국인 병사와 원주민들이 사망하였습니다.

김대건은 처음으로 전쟁의 끔찍한 참상을 보았습니다. 공교롭게 프랑스 함대에 타고 있었기에 영국군 입장에서 이번 전쟁을 생각해 보았습니다. 영국군 병사는 나라를 위하는 애국심으로 고국에서 멀리 떨어진 중국까지 와서 목숨을 걸고 싸웠을 것입니다. 병사들은 전투에 앞서 하느님께 승리를 기원하는 기도도 했을 것입니다. 그리고 순박한 원주민이 사는 도시를 향해 무차별 포격을 했을 것입니다. 도시는 파괴되고 사람들은 죽어갔으나 영국군의 지휘관들은 그들의 전쟁이 나라와 정의를 위한 선한 전쟁이라고 선동했을 것입니다. 그들의 포탄에 죽어가는 원주민들은 그들과 똑같은 사람이 아니라 아직 하느님의 세례를 받지 못한 미개한 존재라고 믿게 하였을 것입니다.

만일 난징에 살던 원주민들이 영국인들과 같은 사람이 아니라 세례를 받지 못한 미개한 존재라면, 조선의 동포들도 마찬가지일 것입니다. 하느님은 어떤 특정 민족이나 국가 혹은 인종만을 위해 존재하지 않습니다. 하느님은 교회와 세례를 받은 사람들만을 위해 존재하지 않습니다. 하느님은 이 세상에 안 계신 곳이 없습니다. 다만 그들이 하느님을 모를 뿐입니다.

청년 김대건이 판단할 때 그 전쟁의 본질은 영국 상인들이 돈을 벌기 위해 중국인들에게 아편을 퍼뜨리고 팔았으며, 이에 중국 조정에서 저항하자 이를 빌미로 중국을 침략하여 더욱 큰 이득을 얻으려는 탐욕스러운 전쟁이었습니다.

　세계의 역사는 수많은 전쟁으로 이어져 있습니다. 전쟁에는 한 가지 공통점이 있습니다. 침략자 관점에서 모든 전쟁은 선한 전쟁이며 성스러운 전쟁입니다. 하지만 선한 전쟁이나 성스러운 전쟁은 없습니다. 만일 성스러운 전쟁이란 게 있었다면 하느님의 아들인 예수님이 그렇게 처참하게 돌아가시지 않아도 되었을 것입니다. 만일 예수님이 성스러운 전쟁의 최고 지휘관이었다면 예수님은 이스라엘의 왕이 될 수는 있었겠지만, 모든 인류의 구세주가 될 수는 없었을 것입니다.

　에리곤호를 타고 난징까지 가는 동안 전쟁의 참상을 생생히 보면서 김대건은 인간의 죄를 생각해 보았습니다. 그때의 생각을 나에게 전해 주었습니다.

　"인간이 저지른 수많은 죄의 가장 근본은 사랑의 부재입니다. 세상의 모든 불행은 사람들의 마음속 사랑이 있어야 할 자리에 자기만을 위하는 이기적인 욕심, 즉 각자위심各自爲心이 대신 채워졌기 때문에 생깁니다. 인간의 원죄는 바로 그것입니다. 사랑이 있는 곳에 하느님도 계시고, 사랑이 없는 곳엔 하느님도 없습니다. 하느님은 사랑이시기 때문입니다. 우리 마음속 각자위심이 차지하는 자리에 사랑으로, 사랑이신 하느님으로 다시 채워질 때 우리는 구원에 이를 수 있습니다."

　김대건의 가슴 통증은 항해 도중 군의관이 처방해준 약을 먹으면서 점점 나아졌습니다. 김대건은 오랜 항해 기간 프랑스 병사들과 이야기를 나누며 즐겁게 보냈습니다. 프랑스 병사들은 처음엔 조선이라는 낯선 나라에서 온 동양인 김대건을 무시하며 하찮게 대했습니다. 그러나 이야기를 나누면서 그의 학식과 인품을 존중하게 되었습니다.

마침내 에리곤호가 난징에 도착하자 김대건은 세실 함장의 통역자로 난징 조약 조인식에 참석하였습니다. 조인식은 장강에 정박해 있던 영국 군함 콘월리스호 선상에서 이루어졌습니다. 전쟁에서 패한 청나라 대표는 영국 해군 장교들 수십 명에 둘러싸인 가운데 굴욕적인 내용의 조약에 서명해야 했습니다.

영국과의 조인식에 이어 청나라 정부 관료들은 프랑스를 대표하는 세실 함장과도 회의했습니다. 그 자리에도 김대건은 통역관으로 참석했습니다. 프랑스도 영국과 유사한 권리를 청나라에 요청했습니다. 김대건은 난징 조약 현장을 목격하면서 충격을 받았습니다. 조선은 중국이 세계의 중심이라 여기고 매년 조공을 바치지만, 서구 열강 앞에서 중국은 이미 종이호랑이에 불과했습니다. 세계정세가 이렇게 급변하는데 오로지 주자학만을 통치 이념으로 삼고 세계적인 변화의 흐름을 외면한 채 서구 열강을 오랑캐라 일컬으며 쇄국만을 고집하는 조선의 운명이 암담하게 느껴졌습니다.

조선에서는 서양 열강의 침략과는 상관없이 자발적으로 교회가 설립되었습니다. 따라서 독립적이며 주체적인 조선의 천주교를 앞장세워 서구 열강들과 관계를 풀어간다면 중국처럼 전쟁의 피해를 입지 않고 서로 대등한 입장에서 교류할 수 있으리라는 생각도 들었습니다. 그러나 현실은 천주교 신자라면 극악죄인으로 몰아 참수형에 처하고 있으니 조국의 운명이 천길 벼랑 끝을 향해 빠르게 질주하는 마차와도 같아 보였습니다.

난징에서 조인식 체결을 참관한 후 세실 함장은 마음을 바꾸어 조선행을 포기하였습니다. 매스트르 신부는 세실 함장이 자신과 김대건을 단지 통역이 필요해서 이용했다는 사실을 뒤늦게 알고 김대건과 함께 배에서 내렸습니다. 조선으로 돌아갈 기대만으로 그동안 기나긴 항해를 견디어 온 김대건의 실망은 컸습니다. 하지만 한편으로는 다행이란 생각도 들었습니다.

세실함장이 정상적인 방법으로 조선 조정에 교역을 제안하고, 이러한 제안을 조선 조정에서 순순히 받아들여 양국 대표 간의 만남이 평화롭게 진행된다면 모르겠지만, 지금까지 서양을 향한 조선 조정의 태도로 보아서는 그럴 가능성은 매우 낮았습니다. 반대로 중국을 대하는 영국의 태도를 보아도 세실 함장 역시 공정하고 평화로운 태도를 보일 가능성도 매우 낮았습니다. 만일 세실 함장의 프랑스 함대 에리곤호와 조선의 관군 사이에 전투라도 벌어진다면 조선의 백성들에게 천주교인은 조국을 침입하는 오랑캐의 앞잡이로 생각할 것입니다. 그런 일이 벌어진다면 조선의 교우들은 또 한 번 살육의 박해를 당할 것이며, 백성들도 천주교에 등을 돌릴 것입니다. 이는 프랑스 함대의 도움 없이 독자적으로 조선에 들어가느니만 못한 결과입니다.

에리곤호에서 내린 매스트르 신부와 김대건은 결국 육로를 통해 조선으로 입국할 기회를 찾기 위해 요동 지역에 있는 중국인 교우촌 백가점으로 갔습니다. 교우촌 사람들은 매스트르 신부와 김대건이 함께 지내는 작은 방의 제대를 꽃으로 꾸미고, 천장에 노래하는 새장도 달아매고, 벽을 노란색으로 도배하기도 했습니다. 저녁이면 각종 과일과 고구마 같은 농작물을 가져다주며 사제와 신학생을 성심껏 섬겼습니다.

교우들의 따뜻한 환대에 평화로운 시간을 보낼 무렵 비극적인 소식이 전해졌습니다. 조선과 접경 지역인 변문으로 파견되었던 중국인 밀사가 조선 상인들에게서 알아낸 소식이었습니다. 상인들은 몇 해 전 조선에 큰 박해가 일어나 앵베르 주교, 모방 신부, 샤스탕 신부와 3백여 명의 교우들이 처참하게 죽임을 당했다고 말했습니다. 정보의 사실 여부는 확실히 알 수 없는 상황이었지만 소식을 접한 매스트르 신부는 서둘러 조선 입국을 결심하였습니다. 그 후 김대건과 매스트르 신부는 거지로 위장하여 조선에 입국할 계획을 세우고 의복과 신발까지 준비했습니다. 그때 만주 교구장인 베롤 주교가 매스트르 신부를 급히 찾았습니다. 베롤 주교는 위험을 이유로 매스트르 신부의 입국을 허락하지 않았습니다. 그 대신 김대건에게 입국이 가능할지 중국과 조선 국경 지대를 정탐하라고 지시했습니다.

1842년 12월 23일, 베롤 주교의 지시에 따라 김대건은 홀몸으로 무작정 중국 변문을 향해 갔습니다. 매우 위험한 일이었지만 어쩔 수 없었습니다. 그런데 김대건이 변문에 도착했을 즈음 중국 북경으로 가는 조선 사신 일행이 그곳을 지나치고 있었습니다. 일 년에 몇 번 없는 사신 일행이 때마침 김대건이 변문에 도착했을 때 그곳을 지나쳐갔다는 것은 엄청난 우연이었습니다.

보통의 경우 천주교인 밀사는 북경으로 가는 사신 일행이 되어 파리외방전교회와 소식을 주고받았지만, 조선 밀사들과 아무런 약속도 없이 무작정 변문으로 온 대건으로서는 이번 사신 일행들 가운데 밀사가 있는지 없는지 알 수 없었습니다. 그렇다고 그대로 사신 일행을 그냥 지나쳐 보낼 수는 없었습니다. 김대건은 일단 사신 일행을 뒤쫓아 갔습니다. 일행들 가운데 한 명이 맨 뒤에서 조금 뒤처져 걷고 있었습니다. 김대건은 그 남자에게 말을 붙였습니다.

"당신 이름이 뭐요?"

중국인 행색의 김대건이 대뜸 조선어로 말을 걸자 남자는 힐금 바라보고 대수롭지 않게 대답했습니다.

"김 씨라고 하오."

일단 말은 붙였지만 이후 어떻게 이야기를 풀어야 할지 막연하기만 했습니다. 그래서 잠시 망설이다가 단도직입적으로 물었습니다.

"당신 혹시 천주교인이요?"

김대건의 질문은 매우 무모했습니다. 설사 그가 천주교인이라도 수십 명의 조선인 사신 일행과 함께 있는 상황에서 스스로 천주교인임을 밝힐 리 없었습니다. 느닷없는 대건의 질문을 받은 남자의 입에서 의외의 대답이 나왔습니다.

"그렇소."

아무런 계획 없이 변문에 왔다가 그곳을 지나치는 조선 사신 일행을 만난 것도 행운인데, 그들 가운데 무작정 말을 건넨 사람이 천주교인이었다는 것은 하느님의 도우심이 아니면 설명할 수 없었습니다. 행운은 거기에서 끝나지 않았습니다. 처음 말을 주고받았을 때 두 사람은 서로의 얼굴을 제대로 쳐다보지 않았습니다. 얼굴을 목도리로 칭칭 감고 있어 누구인지 알아보기 힘들었습니다. 천주교인임을 밝히고 나서 서로의 얼굴을 마주 보자 왠지 낯설지 않은 느낌이 들었습니다. 그러다가 두 사람이 거의 동시에 서로를 알아보았습니다.

대건이 사신 일행 가운데 말을 걸었던 사람은 8년 전 중국 마카오로 유학길을 떠나는 세 명의 조선 소년을 국경까지 안내했던 조선 밀사들 가운데 한 명이었습니다. 그의 이름은 김 프란치스코였습니다. 파리외방전교회나 조선 교회로부터 전달받은 특별한 전갈은 없었으나 혹시라도 변문에서 조선의 밀사를 기다리는 사람이 있을지도 모른다는 생각에 김 프란치스코는 그곳을 지나치면서 일부러 일행에서 뒤처져 걸었던 것입니다.

8년 만에 만난 반가움은 뒤로 미루고 대건은 우선 조선의 상황을 물어보았습니다.

"몇 해 전 임금이 바뀌고 왕의 외척 풍양 조씨가 정권을 잡으면서 또다시 박해가 시작되었소. 유진길, 정하상을 비롯하여 조선 교회 지도자들 대부분과 수백 명의 교우가 체포되어 처형을 당했소."

"주교님과 신부님들은 어떻게 되었습니까?"

"교우 가운데 배교자가 있어 앵베르 주교님이 제일 먼저 체포되었소. 그 후 모방 신부님과 샤스탕 신부님은 주교님의 지시에 따라 스스로 관아를 찾아가 자수했소."

대건은 체포된 앵베르 주교님이 모방 신부님과 샤스탕 신부님에게 자수를 권했다는 사실을 쉽게 납득할 수 없었습니다. 주교님이 체포된 것은 어쩔 수 없었더라도 나머지 두 명의 신부님이라도 살아남아 조선의 천주교를 이끌었어야 했다고 생각했습니다. 하지만 앵베르 주교가 그런 지시를 내린 데에는 깊은 고민과 결단이 있었던 것입니다.

앵베르 주교님이 체포되기 전까지 샤스탕 신부님과 모방 신부님은 주교님의 지시에 따라 박해를 피해 조선에서 탈출할 준비를 하고 있었습니다. 그런데 체포 후 주교님은 이번 박해가 일어난 가장 큰 이유가 조선에서 서양인 신부가 세 명이나 활동하기 때문임을 알았습니다. 그래서 나머지 두 명의 신부를 체포할 때까지 조선인 교우를 향한 박해는 멈추지 않을 것이며, 그사이 더 많은 교우가 목숨을 잃을 것으로 판단했습니다. 그래서 두 명의 신부님에게 각각 편지를 보냈습니다.

'위급한 경우에 착한 목자는 양들을 위해 목숨을 바치나니, 만일 그대들이 아직 떠나지 않았다면 내가 있는 곳으로 오십시오. 그러나 어느 교우도 그대들을 따라오게 하지는 마십시오.'

주교님의 편지를 받은 모방 신부님과 샤스탕 신부님은 주교님의 뜻이 무엇인지 알 수 있었습니다. 교우들을 살리기 위해 사제가 대신 순교를 해야 한다는 말이었습니다. 주교님의 뜻을 거역하고 조선을 탈출하여 목숨을 구할 수 있었지만, 두 명의 신부님은 주교님의 뜻을 따랐습니다. 그것은 본인들의 뜻이기도 했습니다. 이리하여 1839년 9월 21일 앵베르 주교님과 샤스탕 신부님 그리고 모방 신부님은 대역죄인으로 군문효수형을 받고 한강 변 새남터로 끌려왔습니다. 그곳에서 세 명의 신부님들은 서로 마주 보며 무릎을 꿇고 기도를 하였으며, 그런 신부님들에게 10여 명의 망나니가 덤벼들어 처참하게 목을 잘랐습니다.

1839년이면 대건과 양업이 마카오 민란을 피해 마닐라 인근 롤롬보이 농장에 머물 때였습니다. 앞선 편지에서 언급하였듯이 조선 밀사가 조선을 떠나 북경에 도착한 후 조선 신학생들에게 보낸 편지가 롤롬보이 농장까지 도착하기까지 오랜 시간이 걸렸습니다. 그사이 끔찍한 살육이 진행되고 있었다는 사실을 모르고 대건과 양업은 편지에 적힌 대로 평화로운 조국을 떠올리며 마음을 놓았던 것입니다.

1839년 기해년에 처형을 당한 유진길은 조선 밀사로 여러 차례 북경을 오가며 조선에 사제를 모셔오기 위해 애를 쓰셨던 분이며, 김대건과 최양업이 롤롬보이 농장에 있을 무렵 그들에게 직접 편지를 써서 보낸 분이었습니다. 정하상은 정약종의 아들로 조선 교회의 실질적 지도자 역할을 하며 세 명의 조선 소년을 모방 신부에게 추천하여 마카오 유학을 보낸 사람입니다. 한양을 떠나 의주에 도착한 후 중국으로 들어가기 위해 압록강을 건너야 하는 세 명의 신학생을 친자식처럼 따스하게 안아주었던 정하상을 김대건은 늘 기억했습니다. 앵베르 주교님은 만난 적이 없지만, 모방 신부님은 대건에게 세례 의식을 베풀고 신학생으로 추천했던 분이며, 샤스탕 신부는 중국으로 유학길을 떠날 때 의주에서 만나 선물을 주며 강복을 내려주었던 분이었습니다. 모두 사제가 되고자 하는 대건의 인생에 중심적인 역할을 했던 분들이었고, 고향 생각이 나면 가족들과 함께 떠올렸던 사람들이었습니다. 그런데 그들이 이미 3년 전에 처형을 당했다는 사실이 믿기지 않았습니다.

대건은 마음속에 숨겼던 불안감이 엄습해왔습니다. 하지만 차마 물어볼 용기가 나지 않았습니다. 그런 대건의 마음을 눈치챈 김 프란치스코가 주저하며 말을 이어갔습니다.

"최양업의 부모님도 체포되었습니다. 아버지 최경환은 곤장으로, 모친 이성례는 칼을 받고 순교하였습니다. 그리고… 당신의 아버지 김제준도 체포되어 참수되었고, 어머니 고 우르술라는 목숨은 구했으나 의탁할 곳 없는 거지 신세가 되어 떠돌아다닌다고 합니다."

대건은 정신이 아득해졌습니다. 부모님과 헤어져 8년을 지내면서 언제든지 부모님이 순교하는 상황이 벌어질 수 있다는 생각은 늘 했었지만, 그래도 기도하며 언젠가 가족들과 다시 만날 날을 기다려왔습니다. 그런데 우려했던 상황이 현실이 되어버렸습니다.

사절단 일행이 앞서가고 있고, 그들 몰래 김 프란치스코와 이야기를 나누던 상황이라 대건은 슬퍼할 겨를도 없었습니다. 아득해지는 정신과 마음을 간신히 추스르고 김 프란치스코에게 이번 겨울 매스트르 신부님과 함께 조선에 입국할 계획을 말하였습니다. 그러자 김 프란치스코는 지금 상황으로는 국경을 통과하기가 매우 어렵다며 반대 의견을 내세웠습니다. 그때 앞서가던 사절단 일행 한 명이 뒤처진 김 프란치스코를 재촉하며 불렀습니다. 더 이상 지체했다가는 의심을 살 것 같아 김 프란치스코는 작별 인사도 제대로 나누지 못하고 일행을 향해 바삐 떠나갔고, 대건은 혼자 남아 그 자리에 멈춰 서 있었습니다.

김대건은 그날 밤 변문 근처 여곽에서 머물렀습니다. 밤은 깊어갔지만 잠을 이룰 수 없었습니다. 아버지 김제준은 아들을 신학교를 보냈다는 사실 때문에 더욱 혹독한 고문을 당했다고 했습니다. 갈 곳 없이 거지 신세로 떠돌아다니는 어머니와 어린 동생의 행방은 알 수 없다고 했습니다. 그 사이 엄동설한 겨울이 세 번이나 지났으므로 이미 얼어 죽었거나 굶어 죽었을지도 모릅니다. 더욱 충격적인 사실은 김대건의 부모를 관아에 밀고한 자는 바로 김대건의 매부인 곽가였다는 사실이었습니다.

슬픔과 낙망 속에 괴로워하던 대건은 결국 자리에서 벌떡 일어나 만일을 위해 준비해 온 조선옷으로 갈아입었습니다. 베롤 주교는 대건에게 국경의 상황만 살피고 곧장 돌아오라고 말했습니다. 조선 국경을 지나쳐온 김 프란치스코에게 국경 상황을 이미 확인하였으므로 굳이 위험을 감수하고 조선 국경까지 갈 필요도 없었습니다. 그러나 대건은 조선 국경을 향해 내달리기 시작했습니다. 국경 상황을 염탐하기 위해서가 아니라 국경을 넘어 조선으로 가기 위해서였습니다.

김대건은 심한 자책에 빠져 있었습니다. 아버지의 죽음과 어머니와 형제들에게 닥친 비극이 모두 자기 때문이라 생각했습니다. 대건은 순교의 고통이란 하느님의 영광과 하나임을 알고 있습니다. 하지만 그것은 어디까지나 생각에 불과했습니다. 막상 아버지가 처형을 당했다는 소식을 듣자 죽음의 순간까지 아버지가 겪었을 고통이 더 크게 다가왔습니다.

"아버지도 두렵다. 비오 증조할아버지도, 안드레아 작은할아버지도 두려웠을 것이다."

대건은 마카오로 떠나기 전 골배마실 시냇가에서 했던 아버지의 고백이 떠올랐습니다. 그때 죽음의 두려움을 가지고 있던 대건은 아버지의 고백에 위안이 되었습니다. 하지만 아버지의 순교 소식을 듣고 그때 아버지의 고백이 더욱 슬프고 아팠습니다.

증조부, 조부에 이어 아버지까지 3대에 걸쳐 신앙을 지키기 위해 목숨을 내놓았습니다. 하느님을 믿고 따르기 위해서는 반드시 이토록 잔혹한 비극을 감수해야 하는 걸까요? 그렇다면 하느님은 견디기 힘든 고통을 받다가 결국 처참한 죽음을 맞이하기 위해 인간을 이 세상에 태어나게 한 것일까요? 인류의 선조가 지은 원죄의 대가가 이렇게도 커야 할까요? 언제까지 이러한 비극이 반복되어야 하는 걸까요? 하느님의 평화가 이 땅에 실현되는 날이 오긴 오는 걸까요?

김대건은 조선 국경을 향해 달리며 슬픔과 절망 속에서 온갖 생각이 떠올랐습니다. 대건은 이미 순교하신 아버지보다 어머니와 그의 형제들 때문에 더욱 괴로웠습니다. 하느님은 사랑이며 사제란 하느님의 사랑을 세상 속에서 실천합니다. 그런데 자신을 낳고 기르며 수고한 어머니와 형제들을 지켜주지 못하면서 만인을 위한 사제가 되겠다는 것은 말이 되지 않았습니다. 한 사람의 삶조차 구원하지 못하면서 만인을 사랑하고 그들을 구원한다는 것은 모순입니다. 마카오를 떠날 때는 아버지가 있어서 어머니와 형제들에게 책임감을 느끼지 않았습니다. 하지만 아버지가 순교한 지금의 상황에서는 집안의 맏아들인 자신이 가족들을 보살펴야 한다고 생각했습니다.

여곽을 박차고 나온 김대건은 꼬박 밤을 새워 혹한의 120리 길을 내달려 다음날 해 질 무렵 의주성 근처에 이르렀습니다. 성문에는 병졸들이 지키고 서서 지나가는 사람마다 통행권을 요구하였습니다. 대건은 어찌할지 난감해하는데 때마침 소를 몰고 성문을 지나치는 사람들이 있었습니다. 대건은 재빨리 그들에게 달려가 허리를 숙여 소에 몸을 감추고 몰래 성문을 통과할 수 있었습니다.

성문을 통과하고도 난관은 더 남았습니다. 여행자들이 세관장 앞에서 줄을 서서 신원을 확인하고 있었습니다. 대건은 이미 조사를 받은 한 무리의 사람들이 떠나기 시작하자 슬그머니 그들 틈에 끼었습니다. 그러나 이번에는 세관에게 발각되었습니다. 뒤에서 세관이 대건에게 호통을 치는 소리가 들렸으나 모른 척 지나친 후 죽을힘을 다해 달렸습니다. 따라오는 병졸들을 따돌리기 위해 산속으로 들어갔습니다. 그곳에서 날이 어두워질 때까지 숨었다가 걷기 시작했습니다. 국경 근처의 차가운 겨울바람에 온몸이 얼어붙는 것 같았습니다. 다행히 멀리 작고 허름한 주막이 보였습니다. 대건은 서둘러 주막으로 갔습니다.

주막 안에는 조선인 장정들 몇몇이 술을 마시고 있었습니다. 앞서 말했듯이 국경 근처의 조선인과 중국인은 서로 사이가 좋지 않았습니다. 대건이 주막에 들어서자 장정들은 의심스러운 눈초리로 대건을 보다가 그중 한 명이 다가와 말을 걸었습니다.

"당신 청국놈이지?"

장정의 말에 대건은 조선어로 당당하게 맞섰습니다.

"아니요. 난 조선 사람이요."

대건에게 다가온 조선인 장정은 가까이에서 여기저기 살피다가 대건의 변발식 머리와 발에 신은 중국식 버선을 발견했습니다.

"청국놈 맞구만. 어디서 거짓말을 해. 조선에는 왜 넘어온 거야?"

"아니요. 난 조선인이요!"

주막 안 장정들은 대건의 말에 아랑곳하지 않고 한꺼번에 달려들어 대건을 주막 밖으로 끌어내 내동댕이쳤습니다. 대건은 할 수 없이 추운 밤길을 다시 걷기 시작했는데 장정들 가운데 한 명이 대건의 뒤를 쫓고 있었습니다. 대건은 미행자를 따돌리기 위해 또다시 숲에 숨었습니다. 혹한의 추위 속에서 이틀 밤낮을 꼬박 먹지도 못하고 걸어온 대건은 추위와 배고픔에 서서히 졸음이 쏟아지며 정신을 잃어갔습니다. 이때 큰 소리의 음성이 들려왔습니다.

"잊으라 하지 않았느냐! 수많은 교우의 희망을 짓밟을 셈이냐!"

대건은 화들짝 놀라 잠에서 깨어났습니다. 틀림없이 아버지의 음성이었는데 아버지의 모습은 보이지 않고 나뭇가지 사이를 지나치는 바람 소리만 들려왔습니다. 그때 어둠 너머로 여러 사람의 모습이 떠올랐습니다. 최방제, 유진길, 정하상, 모방 신부님, 샤스탕 신부님 그리고 아버지…. 땅에서의 삶에 맡겨진 소임을 다하고 이제는 하느님 나라에 계신 분들이었습니다. 대건을 바라보는 그들의 눈빛에는 모두 한결같은 소망이 담겨 있었습니다. 대건이 어두운 조선의 밤하늘에 빛나는 희망의 별이 되기를 원했습니다. 대건은 지금껏 참아왔던 눈물이 한꺼번에 쏟아졌습니다.

신유년 박해 때 순교하신 정약종의 친동생인 정약용은 그때 다행히 목숨은 구했지만 오랜 귀양살이를 했습니다. 정약용이 어린 나이에 지은 시詩 가운데 '小山蔽大山 遠近地不同(소산폐대산 원근지부동)'라는 시가 있습니다. '작은 산이 큰 산을 가리니 가깝고 먼 것이 같지 않다.'는 뜻입니다. 작은 산이 큰 산을 가리는 이유는 작은 산은 가까이 있고 큰 산은 멀리 있기 때문입니다. 가까이 있기에 작은 산이 크게 보이고 멀리 있기에 큰 산은 작게 보이는 것입니다. 가까이 있어 크게 보인다는 이유로 작은 산이 큰 산보다 클 수는 없습니다. 나 자신과 내 주변의 일, 혹은 개인적인 감정과 욕심들이 인류를 위한 거대하고 궁극적인 하느님의 창조 계획을 앞에서 가려 보이지 않게 합니다. 그때 김대건도 잠시 가까이 있는 작은 산에 가려 큰 산을 보지 못했습니다.

다시 국경을 넘어 백가점으로 돌아온 대건은 양업을 먼저 찾았습니다.

"왜 이렇게 늦었어? 신부님이 얼마나 걱정했다고…"

대건은 말없이 양업을 바라보다가 웃어 보였습니다.

"잠깐 얘기 좀 할래?"

대건은 대답 없이 먼저 앞장서서 걸었습니다. 두 사람은 드넓은 광야를 붉게 물들이는 석양을 마주하며 이야기를 나누었습니다.

"변문에서 우연히 조선인 밀사를 만났어."

"그래? 정말 잘됐네!"

"조선 밀사에게 몇 해 전 조선에서 있었던 이야기를 들었어."

대건이 김 프란치스코에게 들은 소식을 양업에게 전했습니다. 양업은 아무런 대꾸 없이 대건의 이야기를 듣기만 했습니다. 양업의 부모님에 관한 소식도 전했습니다. 그때에도 양업은 말없이 듣기만 했습니다. 이야기를 마치고 대건은 자리를 비켜주었습니다. 대건이 한참을 걸어가다가 뒤돌아보았을 때 양업은 미동도 없이 붉은 석양만 바라보더니 천천히 고개를 숙였습니다. 하느님께 기도하는 것인지 소리 없이 우는 것인지 알 수 없었습니다.

탁덕은 그의 인생에서 1842년 겨울이 가장 힘든 시기였다고 고백하였습니다. 하느님을 사랑하며 하느님이 내려준 소명에 순종하는 대가가 너무나 크고 고통스러웠습니다. 4년 후 다시 만난 탁덕은 내게 이렇게 말했습니다.

"이 세상에 살아가는 생명체 모두에게 해당하는 진리 하나가 있습니다. 바로 생명은 생명을 먹고 산다는 것입니다. 식물은 땅과 물과 태양의 생명의 기운을 먹으며 자라나 열매를 맺습니다. 초식 동물은 그런 식물의 생명을 먹고 살며, 육식 동물은 또 다른 동물의 생명을 먹으며 자신의 생명을 이어갑니다. 물고기도 마찬가지입니다. 생명이 아닌 것을 먹으며 생명을 이어가는 생명체는 없습니다. 사람 역시 생명을 먹으며 자신의 생명을 이어가고 있습니다. 우리가 먹는 끼니도 모두 생명체의 가공물입니다. 밥이 생명이라는 말은 밥을 먹어야 목숨을 이어간다는 뜻이지만, 밥 자체가 생명체이기도 합니다.

육체의 생명뿐 아니라 또 다른 생명도 마찬가지입니다. 부자와 권력가들은 가난한 사람과 힘없는 사람의 생명으로 그들의 부와 권력의 생명을 이어갑니다. 순교는 자신의 생명을 하느님을 위해 바치는 것입니다. 그래서 영원한 생명을 이어가는 것입니다. 순교는 반드시 육신의 생명을 바치는 것만을 의미하는 것이 아닙니다. 자신의 삶을 하느님의 사랑을 실천하기 위하여 헌신하고 희생하는 것도 하느님을 위해 생명을 바치는 순교입니다. 이럴 때 순교는 죽음이 아닌 삶으로 자신의 생명을 바치는 것입니다. 생명은 생명을 먹고 생명을 이어갑니다. 순교자의 삶이란 하느님의 생명을 얻기 위해 죽어서든 살아서든 자신의 생명을 바치는 것입니다. 예수님은 제자들과의 마지막 만찬에서 포도주와 빵을 제자들과 나누며 자신의 피와 자신의 몸이니 이를 기억하라고 하셨습니다. 그리고 예수님은 인류의 생명을 위해 자신의 생명을 내주셨습니다."

김대건이 변문에서 만난 조선 밀사 김 프란치스코의 증언에 따라 앵베르 주교의 순교 사실이 교황청에 전달되었습니다. 그러자 그 이듬해 겨울, 페레올 주교가 조선 교구의 새로운 교구장이 되었습니다. 한꺼번에 세 명의 목자를 잃어버린 조선의 교우들을 위해 페레올 주교는 하루라도 빨리 조선에 입국하기를 원했습니다. 그러기 위해서 새로운 입국로를 찾아야 했습니다. 페레올 주교는 김대건에게 새로운 입국로 탐색을 지시했습니다. 중국 변문보다 훨씬 북쪽인 훈춘을 통과하는 길이었습니다. 그곳은 김대건과 페레올 주교가 머무는 소팔가자에서 2천 리나 떨어져 있었습니다.

대건은 눈이 쌓인 벌판을 널빤지로 만든 눈썰매를 타고 달렸습니다. 그리고 장춘에 도착한 후 썰매를 끌던 말을 타고 만주로 들어갔습니다. 나침반이 가리키는 북동쪽으로 이동하면 할수록 산이 점차 험악해졌습니다. 대건이 처음 도착한 도시는 길림吉林이었습니다. 길림은 송화강 동쪽 강가에 자리 잡고 있는데, 송화강 북쪽에는 큰 산맥이 서쪽에서 동쪽으로 뻗어 있었습니다. 장백산맥이라 불리는 이 산맥은 중국과 조선 사이에 넓은 장벽처럼 가로질러 있어서 두 나라 사이의 모든 교통을 가로막고 있습니다.

장백산맥의 산과 계곡은 호랑이, 표범, 흑곰, 늑대 등 맹수들의 집단 서식처로 치열한 생존경쟁이 벌어지는 정글이었습니다. 지난겨울에는 이 산림을 통과하다가 80명 이상의 사람과 백 마리 이상의 소와 말이 맹수한테 잡아 먹혔다고 합니다.

짐승들이 사람을 습격하니 해마다 가을이 되면 황제가 많은 사냥꾼을 이 산림 지대로 보냈습니다. 대건은 우연히 맹수와의 싸움에서 죽은 사냥꾼의 장례식을 볼 수 있었습니다. 사냥꾼의 관 위에는 사슴뿔과 호랑이 가죽 등 전리품들을 자랑스럽게 실었습니다. 장례 행렬의 인도자는 이동 중 종이로 만든 돈을 이따금 뿌렸는데, 죽은 자의 영혼이 그것을 주워 저세상에서 쓴다는 것입니다.

동양과 서양을 불문하고 사람들은 아주 오래전부터 영혼이라는 개념을 가졌습니다. 한 사람이 죽으면 그 사람의 영혼은 또 다른 세상으로 간다고 생각했습니다. 우리 민족은 몸이 사는 세상을 이승이라 말하고, 몸이 죽어 영혼이 가는 세상을 저승이라고 구분했습니다. 세상 사람들은 이승에서 살 때는 몸이 경험하고 보이는 것만이 세상 전부라 믿으며 살았지만, 정작 죽은 이후에는 영혼이라는 보이지 않는 존재와 영혼이 살아가는 또 다른 세계를 인정했습니다. 유학에서도 제사와 위패를 소중히 여기는 것은 조상의 영혼을 전제로 하는 것입니다.

그런데 그들이 진심으로 영혼과 죽음 이후의 세계를 믿고 있는 걸까요? 아마도 그렇지는 않을 겁니다. 만일 진심으로 믿었다면 정학이 아니라는 이유만으로 이토록 잔혹하게 천주교를 탄압할 수는 없을 것입니다. 오히려 죽은 조상들의 영혼을 위한 제사와 위패의 중요성을 강조하면서도 천주교가 육체의 죽음 이후 영혼이 존재한다는 것과 천국과 지옥이라는 죽음 이후 영혼이 머무는 또 다른 세상으로 백성들을 현혹한다는 것을 죄의 이유로 삼았습니다.

사람들은 왜 경험하지 못하며 보이지 않는데도 영혼과 저승이라는 개념을 받아들였을까요? 그것은 두려움 때문입니다. 인간은 죽음 이후 모든 것이 사라진다는 허무와 두려움으로 인해 불멸不滅의 소망을 지녔습니다. 그들이 소망하는 불멸은 몸에서 영혼으로의 변화가 아니라 몸의 인생을 연장하는 것에 불과했습니다. 대건이 목격한 사냥꾼의 장례식처럼 영혼이 저승까지 가기 위해서는 이승에서처럼 노잣돈이 필요하다고 생각했으며, 죽은 자의 관에 그가 생전 누렸던 것들을 함께 담아 땅에 묻었습니다. 심지어 그의 하인들과 아내와 첩들도 함께 생매장할 때도 있었습니다.

대건은 사냥꾼의 장례식을 보면서 '호랑이는 죽어서 가죽을 남기고, 사람은 죽어서 이름을 남긴다.'는 속담을 떠올렸습니다. 우리나라 사람들은 이 속담을 매우 의미 있게 받아들이고 세상을 살아가는 명분으로 삼기도 합니다. 하지만 이 속담에 담긴 삶의 태도야말로 혹세무민惑世誣民하는 요언妖言입니다. 이 속담을 근거로 많은 사람이 죽어서 이름을 남기기 위하여 인륜과 천륜을 저버리고 거짓과 모략으로 오직 성공과 출세에만 몰두합니다.

몸의 인생과 관련된 모든 것은 죽음과 함께 사라집니다. 실재한다고 생각했던 것들이 모두가 허망虛妄입니다. 호랑이를 사냥하다가 죽은 사냥꾼의 예를 든다면, 그는 호랑이를 사냥하는 꿈을 너무나 생생하게 꾸다가 잠에서 깨어나면 호랑이를 사냥하던 그도, 그가 쫓던 호랑이도 모두 실재하지 않는 허망이라는 것을 깨닫습니다. 그러니 그가 꿈속에서 이름을 떨치던 호랑이 사냥꾼이건, 호랑이에게 잡아먹히건 꿈에서 깨어난 다음 세상 속에서는 아무런 의미가 없습니다. 그러니 죽음 이후 사라질 세상 속에 남겨진 이름이 무슨 소용이 있겠습니까? 꿈속에서 살던 아방궁도 꿈에서 깨어나 살아가는 초가삼

간만 못합니다. 그래서 우리는 항상 깨어있어야 하며 행여라도 꿈속의 미망迷妄을 좇아서는 안 됩니다.

진실로 영혼을 믿고 죽음 이후 또 다른 세상이 있다는 것을 믿는다면 남겨야 할 것은 그가 이 세상에서 떨친 이름이 아닙니다. 우리가 아무리 간절히 이 세상에서의 성공을 꿈꾸며 하느님께 기도를 드려도 하느님은 그가 이 세상에서 꿈꾸는 부富와 사회적 성공에는 관심이 없습니다. 그것들은 죽음과 함께 사라질 땅에 속한 것들이기 때문입니다. 하느님은 오직 그의 삶의 경험 속에서 영혼과 하나가 되었던 하늘에 속한 것들만 거두어들이십니다. 예수님은 마음이 가난하고 애통하며 정의를 위해 목숨을 바친 자가 하느님의 위로를 받고 하늘나라가 그들의 것이라고 말했습니다. 하늘나라에서는 가난하고 선한 촌부村婦가 이승에서 이름을 떨치며 권세를 누렸던 고관대작高官大爵보다 높은 자리에 있으며, 글을 읽지 못해도 하늘의 뜻에 순종하였던 농부가 사서삼경을 외며 예학禮學의 절차를 따지던 학자보다 높은 자리에 있습니다.

훈춘은 조선과 만주를 가르는 두만강 어귀에 있습니다. 중국 국경에서 조선인과 중국인이 접촉할 만한 지점은 남쪽의 변문과 북쪽의 훈춘뿐입니다. 훈춘에는 중국인과 만주인이 함께 사는데 대건은 만주어가 우리 조선말과 비슷한 점이 아주 많다는 사실을 알았습니다. 그것은 아마 수백 년 전에 조선이 만주에까지 국경을 넓혔을 때 두 민족이 한 왕국을 이루고 살았기 때문입니다.

광활한 벌판과 강과 사막, 그리고 맹수들이 우글거리는 오백 리의 숲을 지나 훈춘까지 이르는 2천 리 여정을 무사히 마치더라도, 조선에 들어가기 위해 통과해야 하는 경원 개시장은 2년에 한 번, 한나절 동안만 개설됩니다.

　음력 1월 20일, 교역을 개시한다는 통지를 받고 대건은 해가 뜨자마자 일행들과 함께 서둘러 경원 개시장으로 갔습니다. 일행은 손에 흰 손수건을 들고 허리띠에는 붉은색 차 주머니를 차고 군중 가운데로 걸어갔습니다. 이것은 조선인 연락원들과 서로를 알아보도록 약속한 표식이었습니다. 다행히도 대건 일행은 조선인 연락원들을 만날 수 있었습니다.

　그들은 1839년 박해가 멎은 다음 조선 교회는 비교적 평온하다고 하였습니다. 박해를 피해 남쪽으로 피신한 신자들도 많고, 새로이 천주교에 입교한 가족들도 많다고 하였습니다. 조선인 연락원들은 선교사들이 조선으로 들어오는 데는 훈춘보다 오히려 변문이 덜 위험하다고 했습니다. 소팔가자에서 훈춘까지 여정도 멀고 위험하지만, 어렵사리 국경을 넘어도 함경도를 포함해 조선 북부 전체를 관통해야 하는 어려움 때문이었습니다.

　대건이 소팔가자로 다시 돌아갈 때는 길이 많이 변해있었습니다. 얼음 위를 미끄럼 타며 왔던 강이 한창 녹고 있었습니다. 높은 산 위에서 흘러 내려오는 개울로 물이 불어난 강에는 묵은 나뭇등걸과 큰 얼음덩이들이 마구 뒤섞여 떠내려갔습니다. 해마다 이맘때 강을 건너다가 얼음 밑에 깔려 죽는 사람이 많다고 합니다. 대건 일행은 물길을 잘하는 안내인을 고용한 덕분에 위험한 곳을 멀리 돌아서 말 한 필을 잃어버리는 정도의 피해만으로 강을 건널 수 있었습니다. 무사히 소팔가자에 돌아온 대건은 페레올 주교에게 여행 동안 겪었던 수많은 위험과 경원 개시장에서 만난 조선인 연락원의 조언을 전달했습니다. 페레올 주교는 훈춘을 통한 새로운 입국로 개척을 포기할 수밖에 없었습니다.

페레올 주교는 조선인 신학생들이 조선에 다시 입국할 때는 사제가 되어있어야 한다고 생각했습니다. 김대건과 최양업 두 신학생은 이미 사제로서 갖추어야 할 학문과 신앙이 충분하였고, 페레올 주교도 하루라도 빨리 조선에 입국하고자 했으므로 그들의 사제 서품도 서둘렀습니다. 그런데 한 가지 결정적인 문제가 발생했습니다. 교회법에서는 사제가 되기 위해선 24살이 되어야 했는데 동갑내기인 대건과 양업은 모두 23살이었습니다. 그래서 사제가 되기 위해선 1년을 더 기다려야 했습니다. 페레올 주교는 그 대신 그들에게 사제 서품 바로 이전 과정인 부제품副祭品을 주었습니다.

페레올 주교는 김대건 부제가 경원 개시장에서 만난 조선인 연락원의 조언을 따라 지금까지 선교사들의 입국로였던 중국 변문을 통해 들어오기로 하였습니다. 때마침 조선 밀사가 사절단과 함께 변문으로 온 날을 입국일로 정했습니다.

김대건 부제와 함께 변문에 도착한 페레올 주교는 조선 밀사를 기다렸습니다. 며칠이 지난 후 페레올 주교를 찾아온 조선 밀사는 지난번 김대건 부제가 만났던 김 프란치스코였습니다. 페레올 주교가 변문을 통한 입국 계획을 말하자, 김 프란치스코는 단호하게 반대했습니다.

"안 됩니다. 지난번 기해년 박해 이후 선교사들이 변문을 통해 입국한다는 걸 알게 된 조정은 그곳의 검문과 감시를 강화하여 국경을 통과하기 어렵습니다. 그리고 조선에서는 지난 박해 때 순교한 서양 선교사들의 화상畵像을 전국에 내걸고 비슷한 생김새의 사람들은 모두 잡아들이라는 명까지 내렸습니다."

김 프란치스코의 완강한 반대에 부딪힌 페레올 주교는 결국 입국을 포기하고 대신 다른 제안을 하였습니다.

"만일 나는 입국하지 않고 안드레아 부제만 입국한다면 가능하겠습니까? 외모가 다른 서양인도 아니고 홀몸이니 위험이 덜하지 않겠습니까?"

페레올 주교의 설득에 김 프란치스코도 어쩔 수 없이 김대건 부제의 단독 입국에는 동의했습니다. 페레올 주교가 김대건 부제만이라도 조선에 꼭 입국시키려는 데는 이유가 있었습니다. 오래전부터 그가 구상하던 새로운 계획을 실행에 옮기기 위해서였습니다.

다음날 김대건 부제는 어둠을 틈타 얼어붙은 압록강을 건넜습니다. 얼음에 신발이 닿을 때마다 소리가 나자 신발을 벗어들고 버선발로 얼음 위를 걸었습니다. 무사히 강을 건넌 후 사람들의 눈을 피해 길이 아닌 숲속으로 들어가 밤이 되기를 기다렸습니다. 그리고 조선인 연락원들과 만나기로 한 약속 장소를 향해 다시 걸어갔습니다. 길도 아닌 험한 곳을 지났으며, 어떤 곳은 눈이 다섯 자 혹은 열 자나 높이 쌓여있기도 했습니다.

가까스로 약속 장소에 이르렀는데 기다려야 할 조선인 연락원들이 보이지 않았습니다. 김대건 부제는 연락원들이 체포된 것이 틀림없다고 생각했습니다. 그렇지 않고서야 그들이 약속 장소로 오지 못할 이유가 없었기 때문입니다.

연락원들 도움 없이 혼자서 여행을 계속하여 한양으로 가자니 극히 위험했고 여비도 없고 옷도 없었습니다. 그렇다고 중국으로 돌아가자니 그것 역시 지극히 어려운 일이었습니다. 김대건 부제는 추위와 굶주림과 근심에 짓눌려 기진하여 눈에 잘 띄지 않는 거름더미 옆에 쓰러져 있었습니다. 인간의 도움을 전혀 기대할 수 없고 오로지 하느님의 도우심만을 고대하면서 먼동이 틀 때까지 그곳에서 녹초가 된 채 있었습니다.

그때 연락원들이 그곳에 나타났습니다. 그들은 김대건 부제보다 먼저 약속 장소에 도착해 있었는데 부제를 만나지 못하자 되돌아갔다가 두 번째 온 것입니다. 이번에도 약속 장소에서 얼마 동안 기다려도 부제가 오지 않자, 5리나 나가서 찾아보아도 없어서 근심으로 밤을 지새운 뒤 절망하여 돌아가려던 참에 부제를 발견한 것입니다.

그 후 김대건 부제는 아픈 다리를 끌며 30리를 더 걸어 어느 주막에 들어가 밤을 보냈습니다. 그리고 이튿날 말을 세내어 타고 닷새 만에 평양에 도착한 후 그곳에서 그를 기다리던 현석문과 이재의를 만났습니다. 이재의는 조선인으로는 처음 세례를 받고 조선 교회를 일으킨 이승훈의 손자였으며, 앵베르 주교를 순교 전까지 모시던 복사였습니다. 현석문은 앵베르 주교와 샤스탕 신부를 영입하러 중국 국경에 갔었고, 샤스탕 신부의 복사 역할을 했었습니다. 현석문 아내와 아들은 기해년 박해 때 옥에서 죽었으며, 누이 현경련은 망나니의 도끼에 맞아 숨을 거두었습니다.

평양을 떠난 그들은 7일 만에 한양에 도착하여 신자들이 마련해 둔 집에 들어갔습니다. 9년 만에 돌아온 조국이었지만 백성들은 여전히 가난과 질병의 고통에 시달렸습니다. 한양까지 오는 동안 부제는 특이한 사실을 알았습니다. 수많은 어린아이의 얼굴과 몸에 붉은 반점이 나 있었습니다. 그 무렵 조선에는 '마마'라고 불리는 괴질이 돌아 어린아이들이 죽어갔습니다. 후에 부제는 상하이에 있는 파리 외방전교회 본부에 편지를 보내어 조선의 어린아이들이 겪는 괴질을 상세히 전하며 치료할 수 있는 처방을 알려달라고 부탁했습니다.

부제는 신자들을 통해 어머니 고 우르술라의 소식을 들었습니다. 박해 무렵 떠돌이 신세로 지내던 어머니는 그 후 다행히 은이에서 교우들의 보살핌을 받았습니다.

이미 오래전 조선 조정에서는 신학생들이 마카오로 간 사실을 알고 있었으며, 귀국하는 대로 즉시 체포하여 죽이라는 명이 떨어진 상태였습니다. 부제는 위험을 염려하여 가까이 있는 몇몇 신자를 제외하고는 아무도 자신의 귀국을 알지 못하도록 하였습니다. 그래서 부제의 어머니조차 아들의 귀국 사실을 몰랐습니다.

한양의 은신처에 도착하고 며칠이 되지 않아 부제는 오장육부가 끊어지는 고통을 겪었습니다. 내가 부제의 도착 소식을 전해 듣고 그를 찾아갔던 때가 그 무렵이었습니다.

Intende voci clamoris mei,
rex meus et Deus meus.

항해

베드로가 글라라에게 전하는 여덟 번째 편지입니다.

오늘 동이 트기도 전에 연락원이 다녀갔습니다. 옹기장수를 하며 교우들의 소식들을 전해 주던 그는 내가 숨어 지내는 곳을 아는 몇 되지 않는 교우 가운데 한 명입니다. 그는 나에게 두 가지 소식을 전했습니다.

첫 번째 소식은 어제 오후 무렵 포졸들이 나를 체포하기 위해 이전에 머물던 거처를 들이닥쳤다는 소식이었습니다. 그곳에서 떠나기를 조금만 지체했다면 나는 지금 이 편지를 쓰지 못했을 것입니다.

또 하나의 소식은 베르뇌 주교님이 체포되었다는 소식이었습니다. 주교님은 체포 이후 혹독한 고문도 받았다고 합니다. 대살육의 광풍이 본격적으로 휘몰아치기 시작했습니다. 이번 박해에는 또 얼마나 많은 교우가 목숨을 잃게 될까요? 두 번씩이나 반복해서 꾸었던 꿈속의 참혹한 장면이 점점 더 현실로 다가오고 있습니다. 나는 20년 전 탁덕과 함께 하지 못했던 순교를 이번엔 이룰 것입니다. 비로소 나의 뜻이 아닌 하느님의 뜻에 따라 순종함으로 순교의 영광을 누리게 되었습니다. 기쁜 마음으로 순순히 포졸들을 맞이해야 마땅하지만, 아직 나에게 주어진 소임을 다 하지 못했기에 순교의 시간을 잠시만 미뤄달라고 하느님께 기도하고 있습니다. 부디 편지를 끝까지 마무리하여 당신에게 전한 후, 한 치의 미련이나 아쉬움 없이 기쁜 마음으로 이 세상을 떠나 하느님 곁으로 갈 수 있기를 소망할 따름입니다.

지금까지 편지에 적은 이야기들은 탁덕에게 들었거나, 다른 사람들에게 전해 들은 이야기였다면, 지금부터의 이야기는 내가 탁덕과 함께 지내면서 직접 보고 들은 이야기들입니다.
이번 편지는 조선과 중국을 오고 가는 두 번의 항해 얘기를 하도록 하겠습니다. 편지를 읽다 보면 당시의 상황을 극적으로 표현하기 위해 사실과는 다르게 일부러 부풀려 꾸며낸 이야기라고 생각될지도 모릅니다. 하지만 이 이야기는 내가 직접 겪고 본 사실임을 확실히 밝혀드립니다.

김대건 부제는 한양에 도착하자 현석문에게 배 한 척을 사도록 했습니다. 페레올 주교의 계획을 실행에 옮기기 위해서였습니다. 페레올 주교는 중국 변문을 통해서건, 훈춘을 통해서건 육로를 이용하여 조선에 입국하는 것은 사실상 어렵다고 판단하였습니다. 그래서 조선 입국로에 대한 획기적인 전환을 시도했습니다. 그것은 배를 타고 바다를 건너는 입국이었습니다. 김대건 부제 단독으로 먼저 조선에 보낸 이유도 조선과 중국 사이의 해상로를 개척하기 위함이었습니다.

현석문이 구입한 배의 길이는 25자이고, 너비가 9자, 깊이가 7자 남짓한 작은 돛단배였습니다. 배에는 가마니로 짠 높은 돛 두 개가 달려 있고, 반쯤 썩은 풀로 꼬아 감은 양수기가 있고, 갑판에는 널판지를 깔았습니다. 배 안으로 물이 고이거나 파도가 넘치면 선원들이 물을 퍼냈지만, 배의 밑바닥이 평평하여 강이나 잔잔한 근해에서는 띄워도 거친 파도가 몰아치는 항해에는 적합지 않습니다. 멀리 항해를 할 수 있는 배를 몰래 구하기도 어려웠고 그런 배의 구입 자금도 없었습니다.

현석문은 함께 배를 타고 중국 상해까지 갈 선원들을 찾았습니다. 배를 구입하는 일에서부터 선원을 구하는 일까지 모두 비밀리에 진행되었습니다. 사실 현석문이 선원들을 이미 구했을 무렵에 나도 이러한 계획을 알았습니다. 현석문에게 항해 계획을 듣고 나는 서운하고 섭섭한 마음으로 곧장 김대건 부제를 찾아갔습니다. 계획을 숨긴 것도 그랬으나 주교님을 모시러 가는 항해에 나를 제외했다는 사실이 서운했습니다.

"배를 타고 주교님을 모시러 간다는 얘기를 들었습니다. 그 배에 저도 함께 타고 싶습니다."

나는 아쉬운 마음을 일부러 드러내며 김대건 부제에게 말하였습니다. 김대건 부제는 난처한 표정을 지었습니다. 내가 이번 항해를 알게 되면 틀림없이 따라나설 것을 알고 일부러 말을 하지 않았던 것입니다.

"작은 돛단배를 타고 험한 바다를 지나 중국으로 가야 합니다. 선장인 저는 배를 다루어본 적이 없습니다. 큰 풍랑을 만나면 목숨을 잃을 수도 있습니다."

중국까지 목숨을 건 항해에 나설 선원을 구하기란 쉽지 않았음에도 나에게 제안을 하지 않은 것은 내 동생 최방제 때문이었습니다. 동생 최방제도 마카오까지 이르는 멀고 험한 도보 여행 후 몇 개월 만에 목숨을 잃었는데 나마저 목숨을 건 모험을 하게 할 수는 없었던 것입니다.

지난겨울 부제가 훈춘에 다녀온 후 조선에 입국하려고 할 때 페레올 주교는 사제품을 주고 싶었으나 나이가 한 살 어려서 어쩔 수 없이 부제품을 주었습니다. 그사이 김대건 부제는 24살이 되었고, 이번에 중국으로 돌아가 페레올 주교를 모시고 조선에 입국하기 전에 사제품을 받기로 되어있었습니다. 이러한 사실을 아는 나는 조선 최초의 사제가 탄생하는 순간을 함께하고 싶었습니다. 부제는 내 동생 때문에 내가 항해에 동참하는 것을 반대했지만, 오히려 나는 내 동생 때문에 이번 항해에 꼭 가야만 했습니다.

"내 동생은 꿈을 이루지 못했지만, 나는 첫 번째 조선인 사제 탄생에 작은 도움이 되려 합니다. 부제님이 생명을 걸고 해야 할 일이 있듯, 저 역시 내 인생을 걸고 해야 할 일이 있습니다."

그제야 부제는 내가 항해에 동참하려는 진짜 이유를 알고 말없이 나를 잠시 바라보더니 고집을 꺾을 수 없다고 느꼈는지 동행을 허락하였습니다.

마침내 함께 배를 탈 사람들이 모두 모였습니다. 현석문, 이재의도 항해에 동참하기로 했습니다. 나머지 선원들은 순교자의 가족이거나 평범한 농사꾼이었으며, 작은 돛단배에 탈 사람은 모두 11명이었습니다.

나를 비롯한 현석문과 이재의는 배를 타고 바다에 나가본 경험이 없었습니다. 선원들 가운데에 몇몇은 바다를 나가본 적은 있었으나 기껏해야 가까운 바다 정도였습니다. 당시 조정에서는 백성들이 나라를 떠나는 것을 방지하기 위해 먼 항해를 엄격히 통제했습니다. 현석문이 강과 가까운 바다 정도나 갈 수 있는 돛단배를 구할 수밖에 없었던 이유 역시 그 때문입니다.

배를 탄 사람 가운데 유일하게 김대건 부제가 세실 함장의 에리곤 호를 타고 수개월 동안 먼 거리를 항해한 경험이 있지만, 그때 부제는 선원이 아닌 승객이었기에 사실 항해를 위한 실무를 알지 못했습니다. 더구나 부제가 탔던 배는 엄청나게 크고 안전한 군함이었고, 우리가 타야 할 배는 작고 위태로운 돛단배였습니다. 하지만 그는 선원들이 자신을 믿고 따르도록 하려고 항해의 경험이 많은 사람처럼 행세했습니다.

돛단배의 최종 목적지는 중국 상해였습니다. 김대건 부제는 이 사실을 선원들에게 숨기기로 했습니다. 만일 거친 서해를 지나 그렇게 먼 거리를 작은 돛단배로 항해한다는 사실을 선원들이 알게 되면 출발도 하기 전에 겁을 먹을 것이 뻔하기 때문이었습니다. 그래서 선원들에게 선장이 하는 일에 일체 질문을 못하도록 단단히 이르고 우리도 아무것도 모른 체했습니다.

사실 경험이 없는 선장과 선원들이 작은 돛단배를 타고 물길이 사나운 서해를 거쳐 중국 상해까지 간다는 것은 처음부터 무모한 계획이었습니다. 만일 장사나 고기를 잡을 목적이라면 그런 무모한 항해를 계획할 사람은 아무도 없을 것입니다. 그래도 김대건 부제가 항해를 강행하였던 것은 자신에게 주어진 소명에 순종하고자 했기 때문입니다. 모든 것을 하느님께 맡기지 않는다면 떠날 수 없는 길이었습니다. 선원들에게 선장은 김대건 부제였지만, 부제는 작은 돛단배의 선장을 하느님이라 믿었습니다. 이렇게 11명이 탄 작은 돛단배가 1845년 4월 30일 제물포에서 닻을 올렸습니다.

돛단배가 제물포 연안을 빠져나와 점점 더 먼 바다로 향하자 선원들은 놀라며 자기들끼리 수군거렸습니다. 하지만 선장이 하는 일에 아무런 질문도 하지 말라는 다짐을 미리 받아 두었기에 김대건 부제에게 어디로 가는지 목적지를 묻지 못했습니다. 다행히 첫날은 순풍을 만나 순항을 했습니다. 따뜻한 봄날 물놀이라도 나온 듯이 선원들의 표정은 밝고 편안했습니다. 하지만 다음 날부터는 상황이 급변했습니다.

화창하던 하늘에 먹구름이 몰려오고 바람이 점점 세어지면서 가마니로 만든 돛을 팽팽하게 부풀리자 갑자기 비가 퍼붓더니 사흘 밤낮으로 폭풍우가 몰아쳤습니다. 거센 바람과 높은 파도로 작은 돛단배는 파도를 따라 높이 치솟았다가 내팽개쳐지듯 깊이 처박히기를 반복하며 침몰할 지경에 이르렀습니다. 출항할 때 작은 종선(從船)을 매달고 왔는데, 돛단배와 함께 파도에 심하게 까불리면서 종선 때문에 돛단배가 위태로워졌습니다. 그러자 김대건 부제는 종선과 연결된 밧줄을 끊어버리라고 명령했습니다. 돛단배에서 떨어져 나간 종선은 순식간에 파도에 휩쓸려 흔적을 감추었습니다.

위험은 계속되었습니다. 파도에 휩쓸리면서 돛단배가 심하게 기울어져 여러 차례 뒤집힐 뻔했습니다. 김대건 부제는 배의 무게를 줄여 중심을 잡기 쉽게 하려고 두 개의 돛대를 자르라고 지시했습니다. 돛대가 없으면 바람을 받지 못해 원하는 방향으로 움직일 수 없지만 우선 배가 침몰하지 않도록 하는 것이 급선무였습니다. 돛대를 잘라도 여전히 침몰의 위기가 이어지자 싣고 왔던 식량마저 바다에 던져버렸습니다.

배 위로 덮쳐오는 파도를 막아보려고 잘라낸 돛대 두 개를 밧줄로 묶어서 배에 달아매어 띄웠는데, 그마저 세찬 파도를 견뎌내지 못하고 떠내려가 버렸습니다. 그래서 배 밑에 깔았던 나무토막을 멍석으로 묶어 배 뒤에 달았으나 파도에 휩쓸렸고, 배의 방향을 잡는 키도 부러졌습니다. 11명이 탄 작은 돛단배는 아무 대책도 없이 폭풍과 파도에 사정없이 까불리며 마냥 바다로 떠밀려갔습니다. 높은 파도로 배가 전후좌우 정신없이 요동치는 바람에 선원들은 뱃멀미로 토악질을 하거나, 파도가 덮쳐올 때 휩쓸려가지 않기 위해 밧줄로 배에 몸을 묶기도 했습니다. 그 와중에 배 안에 차오르는 바닷물을 계속해서 퍼내야 했습니다.

폭풍우가 몰아치는 3일 동안 선원들은 먹지도 못하고 극도로 탈진한 상태였습니다. 거센 폭풍우와 파도가 계속 몰아치자 두려움에 휩싸여 서글피 우는 선원들도 있었습니다. 절망하기는 나와 현석문, 이재의도 마찬가지였습니다. 어차피 무모한 계획임을 알고 있었으나, 하느님의 보살핌이 있으리라는 믿음만으로 출항하였는데 현실은 너무나 냉혹했습니다. 하느님의 보살핌이 없다면 우리는 이미 죽은 목숨임이 분명했습니다. 나중에 알게 된 사실이지만, 그때 우리가 만난 폭풍우로 중국 강남과 상해에서 30척 이상의 배가 유실되었다고 합니다.

배에 탄 11명 가운데 절망하지 않는 이는 김대건 부제 혼자였습니다. 그는 휘몰아치는 폭풍우와 거친 파도보다 더 우리를 위험에 빠뜨리는 것이 절망임을 알았습니다. 사실 인생에서도 우리를 죽음에 이르게 하는 것은 실제로 발생한 어떠한 사건이나 상황이 아니라, 그때 마음을 가득 채운 절망과 두려움입니다.

김대건 부제는 눈물까지 흘리며 절망과 두려움에 빠진 선원들을 향해 몸에 품고 있던 성모님의 기적 상본을 펼쳐 보였습니다. 그리고 맹수처럼 으르렁거리는 거센 파도와 폭풍우 소리를 밀어내는 힘찬 목소리로 이렇게 외쳤습니다.

"두려워 마라! 겁내지 마라! 우리의 유일한 희망이신 성모님이 여기 계시다!"

으뜸 사공의 역할을 맡은 어느 선원은 오래전부터 세례 준비를 하고 있었으나 아직 세례를 받지 못하였습니다. 그는 닥칠지 모를 죽음을 대비하여 부제에게 세례를 줄 것을 청하였습니다. 폭풍우가 몰아치고, 산더미 같은 파도가 덮쳐오는 망망대해 한가운데 위태로이 떠 있는 작은 돛단배에서 세례 의식을 거행했습니다. 세례 의식을 방해하려는 듯 폭풍우와 파도는 더욱 거세게 몰아쳤지만, 갑판 위에서 무릎을 꿇고 간신히 몸을 지탱하며 하늘나라에서의 영원한 생명을 약속하는 세례식을 진행하였습니다. 세례 의식이 끝나자 다시 냉엄한 땅의 현실로 돌아왔습니다. 폭풍우와 파도는 여전히 거세게 몰아쳤고 작은 돛단배에 탄 사람들은 더는 할 수 있는 일이 없었습니다. 그들의 운명은 자명해 보였고, 그 운명은 사람의 힘으로는 바꿀 수 없었습니다.

선장인 김대건 부제도 선원들에게 아무런 지시를 내리지 않고 파도가 넘실대는 시커먼 바다만 바라보고 있었습니다. 배 안으로 들어온 물을 퍼내던 나는 우연히 그의 모습을 보았습니다. 말없이 바다를 바라보던 김대건 부제가 천천히 갑판 위에 반듯이 몸을 뉘었습니다. 그리고 눈을 감았습니다. 금방이라도 배가 뒤집힐 것 같은 상황에서 쏟아지는 비와 파도를 맞으며 갑판에 반듯이 누워 잠을 청했습니다. 놀라운 것은 그때 부제의 표정이었습니다. 평화로웠습니다. 지옥의 아수라 속에서, 망나니의 서슬 퍼런 칼날 앞에서도 누릴 수 있는 평화가 참 평화입니다. 나는 난파 직전 배의 갑판에 누워 잠을 청하던 부제의 얼굴에서 느꼈던 평화가 어디서 비롯되었는지 알고 있습니다. 그것은 하느님에 대한 완전한 순종입니다. 하느님의 뜻에 저항하는 어떠한 개인적인 의도가 없는 완전한 무위無爲입니다.

작은 돛단배를 타고 중국 상해까지 가려는 계획이 무모하다는 것을 김대건 부제가 몰랐을 리 없습니다. 나는 무모한 항해에 하느님의 보살핌이 있으리라는 믿음으로 출항을 하였지만, 부제는 우리와 달랐습니다. 그는 잘될 것이라는 막연한 믿음 때문이 아니라 자신에게 주어진 하느님의 소명에 순종하기 위해 항해를 떠난 것입니다. 그 항해를 하느님이 보살펴 주실지 아닐지는 그가 판단하고 관여할 문제가 아니었습니다.

나의 믿음과 달리 우리는 항해 도중 엄청난 난관에 부딪혔습니다. 나를 비롯한 선원들은 하느님이 보살펴 주지 않는다는 사실에 절망하고 두려워했습니다. 그러나 김대건 부제는 그때에도 절망하지 않았습니다. 그는 하느님의 뜻이 무엇이건 그 뜻에 순종하고자 했을 뿐이었습니다. 그래서 온 힘으로 할 수 있는 모든 노력을 하고 더는 할 수 있는 것이 없을 때 오히려 자유로울 수 있었습니다. 무위無爲란 한자의 뜻 그대로 아무것도 하지 않음을 말합니다. 그것은 자신의 행동이나 생각에 어떠한 의도나 기대가 없음을 말합니다.

김대건 부제가 폭풍우가 몰아치는 난파 직전의 돛단배 갑판 위에 누워 평화롭게 잠을 청할 수 있었던 것은 자신의 어떠한 의도나 기대

없이 그야말로 모든 것을 하느님께 맡기는 무위無爲의 순종이었습니다.

갑판 위에서 평화롭게 잠든 김대건 부제의 모습을 본 선원들에게도 어떤 변화가 일어났습니다. 걱정하건 두려움에 떨건 상황은 변하지 않습니다. 그럴 바에는 모든 걸 하느님께 맡기고 잠이라도 자는 게 낫다고 판단한 선원들은 순번을 정해 배에 들어온 물을 퍼내고 나머지 선원들은 잠을 자기로 했습니다. 삼 일 밤낮을 먹지도 못하고 잠도 자지 못했지만, 막상 그렇게 마음을 먹으니 폭풍우 속에 위태롭게 떠 있는 돛단배 안에서도 모두 잠을 잘 수 있었습니다.

나도 잠시 눈을 붙였습니다. 얼마간 잠이 들었는지 알 수 없었으나 문득 깨어나니 기적 같은 일이 일어나 있었습니다. 그렇게 사납게 몰아치던 비바람은 멈추고 파도도 한결 잔잔해졌습니다. 이젠 최소한 파도에 휩쓸려 난파될 위기에서는 벗어난 것입니다. 선원들은 모두 배 밑바닥에 엎드리거나 난간에 기대어 기절하듯 잠을 자고 있고, 김대건 부제만 깨어 파도가 잦아진 바다를 바라보고 있었습니다.

그렇게 하루가 지나자 먹구름은 사라지고 구름 사이로 빛줄기들이 쏟아져 내려왔습니다. 마치 그 광경은 하느님이 우리를 돌보심을 알려주는 것 같았습니다. 잠에서 깬 선원들도 그나마 남은 음식을 먹고 기운을 회복하기 시작했습니다.

바다는 잔잔해졌으나 돛대도 없고 키도 없는 배를 타고 어떻게 항해를 이어갈지 난감했습니다. 김대건 부제는 배에 남아있는 나무들을 있는 대로 다 모아 돛대도 다시 만들고 키도 만들었습니다. 그렇게 대략 닷새 동안 역풍을 거슬러 항해를 하는데 선원 가운데 한 명이 소리쳤습니다.

"육지다!"

정말 멀리 어렴풋이 높은 산이 보였습니다. 그곳은 강남성 근처 해안이었습니다. 선원들은 육지를 보고 좋아했지만 사실 좋아만 할 일이 아니었습니다. 조선 배가 중국 해안에 들어가면 중국 관료들은 그 배에 탄 사람들을 모조리 잡아 육로를 통해 조선으로 되돌려 보내거나, 죄인이라면 죽일 수도 있었습니다. 그러니 눈앞에 보이는 육지를 보고도 상륙할 수 없었습니다. 우리는 최종 목적지인 상해로 가야만 그곳의 파리외방전교회 신부님들의 도움을 받을 수 있었지만, 돛대도 변변치 않았고 필요한 식량이나 물건도 남지 않아서 상해까지 갈 길이 막막했습니다.

그렇게 산둥 앞을 지나가던 중 배 한 척이 나타났습니다. 우리는 소리를 지르고 옷을 벗어서 흔들며 구원을 요청했지만 오히려 누가 봐도 침몰 직전의 난파선인 우리를 보고 피해갔습니다. 그래도 포기하지 않고 계속해서 옷을 벗어 흔들고 북까지 치며 도움을 요청하자 측은한 마음이 들었는지 우리에게로 왔습니다.

김대건 부제는 그 배에 올라 유창한 중국어로 선장과 인사를 하고 우리를 상해까지 인도해 달라고 청했습니다. 그러나 선장은 오히려 산둥으로 가서 관례에 따라 북경을 거쳐 조선으로 돌아갈 것을 권했습니다. 오랫동안 중국에서 생활했던 부제는 중국인들의 특성을 잘 알고 있었습니다. 아무리 간청해도 선장이 들어주지 않자 부제는 상해에 도착하면 사례비를 넉넉히 주겠다고 약속했습니다. 그제야 선장은 부제의 청을 받아들였습니다.

우리의 돛단배를 중국인 배에 달아매고 계속 역풍을 거슬러 가다가 대략 8일 정도 지났을 때 또 한 번 폭풍우를 만났습니다. 그 후 다시 7일간 항해하던 중 해적을 만나기도 했으나 가까스로 위기를 모면하고 조선을 떠난 지 28일 만에 상해 오송 항구 입구에 도착하였습니다.

최종 목적지에 도착하자 선원들은 소리를 지르며 기뻐하고 신자들은 하늘을 올려다보며 눈물을 흘리며 성호경을 그었습니다. 하지만 김대건 부제만은 근심에 찬 표정으로 깊은 고민에 빠졌습니다. 아직 넘어야 할 큰 난관이 하나 더 있었기 때문입니다. 어떻게 중국 관원의 눈을 피해 오송 항구에 입항하여 파리외방전교회 신부님들께 연락할지 아직 대책을 찾지 못했습니다. 일단 부딪혀 보는 수밖에 방법이 없었습니다.

오송항에는 영국군 함선들이 정박해 있었습니다. 이를 발견한 김대건 부제는 돛단배를 영국 함선들 사이에 정박하도록 지시했습니다. 그리고 함선에 뛰어올라 도움을 요청했습니다.

"우리는 조선 사람들이며 파리외방전교회 선교사 신부님을 찾아왔습니다. 우리를 중국인들로부터 보호해 주고 영국 영사관으로 안내해 주십시오."

김대건 부제는 수개월 동안 영국 군함 에리곤호에서 생활한 덕에 프랑스어 이외에 영어도 어느 정도 듣고 말할 수 있었습니다. 더욱이 영국인 선원 가운데 프랑스어에 능통한 이가 있어 김대건 부제와 함장 사이의 의사소통에는 아무런 문제가 없었습니다. 함장은 난파한 작은 돛단배에서 조선인 선장이 뛰어 올라와 유창하게 프랑스어를 구사하는 것을 보고 신기하게 여겼습니다. 함장은 김대건 부제의 청을 승낙하며 매우 친절하게 대해주었습니다. 함장과 영국 군인들의 친절과 호의는 김대건 부제에게 큰 힘이 되었습니다.

조선인이 탄 난파선이 오송항에 입항했다는 소식이 오송 항구 관리 관장에게 보고되자, 김대건 부제는 스스로 관장을 찾아갔습니다. 오송 항구의 관장은 사건을 지금까지 관례대로 처리할 것이라고 엄포를 놓았습니다.

"이번 사건을 황제께 보고할 것이며, 배는 폐기 처분하고 선원들은 육로를 통해 조선으로 송환할 것입니다."

김대건 부제는 난징 조약 조인식 현장에 있었기에 중국과 유럽 열강들의 관계를 직접 목격했었습니다. 그래서 중국인들이 두려워하는 것이 무엇인지 잘 알고 있었습니다. 그래서 오송 관장의 엄포에 위축되지 않고 오히려 오송 관장에게 명령하듯 말하였습니다.

"중국으로 오는 조선 배의 조처를 모르는 바 아닙니다. 나는 반드시 내 배로 다시 조선으로 돌아갈 것입니다. 그러려면 배를 수리하기 위해 상해로 가야 하니 상해 관장에게 나의 도착을 기별해 주시길 바랍니다. 중국 관리들이 우리를 괴롭히지 않기를 바랍니다. 만일 그들이 우리에게 말썽을 일으킨다면 나도 그들에게 말썽을 일으킬 것입니다. 중국 측이 돕는 것을 거절한다면 영국과 프랑스 등 유럽인들이 도와줄 것입니다."

 오송 관장은 프랑스는 물론이며 영국군과 영국 영사와 친밀한 관계를 맺고 있는 김대건 부제의 존재에 두려움을 갖기 시작했습니다. 덕분에 상해까지 가는 여정에서 중국인 관원들은 우리를 조금도 괴롭히지 않았습니다. 상해에 도착한 후 김대건 부제가 영국 영사관을 찾아가자 영국 영사는 최상의 대우로 그를 맞이하였습니다. 그리고 마침내 페레올 주교와도 다시 만났습니다.

 1845년 8월 17일, 상해에 있는 김가항 성당에 촛불이 밝혀지고 제대 위에 사제 서품식을 거행하기 위한 성물들이 정성스럽게 놓여있었습니다. 마침내 페레올 주교의 집전으로 김대건 안드레아 부제의 사제 서품식이 거행되었습니다. 다블뤼 신부를 포함한 4명의 서양 신부님과 1명의 중국인 신부가 복사로 서품식 진행을 도왔습니다. 내가 목숨을 건 항해를 떠나기로 한 가장 큰 이유가 조선 최초의 사제가 탄생하는 순간을 함께 하고 싶었기 때문입니다. 나를 비롯한 현문석과 이재의 그리고 폭풍우를 뚫고 조선에서 중국 상해까지 온 선원들 모두 김대건 부제의 사제 서품식에 참석하였습니다.

 최양업 부제는 매스트르 신부와 조선 입국을 준비하며 소팔가자에 체류하고 있어서 사제 서품식에는 참석하지 못했습니다. 만일 페레올 주교가 김대건 부제가 아닌 최양업 부제와 조선에 입국할 계획이 있었더라면 조선인 최초의 사제는 아마도 최양업이 되었을 것입니다. 또 내 동생 최방제가 살아있었다면 김대건과 최양업보다 한 살 많은 최방제가 일 년 전에 사제품을 받고 조선 최초의 신부가 되었을지도 모르겠습니다. 하지만 하느님의 오묘한 섭리는 가장 늦게 신학생 후보가 되었던 김대건에게 조선 최초의 사제가 되도록 하였습니다.

사제 서품식을 보면서 동생 최방제를 떠올렸습니다. 하지만 동생에 대한 그리움은 잠시뿐이었고 조선에서 교회가 세워진 지 61년이나 지나 조선인 사제를 갖게 되었다는 감격에 서품식 내내 눈물을 흘렸습니다.

조선에 교회가 처음 세워지고 많은 사람이 조선 교우들에게 성사聖事를 베풀 사제를 모셔오기 위해 북경을 오고가며 그로 인해 목숨을 잃기도 하였습니다. 특히 1839년 기해년 박해 때 순교한 정하상과 유진길을 떠올리지 않을 수 없었습니다. 조선 교회로 사제를 모셔오기 위해 그토록 애를 쓰고, 또 조선인 사제를 탄생시키기 위해 수많은 노력을 기울였던 그분들이 그날 김가항 성당에 함께 계셨더라면 얼마나 기뻐했을까요.

식순에 따라 참석했던 신부님들이 김대건 부제한테 영대를 메어 주고 제의도 입혀주었습니다. 그리고 페레올 주교를 시작으로 5명의 외국인 사제들이 돌아가며 김대건 안드레아의 머리에 손을 얹고 안수를 하였습니다. 중국에서는 신부를 탁덕鐸德이라고 부릅니다. 김대건 안드레아는 조선 최초의 신부이므로 우리는 그를 '수선탁덕 김대건首先鐸德金大建'이라 불렀습니다.

사제 서품식 그다음 주일 김대건 안드레아 신부는 횡당 소신학교 성당에서 33명의 신학생과 함께 첫 미사를 봉헌하였습니다. 미사 도중 탁덕 김대건은 신학생에게 강론하였습니다.

"나는 그동안 많은 여행을 했습니다. 큰 강을 건너고, 사막과 광야를 지나고, 맹수들이 사는 깊은 산을 넘기도 하였으며, 폭풍우 치는 바다를 항해했습니다. 한 치 앞도 보이지 않는 안개와 어둠 속을 걷기도 했습니다. 추위와 배고픔에 죽을 고비도 여러 번 넘겼습니다. 돌이켜보면 나의 여행은 모두 고통스러웠고 위태로웠습니다. 그래서 여행 도중 빈번하게 왜 이처럼 험난한 여행을 계속해야 하는지 번뇌와 갈등에 휩싸였습니다.

이 과정에서 한 가지를 깨달았습니다. 고통과 번뇌가 없으면 깨달음도 없다는 것입니다. 우리가 어둠 속에 있지 않고서야 어찌 밝은 세상으로 나갈 마음이 생기겠습니까. 오히려 고난과 어려움이 닥쳤을 때 오직 하느님께 의지하며, 그럴 때마다 하느님이 나를 마지막 목적지까지 이끄신다는 느낌이 커져만 갔습니다.

고난과 어려움 속에서도 온전하게 목적지에 도달하는 체험들이 쌓여가면서 하느님에 대한 나의 신뢰는 점점 더 굳건히 쌓여갔습니다. 한 번도 간 적이 없는 미지의 여행을 앞두었을 때 여행 중 겪게 될 수많은 시련 가운데 어떤 시련을 견딜 수 있고, 어떤 시련을 견딜 수 없는지 알지 못합니다. 그래도 내가 여행의 첫걸음을 힘차게 내디딜 수 있는 까닭은 주님은 진실하여 우리가 견디기 어려운 시련을 겪게 하시는 일이 없으시며, 우리에게 시련과 더불어 그 시련을 피할 수 있는 길도 준비해 주신다는 것을 알기 때문입니다. 내가 여행 도중 두려움에 떨며 발걸음을 멈추거나 쓰러졌을 때, 나를 향해 이렇게 외치는 하느님의 음성을 듣습니다.

'달려라! 길을 떠나라! 내가 붙들어주고, 내가 너를 끝까지 지켜보며, 목표 지점까지 데려다주리라.'

나에게 삶이란 여행과도 같은 것이며 또 실제로 여행이 내 삶의 대부분을 차지했습니다. 삶이라는 여행 중에 수많은 길을 걸었습니다. 아무도 걷지 않은 곳을 걸을 때는 내가 걸었던 그곳이 새로운 길이 되기도 했습니다. 수많은 길을 걷고 또 걸으면서 내 생의 의미를 찾을 수 있었습니다. 내가 결코 덧없거나 우연적인 존재가 아니라는 확신을 지니게 되었습니다. 그러한 확신은 내 안에 숨겨진 진정한 생명을 발견하였기 때문입니다. 그 생명은 우리의 부모, 더 나아가 인류의 선조先祖에게 물려받은 육체의 생명이 아닙니다. 그 생명은 완전하고 영원한 진정한 '나'이며, 하느님과 하나가 되어 하느님 안에 숨겨진 생명입니다.

그동안 나의 여행은 바로 그 생명을 발견하는 과정이었습니다. 하느님과 하나가 되어 하느님 안에 숨겨진 생명이므로, 그 생명을 발견하는 것은 곧 하느님을 발견하는 것과 같습니다. 지난 여행에서 하느님께서 나에게 영원하고 완전한 생명을 주심을 알았으니 앞으로 내가 이어갈 여행은 나의 육신의 생명을, 육신의 삶을 하느님께 선물로 드리는 것입니다. 그것은 내가 살아가는 동안 나와 일치를 이루신 하느님을 사랑하고, 그 하느님이 사랑하시는 내 이웃을 내 몸처럼 사랑하는 것입니다.

우리의 삶은 여행과도 같습니다. 여행의 최종 목적지와 그곳에 도착하기까지 걸어가야 할 길을 정하는 것은 우리 몫입니다. 이 넓은 세상에 사는 사람들 숫자만큼이나 삶이라는 여행의 목적지와 가고자 하는 길도 많습니다. 어떤 사람은 자기가 사는 동네의 작은 개울을 건너는 것에 만족하기도 하고, 어떤 사람은 폭풍우 몰아치는 미지의 대양을 횡단하기도 합니다. 어떤 사람은 따듯한 봄날 평지의 꽃길만 걸으려 하고, 어떤 사람은 드넓은 광야와 사막을 가로지르거나 가파른 절벽을 기어서 올라가기도 합니다.

이렇게 삶이라는 여행이 저마다 다른 것은 그들이 선택한 여행의 목적지가 다르기 때문입니다. 하지만 어떤 길을 걸어서 어디로 갈 것인지 선택하기 전에 반드시 알아야 할 것이 있습니다. 우리가 먹는 음식이 우리의 몸이 되듯, 우리가 선택하고 걸어가는 인생의 여정이 우리의 영혼이 됩니다. 음식으로 연명하는 우리의 몸은 백 년도 되지 않아 흙으로 돌아가지만, 인생이라는 여행으로 풍성히 자라나거나 혹은 비쩍 말라가는 우리의 영혼은 영원합니다. 여러분은 어떤 길을 걸어서 어디로 가고 있습니까? 그 여행의 목적은 무엇입니까?"

탁덕이 집전하는 첫 미사 중 또 다른 감격적 의식이 이어졌습니다. 조선에서 함께 온 11명 선원 가운데 천주교인이 아닌 이교도들도 있었습니다. 그들은 항해하면서 하느님의 현존을 직접 체험하고 모두 신앙을 받아들이기로 하였습니다. 탁덕은 그들의 세례 의식을 집전하였고, 그들은 탁덕에게 첫 고해를 했습니다. 사제가 조선인이므로 이제 고해성사도 조선어로 할 수 있었습니다.

그해 8월 31일, 상해까지 오는 동안 파손된 돛단배의 수선이 끝나자 우리는 다시 조선에 가기 위해 닻을 올렸습니다. 조선에서 올 때 탁덕 외 11명 선원에 페레올 주교님과 다블뤼 신부님이 더해지면서 총 14명이 작은 돛단배에 몸을 실었습니다. 페레올 주교님은 그때 항해 기록을 편지에 적어서 상해의 파리외방전교회 본부에 보냈습니다. 만일 주교님의 편지가 상해까지 도착하지 못할 경우를 대비해 편지 내용을 탁덕에게 번역하여 간직하도록 했습니다. 후에 내가 교회 관련 책자들을 만들면서 탁덕이 간직한 페레올 주교의 편지를 보게 되었고, 그때 나도 필사해 두었는데 지금까지 잘 간직하고 있습니다.

페레올 주교님과 함께 나도 그 배에 타고 있었으나 편지로 남긴 주교님의 기록이 워낙 생생하고, 상황에 따른 주교님의 감정이나 생각이 더해져 상해에서 조선까지의 항해 내용은 페레올 주교님이 기록한 편지로 대신하려고 합니다. 주교님의 편지를 읽어 보면 같은 조선 사람들에게는 당연한 것들이 서양인 신부에게는 생소하고 당황스럽게 느껴졌음을 알게 될 것입니다.

- 페레올 주교의 편지

· 발신일: 1845년 10월 29일
· 발신지: 조선의 남쪽 지방. 강경
· 수신인: 바랑 신부

친애하는 동료 신부님!

6년 동안 시도한 뒤에 나는 마침내 포교지에 도착하였습니다. 신부님은 내가 이 나라에 들어온 데 대한 몇 가지 자세한 점을 물으시겠지요. 그래서 서둘러 신부님의 희망을 채워 드리려고 합니다.

우선 신부님은 서해를 건너 조선에 우리를 데려다준 배를 알면 매우 기쁘실 겁니다. 그 배는 길이가 25자, 너비가 9자, 깊이가 7자입니다. 이 배를 짓는 데는 쇠못은 한 개도 들지 않았고, 널판은 나무못으로 서로 이어져 있습니다. 타마유도, 틈막기도 없습니다. 조선 사람들은 이런 기술은 알지 못합니다. 엄청나게 높은 돛대 두 개에는 서로 잘 꿰매지지 않은 가마니로 된 돛 두 폭이 달려 있습니다. 뱃머리는 선창까지 열려 있는데, 그것이 배의 3분의 1을 차지합니다. 거기에 반쯤 썩은 풀로 꼰 밧줄로 둘러 감은 권양기卷揚機 끝에는 나무로 된 닻이 하나 매어져 있는데, 이것이 우리의 희망입니다. 갑판 일부분은 자리로 되어있고, 비가 오거나 파도가 뱃전을 넘어 쏟아져

들어오면 그 물을 그대로 맞아야 하고, 또 팔을 걷어붙이고 배 안으로 들어온 물을 밖으로 퍼내야 합니다.

신부님, 우리가 우리 배 안에서 그렇게 편할 리가 없었다는 것은 말할 필요도 없습니다. 자주 파도가 넘쳐 들어왔고, 우리는 보통 쥐들과 바닷게들과 함께 살았는데, 그보다도 더 곤란한 것은 해충이었습니다. 항해가 끝날 무렵에는 썩은 냄새가 풍겨 나왔습니다.

선원들도 배와 맞먹는 수준이었습니다. 내가 며칠 전에 사제품을 준 김 안드레아 신부가 선장이었으니, 그의 항해 지식 한계를 신부님도 쉽게 짐작하실 수 있을 것입니다. 그 밖에 우리 물 길잡이 노릇을 하는 사공 한 사람과 목수 일을 맡은 소목공이 있었고, 나머지는 농사꾼들 가운데 마구잡이로 모았던 것입니다. 그러나 이 착한 사람 중에는 신앙 증거자도 있고, 순교자들의 아버지, 아들, 형제들도 있습니다. 우리는 배를 라파엘호라 불렀습니다.

이 빈약한 조선 배를 처음 보았을 때 저는 어떤 공포심을 부인할 수 없었습니다. 왜냐하면 이런 작은 배로 어떻게 우리가 바다를 항해할 수 있을까 자문하지 않을 수 없었기 때문입니다. 하지만 이 배를 타고 조선에서 상해까지 온 경험이 있는 조선인들은 모두 즐거워하였고 거친 파도와 폭풍우를 무릅쓸 각오가 되어있었습니다. 그들의 신앙은 정말로 훌륭했습니다. 그들은 주교와 함께 있으므로 이후 모든 위험을 면할 것으로 믿었습니다. 하느님께서 이 순진함을 축복하시길!

조선인 선원들 가운데 마카오에서 병으로 죽은 조선인 신학생 최방제 프란치스코의 형도 있었습니다. 김대건 안드레아 신부가 그에 관해 자세한 보고를 보냈다고 하므로 저는 아무 이야기도 하지 않겠습니다.

신부님은 이 배가 중국에 도착한 이후 관헌들에게 붙잡히지 않으려고 어느 정도의 위험을 당하였는지를 들으셨을 것입니다. 이 배가 출발하는 데도 또 다른 어려움이 생겼습니다. 그것은 이 배를 끊임없이 감시하는 중국 관헌들 몰래 다블뤼 신부와 내가 이 배에 어떻게 오르느냐 하는 것이었습니다.

8월 31일 저녁 무렵 이 배는 상해를 떠나 밀물을 이용하여 수로로 내려와서 우리가 기다리던 베시 주교 댁 앞에 닻을 내렸습니다. 얼마 후에는 우리 배를 뒤쫓던 중국 정부의 배가 우리 배 바로 곁에 닻을 내렸습니다. 그러나 이러한 불의의 난관도 우리의 출항을 막지 못했습니다. 하늘에는 구름이 끼어 있고 밤은 어두워 모든 것이 우리에게 유리한 것 같았습니다. 더구나 관헌들의 배는 조류에 휩쓸렸던지 우리와는 좀 떨어져 있었습니다. 그래서 나와 다블뤼 신부는 아무에게도 들키지 않고 마음 놓고 배에 오를 수 있었습니다.

이튿날 우리는 운하 어귀에 이르러 요동으로 떠나는 배 곁에 정박하였습니다. 그 배는 어떤 신자의 것이었는데, 그가 우리의 배를 밧줄로 매달아 산둥까지 끌고 가겠다고 약속하였던 것입니다. 9월 초순은 비가 자주 오고 바람은 맞바람인 데다가 세찼습니다. 세 번이나 먼 바다로 나가려 시도하다가 세 번 모두 포구로 돌아올 수밖에 없었습니다. 중국 사람은 먼바다에서 바람을 안고 배를 전진시키는 일은 드뭅니다. 역풍을 안고 갈지자로 전진하는 대신 거리가 천 리가 되더라도 닻을 내릴 만한 가장 가까운 포구로 되돌아가는 것입니다.

양쯔강 중간 지점에 있는 숭명도 근처에는 안전한 정박지가 있는데, 북쪽으로 가야 하는 100여 척의 배가 닻을 내리고 순풍을 기다렸습니다. 우리도 그리로 대피해 들어갔습니다. 중국 배의 선장이 우리더러 자기 배에서 성모 성월 축일을 지내라고 청하였습니다. 우리는 기꺼이 수락하였고 다른 배의 신자 선원들도 축일을 지내러 왔습니다. 저녁에는 화전이 불꽃 다발이 되어 하늘로 치솟았습니다. 이것이 중국에 대한 우리의 작별 인사이자 조선으로 향하는 출발 신호였습니다. 우리는 닻을 올리고 배를 굵은 밧줄로 중국 배에 붙잡아 매고 조선을 향해 항해를 시작하였습니다.

항해는 처음에는 무사하였습니다. 그러나 돛을 부풀어 오르게 하던 바람이 오래지 않아 강한 바람으로 변하여 어마어마하게 큰 파도가 줄곧 배를 집어삼킬 것만 같았습니다. 그렇지만 우리는 24시간 동안 파도의 공격을 견뎌냈습니다. 그러나 두 번째 밤에는 키가 부러져 나가고 돛이 찢어졌습니다. 우리의 배는 앞서가는 중국 배에 간신히 끌려갔습니다. 파도가

올 때마다 우리 배는 물을 뒤집어써야 했고, 선원들은 끊임없이 선창의 물을 퍼내야만 했습니다. 아아, 얼마나 견디기 어려운 밤을 지냈는지 모릅니다.

새벽녘에 안드레아 신부가 소리치는 것을 듣고 다블뤼 신부와 나는 갑판으로 올라갔습니다. 우리가 막 갑판에 올라서자 동시에 갑판 한쪽이 무너졌습니다. 무너진 갑판 바로 밑이 방금까지 우리가 머물렀던 곳이었습니다. 조금만 늦었더라도 우리는 무너진 갑판 판자 밑에 깔렸을 것입니다.

그 무렵 우리 배를 이끌던 중국 배가 다시 중국 항구를 향해 방향을 틀었습니다. 거센 바람과 파도 때문에 계속 항해를 할 수 없다고 판단하고 항구로 돌아가려 한 것입니다. 안드레아 신부는 중국 배를 향해 배의 방향을 원래대로 바꾸라고 소리를 쳤습니다. 그러나 파도 소리 때문에 그의 목소리는 들리지 않았습니다. 선원들도 모두 함께 소리를 치자 마침내 중국 배에서 어떤 사람이 나타났습니다.

이런 상황에서 안드레아 신부는 나와 다블뤼 신부에게 조선 배를 떠나 중국 배로 옮겨 타는 것이 더 현명할 것이라 말했습니다. 이유인즉 그와 그의 동료들은 우리를 따라 중국으로 되돌아갈 수가 없기 때문이었습니다. 왜냐면 조선과 중국 사이에 체결된 범죄인 인도법으로 만일 조선에서 온 작은 돛단배가 중국 항으로 돌아가 관원들에게 발각되면 그들은 북경으로 압송되어 거기서 다시 고국으로 압송될 것인데, 그렇게 되면 참혹한 죽음이 그들을 기다리기 때문이었습니다. 그렇다고 중국 배에서 벗어나 단독으로 항해를 계속한다면 그들 주교의 생명이 위태로울 것이니 그럴 수는 없었던 것입니다.

우리에게 오느라고 그렇게도 위험을 무릅썼던 사람들을 버리는 것이 아무리 괴로운 일이라도, 우리가 당하던 극한 상황에서는 나는 그들의 의견을 받아들여야 한다고 판단하였습니다. 안드레아 신부는 우리를 이끌던 중국 배에 신호를 보내 나와 다블뤼 신부가 그들의 배로 옮겨 탈 수 있도록 우리 배와 그들의 배를 서로 붙여 놓았습니다.

그리고 나와 다블뤼 신부를 중국 배에서 끌어 올릴 수 있도록 우리 허리에 밧줄을 묶었습니다. 그때 우리 배를 중국 배에 붙들어 맸던 밧줄이 출렁이는 물결을 견디지 못하고 끊어져 버렸습니다. 그러자 우리 배는 성난 파도에 밀려 중국 배와 멀어졌습니다. 그들이 곧장 밧줄을 던져 주었습니다만 우리는 그것을 잡지 못했습니다. 다 틀렸습니다. 거센 바람에 중국 배는 벌써 우리에게서 멀리 떨어져 나갔습니다. 그런데 잠시 후 중국 배가 우리를 향하여 다시 돌아오고 있었습니다. 중국 배는 우리 배 앞을 지나가면서 밧줄을 다시 던져 주었으나 우리는 붙잡지 못하였습니다. 그들이 두 번째 다시 돌아왔으나 역시 성과가 없었습니다. 두 번의 시도 이후 자칫 그들마저 난파될 위험을 느꼈는지 중국 배는 다시는 돌아오지 않고 우리 눈에서 사라져 버렸습니다.

비록 그때는 꿈에도 그렇게 생각하지 못하였지만 결국 나와 다블뤼 신부에게는 라파엘호를 떠나지 않은 것이 다행한 일이었습니다. 만일 보이지 않는 손이 우리의 슬기보다 더 낫게 일을 조처하여 우리의 운명을 그 착한 조선인들의 운명에 연결해 주지 않았더라면 나와 다블뤼 신부는 지금 사랑하는 우리 포교지에 와 있지 못할 것입니다. 이렇게 하여 우리 라파엘호는 성난 바다 한가운데 있게 되었습니다. 우리 배와 우리가 얼마나 흔들렸는지는 상상에 맡겨 드립니다.

벌써 배에는 물이 가득 찼습니다. 돛대를 끊어버리자는 의견이 있었습니다. 우리는 선원들에게 그들이 첫 여행 때 했던 것처럼 돛대를 자른 다음에 바다에 버리지 말라고 일렀습니다. 하지만 결국 돛대는 도끼질로 잘라야 했습니다. 돛대는 넘어지면서 우리의 가냘픈 뱃전 일부분을 부수며 바닷물에 빠졌습니다. 우리는 그것을 갑판에 끌어올리고자 하였지만 거친 파도 때문에 그럴 수 없었습니다. 바닷물에 빠진 돛대들이 파도에 밀려와서 가끔 배를 세게 후려쳤습니다. 그것들이 배의 옆구리를 뚫지 않을까 염려스러웠습니다. 그러나 하느님께서 보살펴 주셔서 아무 불행도 당하지 않았습니다.

다음날 폭풍우가 가라앉자 바다가 덜 너울거렸습니다. 돛대는 여전히 배를 후려치며 배에 붙어 있었습니다. 잠을 자고 약간 기운을 차린 선원들이 바다에서 돛대를 건져서 일으켜 세웠습니다. 돛대는 여덟 자가 짧아져 배와 균형이 잡히지 않게 보였습니다. 키를 새로 하나 만들고 찢어진 돛을 기웠습니다. 이 일을 하는 데 3일이 걸렸는데, 그동안 바다가 조용하여 우리의 일이 순조로웠습니다. 이 일을 하는 동안 10척 내지 15척의 중국 배를 발견하고 구조를 요청하는 깃발을 올렸습니다. 그 배들은 우리 깃발을 분명히 보았습니다만 아무도 구하러 오지는 않았습니다. 인정이라는 것은 중국인들은 모르는 감정이고 그들에게는 그저 돈벌이가 있을 뿐입니다. 돈벌이할 희망이 없으면 그들은 구할 수 있는 사람이 죽어가는 것을 보송보송한 눈으로 바라볼 것입니다.

해류가 우리를 어디로 몰고 간 것인지, 어디쯤 와 있는지 알 수가 없었습니다. 얼마 후 우리는 바다에서 섬 하나를 발견하였습니다. 안드레아 신부는 그 섬을 알아볼 수 있을 것 같다며, 오래지 않아 한양으로 가는 강어귀를 보게 될 것이라고 말하였습니다.

신부님, 우리가 얼마나 기뻤겠는가 생각해 보십시오. 우리는 여행의 목적지에 이제 닿았고 고생도 끝났다고 믿었습니다. 그러나 가엾은 안드레아 신부가 큰 오산을 했습니다. 이튿날 섬에 닿아서 그곳 주민들로부터 그곳이 우리가 상륙하고자 하던 한양의 강어귀에서 천 리 이상이나 떨어진 제주도라는 이름의 섬이라는 말을 들었을 때 우리의 놀람과 고통이 어떠하였겠습니까? 이번 항해는 계속 불행의 연속이라고 생각하였습니다.

그러나 그 생각은 잘못이었습니다. 여기서도 하느님의 섭리가 우리를 인도하고 계셨던 것입니다. 우리가 한양으로 바로 갔더라면 아마 관헌들에게 붙잡혔을 것입니다. 나중에 안 일입니다만, 얼마 전 이 나라 남쪽에 영국 배가 한 척 나타난 것으로 인하여 조정은 공포로 싸였고, 한양 주변 감시를 강화하며 한강으로 들어오는 모든 배를 아주 세밀하고 엄하게 조사하였습니다. 우리 돛단배가 오랫동안 조선에서 떠나가 있던 탓으로 그 배가 떠나는 것을 본 사람들의 마음에는 의심이 일어났으며, 그들은 우리의 돛단배가 외국으로 떠나는 것이라고 관아에 말하기까지 하였습니다. 우리가 도착하면 천만 가지 말썽이 일어났을 것인데, 천주께서는 그것을 면하게 하여 주셨습니다.

우리에게는 아직도 물이 새 들어오는 배를 타고 아무도 알지 못하는 섬들 사이의 수로를 지나쳐야 하는 위험한 뱃길이 남아있었습니다. 만에 하나라도 계획대로 되지 못한다면 아무 해변에 배를 주저앉게 해야 하며, 그리되면 누군가에 발각될 수밖에 없었으니, 결국 우리는 죽게 될 것입니다.

우리는 계획을 바꾸어 남도 북쪽의 내륙 60리 되는 조그만 강을 끼고 있는 강경에 정박을 결정하였습니다. 그러자면 끊임없이 경계하면서 15일간 항해해야 했습니다. 우리는 줄곧 맞바람을 안았었고 급한 해류와 수많은 암초로 여러 번 바위에 부딪혔습니다. 가끔 모래에 걸리기도 했고, 길을 잃었을 때는 종선從船을 뭍에 보내서 길을 묻기도 하였습니다.

　마침내 10월 12일 우리는 강경 포구에서 약간 떨어진 외딴 곳에 닻을 내렸습니다. 몰래 배에서 내려야 했습니다. 선원 중 한 사람을 보내서 우리의 도착을 그곳의 신자들에게 알렸습니다. 밤에 신자 두 명이 우리를 자기들 집으로 데려가려고 왔습니다. 그들은 나를 상복 차림으로 변장해 하선시키는 것이 낫다고 판단하여 내게 굵은 베로 만든 겉옷을 걸쳐 주고 머리에는 어깨까지 내려오는 짚으로 만든 커다란 모자를 씌웠습니다. 그 모자는 반쯤 접은 작은 우산 같은 모양으로, 내 손에는 두 개의 작은 막대기가 들렸는데, 거기에는 내 얼굴을 가린 헝겊이 달려 있었습니다. 그리고 미투리를 신은 내 차림은 몹시 우스꽝스러웠습니다. 여기서는 상복이 거칠면 거칠수록 부모를 잃은 슬픔을 더 잘 나타내는 것이라고 합니다. 다블뤼 신부는 나보다는 좀 더 나은 옷차림을 하였습니다.

　이런 준비가 끝난 다음 사공 두 사람이 우리를 등에 업고 순교자들의 땅에 내려주었습니다. 내 취임은 그리 찬란한 것이 못 되었습니다. 이 나라에서는 모든 것을 은밀히 해야 합니다. 우리는 야음을 틈타 신자의 집으로 향하였습니다. 그 집은 흙으로 짓고 짚으로 지붕을 이은 초라한 초가로, 두 개의 방이 있고, 높이 석 자 정도의 구멍이 출입문도 되고 창문도 되는 집이었습니다. 어른은 그 안에서 똑바로 서 있기도 힘듭니다. 관대한 집주인의 아내는 병들어 앓고 있어서, 집주인은 우리에게 숙소를 내주려고 아내를 다른 데로 옮겼습니다.

이런 초가에는 의자도 없고 책상도 없습니다. 이런 고급품은 부잣집에나 있다 합니다. 자리를 깐 방바닥에 앉는데, 그 밑에는 부엌의 화덕이 놓여있어 아늑한 열을 유지하여 줍니다. 신부님, 나는 지금 무릎을 꿇고 쭈그리고 앉아 이 편지를 씁니다. 나무 상자나 내 무릎이 책상 노릇을 합니다. 온종일 오막살이 속에 갇혀 있었고, 밤이 되어야 밖의 공기를 마실 수 있습니다. 이 포교지에서는 사람들이 많은 괴로움을 당하고 있습니다. 그러나 하늘은 그들의 고생에 순교의 화관을 씌워주심으로 후하게 상을 주십니다.

나는 이내 다블뤼 신부와 헤어졌습니다. 조선어를 배우라고 그를 한 작은 교우촌으로 보냈습니다. 그는 열성이 가득 차고 매우 신심 깊어서 선교사로서의 모든 자격을 갖추었습니다. 조선 사람들의 행복을 위하여 하느님이 그의 목숨을 오래 보전하여 주시기를 바랍니다. 우리 뱃사공들은 그들을 다시 만날 희망을 잃었던 가족들에게로 돌아갔습니다.

그들은 7개월 동안이나 집을 나가 있었습니다. 사람들은 나에게 가장 안전한 곳은 한양이라고 단언합니다. 그래서 아마도 오는 겨울에 한양으로 갈 것입니다. 그때까지 우리는 마치 나뭇가지에 앉은 새 같아서 언제 붙잡힐지 모릅니다.

이 포교지에는 모든 것을 새로 해야 합니다. 불행히도 우리 선배 때보다 행동하기가 더 어렵습니다. 왜냐면 조정이 우리의 모든 것을 잘 알고 있고, 또 박해로 말미암아 신자들이 사방으로 흩어져 있기 때문입니다. 가장 먼저 할 일은 사람을 여기저기 보내서 신자들이 어디에 사는지 알아내는 일입니다. 만일 관헌이 우리에게 그럴 만한 시간을 남겨 준다면, 우리의 비밀이 새어나가지 않도록 조심하면서 슬픔에 빠진 양 떼를 다스리기 시작할 수 있을 것입니다. 신부님께 나를 위하여 기도하여 주시기를 간청하며 경의와 애정을 드립니다.

추신: 국경으로 가는 길에서는 지금 여행자들을 엄중하게 감시하는 모양입니다. 편지 한 장 가지고 갈 수도 없다고 합니다. 그렇기는 하지만 이 편지가 신부님께 갈 수 있으리라고 믿습니다. 몇 달 후에 밀사들이 매스트르 신부와 동행하는 조선 부제 최양업을 입국시키기 위하여 북쪽으로 향할 것입니다.

Intende voci clamoris mei,
rex meus et Deus meus.

사제로부터 온 편지

베드로가 글라라에게 보내는 아홉 번째 편지입니다.

새로운 은신처로 옮긴 이후에도 불행한 소식들이 이어집니다. 특히 오늘 들은 소식으로 무척 낙망하였습니다. 나의 새로운 은신처를 아는 교우는 얼마 되지 않습니다. 그들 가운데 나의 편지를 당신에게 전해 줄 연락원이 있었습니다. 그런데 그가 체포되었다는 소식을 듣게 되었습니다. 다행인 것은 아직 그에게 당신에 관해 아무런 이야기를 하지 않았다는 것입니다.

과연 그가 관아의 고문과 형벌을 버틸 수 있을지 걱정이 됩니다. 설사 배교를 하더라도 단 며칠만 버틸 수 있기를 바랍니다. 그가 체포되었으니 나의 은신처를 다시 옮기는 것이 옳겠지만, 지금으로는 딱히 갈 만한 곳도 없거니와, 지금 쓰고 있는 이 편지를 끝낸 이후에야 그럴 생각입니다. 나는 이 모든 걸 하느님의 뜻에 맡길 작정입니다.

이 편지가 당신에게 보내는 마지막 편지일 것입니다. 편지를 전할 연락원이 체포되기도 하였지만, 요즘 전국 관아에서는 천주교인들을 잡아들이는 일에만 몰두하고 있어 주변의 연락원들도 모두 몸을 숨기는 처지입니다. 그래서 편지를 끝내고 이 편지들을 어떻게 당신에게 전해야 할지 아직 뾰족한 대책을 찾지 못하고 있습니다.

라파엘호가 강경 포구에 도착한 후 페레올 주교는 겨울까지 그곳에 머물러 있었고, 김대건 신부는 함께 항해했던 선원들과 작별을 나눈 후 곧장 한양으로 올라왔습니다. 그 후 신부는 현석문이 마련해 주었던 돌우물골의 은신처를 거점으로 조선에서의 사목 활동을 시작했습니다.

김대건 신부는 우선 한양과 용인 일대에 흩어져 살던 교우촌을 찾아갔습니다. 가는 곳마다 교우들은 감격의 눈물로 조선 최초의 사제, 수선탁덕을 맞이하였습니다. 십자고상의 예수와 성모상의 마리아가 모두 서양인이므로 신부 또 당연히 서양인만 하는 줄 알았는데, 같은 생김새에 같은 말을 하며 도포를 입고 갓을 쓴 김대건 신부가 집전하는 미사를 보면서 교우들은 하느님이 보다 가깝고 친근하게 느껴졌습니다.

김대건 신부가 만난 교우들은 오랫동안 사제 없이 신앙생활을 이어 가야 했기에 성사를 치를 수 없었습니다. 조선인 사제가 주는 성체를 받으며 우리 민족에게도 사제를 내려주심을 감사하는 기도를 드리며 눈물을 흘렸습니다. 미사 전후에는 교우들의 고해성사를 진행했는데, 오랫동안 고해를 하지 못해 순서를 기다리는 교우들이 길게 이어졌습니다. 세례를 받고 처음으로 고해성사를 하는 교우도 있었고, 10년이 넘도록 고해를 못 한 교우들도 많았습니다. 그들은 조선인 사제에게 사소한 죄까지 낱낱이 고하느라 고해성사의 시간은 무척 길어졌습니다.

    수선탁덕은 미리내 교우촌에서도 미사를 거행했습니다. 그곳에는 이민식이라는 이름의 17살 된 소년이 살았습니다. 그는 새벽부터 공소에 나와 수선탁덕의 도착을 기다렸습니다. 이민식의 꿈은 수선탁덕 같은 사제가 되는 것이었습니다. 탁덕은 이민식에게 그의 소망이 이루어지도록 강복해 주었습니다. 김대건 신부가 만났던 수많은 조선인 교우 중 특별히 이민식의 이야기를 하는 것은 앞으로 일어날 신부와 이민식 사이에 깊은 인연 때문입니다.

    김대건 신부가 16살 소년 시절 모방 신부에게 세례를 받았던 은이 공소는 교우촌 방문 일정에서 제일 나중으로 미뤘습니다. 신부가 은이 공소를 방문할 때까지 어머니는 아들의 귀국 사실을 몰랐습니다. 교우촌 회장에게 아들이 돌아왔다는 소식을 들은 어머니는 한걸음에 공소까지 달려갔습니다. 가쁜 숨을 몰아쉬며 공소의 문을 여는 어머니의 손이 떨렸습니다. 어둑한 공소 안에 누군가 등을 진 채 십자고상 아래에서 무릎을 꿇고 기도를 하고 있었습니다. 어머니는 몇 걸음 다가가다가 멈추어 서서 조심스레 그를 불렀습니다.

"신부님…!"

기도하던 김대건 신부가 고개를 돌려 어머니를 바라보았습니다. 공소 안은 어둡고 거리도 꽤 떨어졌지만 두 사람은 서로의 얼굴을 선명하게 보았습니다. 10년 동안 하루도 빠짐없이 떠올렸던 얼굴이었기 때문입니다. 김대건 신부는 그사이 어엿한 청년이 되었으나 어머니 눈에는 여전히 16살 소년처럼 보였습니다. 신부는 자리에서 일어나 어머니께 다가갔습니다. 그리고 10년 전 이른 새벽, 집을 떠날 때처럼 큰절을 올렸습니다. 떠날 땐 어머니 곁에 아버지가 함께 계셨지만 돌아왔을 때는 어머니 혼자였습니다. 신부는 엎드려 손등에 이마를 댄 채 한동안 그대로 있었습니다. 어깨를 떨며 소리 없이 흐느꼈습니다. 어머니는 김대건 신부 앞에 쪼그리고 마주 앉아 신부의 얼굴을 손으로 어루만지며 볼에 흐르는 눈물을 닦아주었습니다. 어머니 손은 자갈밭의 돌멩이처럼 거친 굳은살이 박여 있었습니다. 하지만 4월의 햇살처럼 그윽하고 온화한 온기는 예전 그대로였습니다.

"우리 신부님… 우리 장한 신부님…!"

눈물을 닦아주던 어머니는 신부의 두 손을 잡았습니다. 그제야 김대건 신부도 고개를 들고 어머니를 바라보았습니다. 입가에는 그윽한 미소를 머금고 있지만 깊이 파인 주름마다 눈물이 고여 있었습니다. 어머니는 신부의 손을 세상에서 제일 소중한 보물처럼 공손하게 어루만지며 같은 말만 되풀이했습니다.

"고맙습니다! 고맙습니다!"

김대건 신부는 은이의 교우들과 함께 미사를 드린 후 하룻밤만 머물고 떠날 계획이었습니다. 그런데 어머니가 곧 다가올 부활절까지만 함께 있자고 간곡히 부탁했습니다. 좀처럼 자기 본인을 위한 일에 주장을 세우지 않으시는데 그때만은 고집을 접지 않으셨습니다. 생전 다시는 만날 수 없으리라 예감이라도 들었던 것일까요?

김대건 신부는 어머니의 부탁을 뿌리치지 못하고 부활절까지 은이에 머물렀습니다. 어머니가 해주시는 밥을 먹고, 어머니의 손을 잡고 산책도 하고, 같은 방에서 함께 기도하고, 나란히 누워 잠을 자며 어머니와 함께 지냈습니다. 조선 최초의 사제가 아닌 한 여인의 어여쁜 아들로 보낸 시간이었습니다. 그는 그 며칠의 시간이 하느님이 주신 마지막 선물임을 알았습니다. 그래서 무엇을 하건 매 순간 슬프도록 행복했습니다.

부활절은 기쁨의 날이지만 두 사람에게는 이별의 날이었습니다. 탁덕은 한 여인의 아들에서 만인의 아버지로 다시 돌아가 부활절 미사를 집전했습니다. 미사에는 물론 어머니도 참석하였습니다. 미사 도중 신부의 강론이 있었습니다. 신자들은 조선인 사제가 조선어로 하는 이야기의 토씨 하나라도 놓치지 않으려고 숨을 죽이고 귀 기울였습니다.

"부활이란 무엇인가요. 죽은 사람이 다시 살아나는 것입니다. 그러나 부활은 죽은 사람이 죽기 이전의 그 사람으로 다시 태어나 죽기 이전 그가 살았던 세상에서 다시 사는 것이 아닙니다. 부활의 핵심은 변화입니다. 우리가 살아가는 순간순간마다 모든 것은 변해 갑니다. 지금 우리의 몸과 마음도 어제의 몸과 마음이 아니며, 산과 들과 강과 바다와 나무와 꽃들… 이 세상 모든 것이 어제의 그것이 아니며 내일의 그것과 다릅니다. 이처럼 우주 만물의 무수한 변화를 하느님께서 그의 섭리대로 주관하십니다. 무위이화無爲而化라는 말이 있습니다. 아무것도 하지 않으면서 모든 것의 조화를 이룬다는 뜻입니다. 하느님은 아무것도 하지 않으시는 듯 조용히 우주 만물을 각각이 변화하게 하고, 그러한 변화와 변화가 만나 새로운 조화를 이루어 끊임없이 창조의 역사를 이어가십니다.

내가 아는 또 하나의 진리는 세상의 모든 이치와 사물은 서로 반대되는 것들이 하나의 짝을 이루고 있다는 것입니다. 음陰이 있으면 양陽이 있고, 오르막이 있으면 내리막이 있고, 선善이 있으면 악惡이 있고, 탄생이 있으면 죽음이 있고, 내가 있으면 타인이 있고, 행복이 있으면 고통이 있고, 평화가 있으면 분쟁이 있고, 빛이 있으면 어둠이 있으며, 하늘이 있으면 땅이 있습니다. 이처럼 상반되는 가치나 사물들은 서로의 짝으로 있어야만 존재할 수 있습니다.

변화는 짝을 이루는 서로 반대되는 것들 사이에서 일어납니다. 부활도 하느님이 주관하시는 변화 가운데 하나입니다. 땅에 속해 죽을 수밖에 없는 육체가 그와 상반되는 하늘에 속한 영원한 생명으로 변화하는 것입니다. 우리가 신앙을 갖는 것도 이와 같은 변화를 이루어내기 위해서입니다. 죄인에서 용서받은 자로, 고통의 사슬에 매인 노예에서 자유를 얻은 해방된 자로, 인간의 자식에서 하느님의 자식으로의 변화입니다. 우리는 이와 같은 변화를 거룩한 변화라고 말하며, 우리의 신앙은 하느님이 주관하는 거룩한 변화를 믿는 것입니다.

우리가 신앙 속에 소망하는 변화들은 땅에 속한 것에서 하늘에 속한 것이 되는 변화들입니다. 쉽게 말하자면 나쁜 것에서 좋은 것으로의 변화입니다. 죽음보다는 생명이 좋고, 죄인보나 용서받은 자가 좋고, 노예보다 자유를 얻은 자가 좋습니다. 나쁜 것이 좋은 것이 되는 변화는 누구나 원하고 누구나 소망할 수 있습니다.

부활을 비롯하여 우리가 신앙 속에서 이루기를 소망하는 거룩한 변화는 땅에서 하늘에 이르는 상승上乘의 변화입니다. 그러나 이 같은 상승의 변화에는 전제 조건이 있습니다. 그것은 상승의 변화와 반대의 자리에서 있으며 짝을 이루는 하강下降의 변화입니다.

전지전능하시어 천지 만물을 창조하신 하느님은 스스로 초라한 말구유에 눕혀진 연약한 아기로 이 땅에 오셨습니다. 그 후 사람의 아들로 사람과 함께 살아가다가 죄 없이 우리의 죄를 대신하여 온갖 고난을 받으셨고 십자가에 못 박히는 가혹한 형벌로 죽었습니다. 우리가 아는 예수님의 부활은 그 후 일어난 사건입니다. 높은 곳에서 스스로 내려오시고 다시 높은 곳으로 올라가셨습니다.

하느님이 연약한 아기로, 죄 없는 죄인으로, 사람들에게 먹히는 빵으로 이어지는 변화는 하늘에서 땅으로, 끝없이 밑으로 내려오는 하강의 변화입니다. 우리가 땅에서 하늘로 이르는 상승의 변화를 소망할 수 있는 까닭은 하느님 스스로 하늘에서 땅으로 내려오신 거룩한 하강의 변화 덕분입니다. 이와 같은 거룩한 변화는 바로 사랑에서 비롯되었습니다. 하느님이 사랑이신 이유도 이 때문입니다. 하느님의 위대함은 죽은 자를 다시 살리시는 능력에 있지 않고 스스로 인간의 죄를 대신해서 죽음의 고통과 시련을 겪으신 사랑에 있습니다. 섬김받는 이에서 섬기는 이로, 권세 있는 이에서 한없이 나약하고 고통받는 이로 내려오셨습니다. 이러한 하강의 변화야말로 가장 거룩한 변화이며, 부활이라는 상승의 변화는 하느님의 사랑을 온몸으로 실천하는 하강의 변화가 있어야만 가능합니다.

믿음이란 무엇입니까? 하느님과 예수님을 믿는다는 것은 대체 무엇을 의미할까요? 하느님과 예수님이 계심을 믿는 걸까요? 예수님이 인간들의 죄를 대신해 죽고 그로 인해 인간에게 영원한 생명에 이르는 구원의 길을 열었다는 사실을 믿는 걸까요? 그러한 것들 역시 우리의 믿음 가운데 하나임은 틀림없습니다. 그러나 진정한 믿음은 하느님을 진정으로 사랑하는 것입니다. 사랑이신 하느님과 일치를 이루는 것입니다. 우리가 사는 이 세상은 우리에게 허락된 삶의 시간 동안 그냥 살기만 하면 되는 곳이 아닙니다. 이 세상은 우리가 살아가는 동안 가장 낮은 자세로 사랑을 실천해야 하는 대상입니다. 우리는 맨 처음 하느님의 사랑을 머리로 깨닫고, 이어서 가슴으로 느끼고 공감하며, 마지막으로 내 삶 속에서 발로 실천하여 사랑이신 하느님과 일치를 이루어야 합니다. 그것이 진정한 믿음입니다.

하느님의 사랑이 우리의 발까지 내려오지 않는 믿음은 아직 거룩한 변화에 이르지 못한 믿음입니다. 하느님께서 스스로 행하셨듯이 우리도 스스로 하강의 거룩한 변화를 이루어야 마침내 부활이라는 상승의 거룩한 변화를 이루게 되는 것입니다. 부활의 신비는 가장 낮은 자가 되었을 때 가장 높은 자가 되는 거룩한 변화입니다. 내려옴으로써 올라가고, 주고 베풂으로써 받는 거룩한 변화입니다."

미사 이후 신자들의 고해성사까지 끝내자 어느덧 해가 저물어갔습니다. 교우들은 모두 떠나고 김대건 신부와 어머니가 이별의 인사를 나누었습니다. 어머니는 신부의 손을 놓을 줄 몰랐습니다. 신부는 기다리는 일행들이 마음에 걸렸는지 서둘러 이별의 인사를 어머니께 드렸습니다.

"조만간 다시 오겠습니다."

어머니는 그래도 한참 더 신부의 손을 쓸어 만지다가 이별의 인사를 건넸습니다.

"가야지요… 보내드려야지요…"

어머니가 애틋하게 잡은 손을 놓아주자 신부는 땅에 엎드려 큰절을 올렸습니다. 이번에는 두 사람 모두 눈물 대신 서로에게 웃음을 지어 보였습니다. 신부는 발걸음을 돌리기 전에 또 한 번 이별의 인사를 드렸습니다.

"꼭 다시 오겠습니다."

어머니는 이번엔 대답 대신 미소만 지었습니다.

해가 지기 전까지 가야 할 곳이 멀어 김대건 신부는 복사와 함께 서둘러 길을 떠났습니다. 그날 저녁 늦도록 어머니는 공소에 혼자 남아 기도를 드렸습니다.

"주님의 뜻이오니 그대로 제게 이루어지소서…"

신부의 어머니는 언제나 주님의 뜻에 순종하고자 했습니다. 10년 전 사랑하는 아들이 사제가 되기 위해 중국으로 떠날 때도 주님의 뜻이라면 그대로 제게 이루어지기를 기도했으며, 남편이 참수형을 당하고 그녀는 거지 신세가 되어 떠돌아다닐 때도 같은 기도를 했습니다. 하지만 주님의 뜻은 그녀에게 늘 가혹하고 감당키 힘든 일이었습니다. 비록 아들이 자랑스러운 사제가 되어 조국에 돌아왔지만 그를 기다리는 주님의 뜻 또한 가혹하고 감당키 어려운 일이었습니다.

조선 교회의 으뜸 지도자였던 현석문은 1845년 김대건 부제가 페레올 주교의 지시에 따라 압록강을 건너 의주를 통해 단독으로 조선에 입국했을 때 평양성에서 그를 맞이하였으며, 한양에 자신의 명의로 집을 한 채 구해 은신처로 지내도록 하였습니다. 그 후 부제와 함께 돛단배를 타고 중국 상해까지 갔고 김대건 부제의 사제 서품식에 참석하였으며, 페레올 주교를 모시고 다시 조선으로 들어왔습니다. 김대건 신부는 부제일 때와 마찬가지로 한양에서 현석문이 마련해 준 집을 은신처로 사용하였습니다. 신부가 머무는 집 명의를 본인의 이름으로 했다는 건 목숨을 건 매우 위험한 일이었습니다. 박해로 인해 가족을 잃은 교우들 가운데 현석문 같은 경우도 드물 것입니다. 앞선 편지에서 이미 말했듯이 1839년 기유박해 때 그의 아내와 아들이 옥에서 죽었으며, 누이 현경련은 망나니의 도끼에 맞아 숨을 거두었습니다.

김대건 신부가 은이에서 어머니와 함께 부활 미사를 지내고 약 두 달 정도 지난 6월 어느 날, 천주교 신자인 김형중이 한양 성문 밖에 있는 현석문의 집을 찾아왔습니다. 김형중은 옹기를 짊어지고 한양 성안에서 행상하는데, 현석문은 그를 통해 성안에 떠도는 이런저런 소식을 들었습니다. 보통의 경우 3일에 한 빈 장날 지녁 무렵 현석문의 집을 들렀는데, 그날은 다녀간 지 하루 만에 아침 일찍 찾아왔습니다.

"재영 형님, 안에 계시오?"

현석문은 가족들이 체포되고 처형된 이후 이재영이라는 가명을 사용했습니다. 마침 집에 있던 현석문이 방문을 열고 내다보니 김형중이 옹기 지게를 내리지도 않고 서 있었습니다.

"이 시간에 어쩐 일이냐?"

김형중은 묻는 말에 대답은 하지 않고 멀뚱히 현석문만 바라보다가 난데없이 눈물을 흘렸습니다. 말은 하지 않고 초여름 햇볕에 그을린 손등으로 흐르는 눈물만 닦는 그를 보자, 현석문은 섬광처럼 떠오른 어떤 예감에 가슴이 철렁 내려앉았습니다.

"어서 안으로 들거라. 어서!"

방에 들어와서도 김형중은 문 앞에 선 채 우물쭈물 말을 꺼내지 못했습니다. 정적 속에 불길한 예감이 점점 더 확신처럼 현석문의 심장을 죄어왔습니다.

"수선탁덕께서 체포되신 것 같습니다."

가장 두려웠던 말이 천둥처럼 쩌렁 울렸습니다. 윙~ 하는 이명耳鳴

이 귓속을 어지럽히면서 7년 전에 가족들이 죽어 나갈 때의 순간들이 뒤섞여 떠올랐습니다.

김형중은 궁궐 안 소식을 듣기 위해 포도청 포졸 몇몇과 가까이 지냈습니다. 탁덕의 소식도 그들을 통해 듣고 곧장 현석문에게 달려온 것입니다. 포졸들도 체포 경위를 자세히 알지 못하였습니다. 다만 백령도 인근 순위도에서 우대건이라는 이름의 중국인 한 명과 사학^{邪學} 교인 여럿이 체포되었다는 사실만 알았습니다.

"포도청 포졸들이 김대건이라는 이름을 우대건으로 잘못 아는 것 같습니다. 순위도 관아에서 해주 감영으로 이송된 후 이제 수일 안으로 한양 포도청에 도착할 것이라고 합니다."

김형중이 아는 사실은 이것이 전부였습니다. 현석문은 더 들을 말도 없었습니다. 한 달 전 김대건 신부는 나와 현석문의 배웅을 받으며 마포나루에서 백령도 인근으로 떠나는 배를 탔습니다. 사학 교인과 함께 체포되었다는 중국인 우대건은 김대건 신부임이 틀림없었습니다. 현석문은 차분히 마음을 가라앉히고 무엇부터 해야 할지 생각했습니다.

'남은 사람들은 지켜야 한다. 그러기 위해서는 신부의 은신처부터 정리해야 한다. 아직 은신처가 발각되지는 않았다. 만일 그랬다면 집주인으로 되어있는 나를 먼저 잡아갔을 것이다. 아직은 모른다. 하지만 시간이 없다.'

현석문은 문밖으로 뛰쳐나가 소공동에 있는 은신처를 향해 달렸습니다. 들판 가득 새하얗게 접시꽃이 피었지만 그의 눈에는 보일

리가 없었습니다. 한 달 전, 신부가 마포나루로 떠날 때 현석문은 나와 함께 배웅했습니다. 그때에는 접시꽃 대신 진달래가 피어있었습니다. 신부는 들판에 핀 진달래를 보면서 말했습니다.

"사람들은 꽃이 피어 봄이 왔다고 말하지만, 사실 봄이 와서 꽃이 피는 것입니다. 때가 되어서 봄이 온 것이지요. 하지만 사람은 하늘의 때를 알 수 없으니 꽃이 피는 것을 보고야 봄이 왔다고 말하는 겁니다."

곱게 핀 진달래를 보며 무심코 한 말이었지만, 현석문은 탁덕의 말에 어떤 의미를 부여했습니다. 때가 되어 봄이 오고, 봄이 오면 꽃이 피는 것은 자연뿐 아니라 세상의 이치도 마찬가지라는 생각이 들었습니다. 현석문은 가엾은 조선에도 기나긴 엄동설한의 겨울이 지나고 마침내 봄이 왔음을 꽃이 피는 것을 보고 알았습니다. 그는 수선탁덕이 조선의 봄을 알리는 꽃이라고 믿었습니다. 그 꽃이 피기를 이 땅의 백성들은 60여 년을 기다렸고, 그 꽃을 피우는 일이 그가 가족들을 모두 떠나보내고도 살아남았던 가장 큰 이유였습니다. 이제 꽃이 피었으니 봄은 이미 왔다고 믿었는데 그게 아니었습니다. 꽃은 피었지만 때는 여전히 한겨울이었습니다. 휘몰아치는 눈보라 속에서 어렵사리 피어난 꽃만 위태롭게 된 것입니다. 그것도 이제 막 몽우리가 맺힌 작고 어린 꽃이었습니다. 애초에 금방 허무하게 질 꽃이었다면 하느님은 왜 그 꽃이 피기까지 그토록 많은 고난을 겪게 했을까요.

'하느님… 안 됩니다! 안 됩니다!'

현석문은 소공동을 향해 달리는 내내 마음속으로 하나의 기도만 반복하였습니다. 기도라기보다는 원망의 절규였습니다. 아버지가 망나니의 칼에 목이 잘리고, 아내와 아들이 옥에서 포승줄에 목이 졸려 죽었을 때도, 누이가 망나니의 도끼에 목이 내리쳐질 때도 떠올리지 않던 기도였습니다.

탁덕이 체포되던 상황은 내가 직접 보고 듣지 못해 자세한 내용을 알 수 없습니다. 그러나 체포 이후 순위도 첨사와 해주 감사 그리고 좌우 포도청을 거치는 문초의 내용이 자세히 기록되어 있어 이를 통해 당시의 상황을 알 수 있으리라 짐작됩니다. 먼저 탁덕이 체포되었던 백령도 인근 순위도 등산진 첨사 정기호가 황해 감사 김정집에게 보낸 첩보의 내용은 아래와 같습니다.

《등산진 첨사僉使 정기호가 황해 감사 김정집에게 보낸 첩보》

이번 6월 5일에 군관과 군사들이 포구 주변으로 나가 중국 어선들을 내쫓기 위해 고기잡이배 한 척을 압류할 때, 문득 한 명이 배 위로 뛰어 올라와 양반이라 주장하며 군관과 군사들에게 공갈하면서 욕을 하기에 이르렀는데, 그가 말하는 것을 듣고 얼굴 모양을 보니 아주 수상한 것이 우리나라 사람과는 현저히 달랐습니다. 그러므로 진영陣營에 잡아다가 여러 가지로 힐문하니, '성명은 우대건이요 나이는 이제 25세로, 본래 중국 광동 사람이고, 평소에 천주교를 봉행하였으며, 갑진년(1844년) 12월에 의주義州에서 강을 건넌 후 한양에 도착하였고, 올해 5월 11일 한강 마포에서 임성룡의 배를 함께 타고 이곳에 이르렀다.'고 하였습니다.

그의 행장을 수색하니 언문으로 기록된 뜻을 알 수 없는 소책자 1권과 몸 위에 차는 붉은 비단 주머니 1개가 있었고, 주머니 안에는 가장자리를 꿰맨 무명 조각 2개가 있었는데, 그중 하나에는 사람이 그려져 있었습니다. 또 남색 명주 한 조각이 있었고, 또 반이 삭았으나 길지 않은 두발이 있었습니다.

그가 국경을 넘어 몰래 돌아다녔고, 뱃놈이 함께 배를 타고 동행한 일은 괴이하여 들을수록 더욱 놀랍습니다. 이미 외국인이 변방의 진영에 직접 체포되었으니, 마땅히 관련 있을 테고 인근 수군 통솔 책임자에게 단단히 타일러 경계하여 사건의 앞뒤 정황을 알아보도록 하였고, 언문 책자, 주머니, 진술서 등은 일의 실상을 조사할 때 이를 근거로 질문할 여지가 있으므로 잠시 이곳에 보관해 두었습니다.

등산진 첨사는 체포한 우대건이라는 자가 외국인이며 더구나 천주교 신자라는 사실에 사건의 엄중함을 인식하고 곧바로 황해 감사에게 사건을 이송하였습니다. 첨사의 또 다른 보고에 따르면 중국인 우대건은 조선어를 매우 잘해 통역이 필요 없다고 하였습니다.

해주 관아에 도착했을 때 우대건은 등산진영에서 심문 도중 매 맞고 고문받아 얼굴과 몸 여러 군데에 상처와 피멍이 나 있었습니다.

상투는 틀고 있었으나 이마 쪽 머리카락의 길이가 확연히 짧은 변발 흔적이 보여 중국인임을 믿을 수 있었습니다. 우대건은 비록 판관 앞에서 무릎은 꿇었으나 허리를 곧게 펴서 애써 기개를 드러내 보였 으며, 죄인들에게 겁을 주기 위해 온갖 형벌 기구들을 관아 마당에 늘어놓았으나 두려운 기색은 없었습니다. 당시 황해 감사 김정집은 사건과 관련된 죄인의 문초 내용을 『해서문첩록』에 남겼는데, 내용은 다음과 같습니다.

김정집: 너는 어느 나라 사람이고, 성명은 무엇이며, 나이는 몇 살이고, 어느 지방에서 성장했느냐? 또 부모와 처자는 살아있느냐?"

우대건: 나는 본래 중국 광동성 오문현 사람인데, 서양인들은 그 곳을 마카오라고 부릅니다. 성은 '우于'이고 이름은 '대건大建'인데, 그 고을에서 자랐습니다. 부친은 죽고 모친은 살아있습니다. 본래 장가는 들지 않았습니다.

김정집: 너는 어느 해, 어느 달, 어느 날에 어떤 일로 어느 곳에서 배를 탔으며, 누구와 동행했다가 순위도 등산진에 이르러 체포되었는가?

우대건: 15세에 천주교를 배웠으며, 23세 때 중국 상강湘江에서 상선을 타고 3천 리를 가서 요동에 도착하였습니다. 그 후 갑진년(1844년)

12월에 중국 변문에 이르렀으며, 조선 지방을 보고자 하여 압록강의 얼음을 타고 홀로 몰래 중국에서 빠져나왔고, 작년(1845년) 8월에 한양에 도착하였습니다. 황해도 산천을 유람하고자 마포로 나가 배를 찾고 있는데, 임성룡의 배가 행상 차 마침 황해도에 간다기에 후하게 뱃삯을 치르고 차후에 사용하기로 약속하였습니다. 그 후 올해 5월 13일 약속한 대로 배를 타고 해주 연평도에 도착하여 선주인 임성룡은 조기를 사서 실었고, 등산진에 이르러 소금을 사서 굴비를 만들었습니다. 그리고 조기가 마를 때까지 며칠 동안 인근 바다와 섬을 유람하다가 등산진으로 돌아왔는데, 그날 그곳 진영에서 배를 압류하는 일로 소란을 일으킨 바가 있어 본색이 탄로 났습니다.

김정집: 너의 행장 안에 있던 언문 책자의 내용은 어떤 뜻이고, 비단 주머니 안의 가장자리에 꿰맨 무명 조각에 인물을 그린 것과 풀 모양이 그려진 것은 어떤 물건들인가?

우대건: 그 언문 책자는 천주교의 긴요한 말이고, 비단 조각 하나에 그려진 인물은 성모와 아기 예수의 상이며, 다른 하나에 그려진 풀 모습이라고 한 것은 예수 성심상인데, 몸에 지니며 공경하여 받드는 뜻으로 삼는 것입니다.

김정집: 네가 중국인이니 허가 없이 국경을 넘는 것이 금지됨을 마땅히 알 것이다. 어떠한 의도가 있었기에 이처럼 법을 어기고 몰래 넘어왔느냐? 또 중국과 조선은 의복과 언어가 각각 서로 다르므로 얼음을 타고 몰래 나왔다면 몸을 숨길 곳이 없었을 것이다. 그러므로 너를 끌어들여 조선에 머물 수 있도록 한 사람이 반드시 있어야 그동안 종적을 숨기고, 옷과 음식을 공급받을 수 있었을 것이다. 중국에서 나올 때 동행한 사람은 몇이냐? 또 이미 천주교를 봉행하였다고 하였으니 반드시 배우기를 원하는 사람이 있었을 것이며, 그들에게 천주교를 가르친 일이 있었을 것이다. 또 갑진년 12월에 압록강을 넘었고, 작년 9월에 한양에 도착했으며, 올 5월에 마포에서 배를 탔고 한양에 도착하기 전에 어느 지방 누구의 집에서 유숙하였느냐? 한양에 도착한 이후에는 어느 곳에서 유숙했고, 서로 결탁한 것은 몇 사람이며 누구인가?
해서海西 지역의 산천을 유람하고자 했다고 말하였는데, 어찌 반드시 육로를 버리고 뱃길을 취했는가? 상선 무리 배의 습속으로는 반드시 여간한 뱃삯을 받지 않고서는 기꺼이 따르지 않았을 것이다. 처음 본 임성룡이 과연 스스로 찾아와 거래하게 되었는가? 배를 탄 것에서 체포된 날까지는 20여 일이었으니, 배 안에서 어떤 일을 하였는가? 이른바 유람했다고 하니 육지에 내린 곳이 몇 곳이며 어디인가?"

우대건: 저는 본래 유람하는 버릇이 있어 각국의 산천을 많이 돌

아다니며 보았고, 조선에 나온 것도 경치를 즐기고 천주교를 봉행하려는 것이었습니다. 변문 인근에서 시장에 온 조선인의 옷 모습을 보았는데, 국경을 넘는 것은 법에서 금한다는 것을 이미 알았으므로 조선의 방한모 모양을 본떠 손수 만들어 써서 변발한 형태를 가렸으며, 바지는 두 나라의 제작 방법이 크게 다른 점이 없었고, 저고리는 옷깃 끝을 가르고 단추를 떼어내어 입었습니다. 그 후 몸에 약간의 마른 음식물과 금 10냥, 은 30냥을 차고 혼자서 얼음을 타고 밤을 타서 압록강을 건넜습니다. 밤에는 산중에서 잠을 잤으며, 혹 여인숙에 들어가기도 했지만 여러 차례 쫓겨났고, 벙어리 행세를 하며 이리저리 걸식하면서 여러 달을 지냈습니다. 점차 조선 방언을 이해하면서는 평안, 함경, 황해도 등지를 돌아다니며 구경했는데, 경유한 곳의 지명은 알 수 없었습니다.

작년 9월에 비로소 한양에 도착하였으며, 의복과 음식은 몸에 차고 온 금과 은으로 바꾸어 사서 썼습니다. 처음부터 함께 다니거나 저를 이끌어 들여 머물도록 한 사람은 없었습니다. 한양에 아홉 달 동안 머무르면서 비록 천주교를 봉행하고자 했을지라도 나라의 금지령에 겁이 나서 배우기를 원하는 사람이 없었기에, 해서 海西의 산천을 구경하려고 마포로 나가 배를 잡아타고 이곳에 이르렀습니다. 선주 임성룡은 처음부터 친한 것이 아니었습니다. 여러 날을 배 안에 있었지만 특별히 한 일은 없으며, 항해 도중 섬 주변에 닿으면 잠시 올라 구경하였습니다. 가져온 금과 은으로 의복과 음식을 맞바꾸는 사이에 알게 된 사람이 없었던 것은 아니지만,

만일 누구라고 말하면 그 사람은 반드시 저와 연관되어 피해를 받을 것이므로, 비록 갖가지로 악형을 가하고 즉시 머리를 벤다 해도 제가 믿는 천주교의 계율에 따르기 위해서는 누구인지 지목하여 말할 수 없습니다.

김정집의 질문에 우대건은 막힘없이 답변하였습니다. 하지만 김정집은 우대건이 정작 중요한 사실들은 숨긴다는 걸 알 수 있었습니다. 보통 죄인이 사실을 실토할 때까지 고문하며 겁을 주지만, 우대건은 중국인이며 그의 초연한 태도와 강인한 인상으로 보아 강압적인 방법으로 그의 입을 열게 할 수 없다고 판단하여 고문하지 않았습니다. 대신 함께 체포된 선주 임성룡과 사공 엄수를 문초하고 그들을 통해 드러난 사실을 재차 심문한다면 우대건 또 인정할 수밖에 없으리라 판단했습니다.

김정집은 선주 임성룡을 먼저 심문했습니다. 체포 당시 임성룡은 호패를 차고 있지 않아 그의 신분과 정체를 알 수 없었습니다. 우대건과는 달리 임성룡은 관아 마당에 늘어놓은 갖가지 고문 기구들을 보고 겁을 먹은 표정이 역력했으며, 김정집의 질문에 몹시 떨며 대답했습니다. 기록에 실린 임성룡의 첫 번째 문초 내용은 아래와 같습니다.

김정집: 너는 어느 곳의 뱃놈인데 우대건과 무슨 일로 함께 배를 타고 어느 곳을 내왕하였다가 등산진에서 체포되었는가? 우대건은 곧 외국인이고 또 천주교를 봉행하는 자인데, 여러 날 함께 배

를 탔으니 행동거지와 언어가 자연스레 수상함이 많았을 것이다. 그래도 서로 친했다면 그에게서 천주교도 따라 배웠는가? 우대건은 어느 곳에 가고자 하였으며, 배에서 그가 한 일은 무엇인가? 출발한 날짜는 언제이며, 중간에 머무른 곳은 어느 곳이고, 함께 탄 사공은 몇 사람인가? 전후의 사정을 감히 숨기지 말고 일일이 바로 고하여라.

임성룡: 저는 마포에서 뱃일로 사는 백성으로, 조기를 무역하기 위해 해서의 연평도로 갈 계획이었습니다. 그런데 소공동에 사는 이 생원과 우대건이 함께 저희 집에 왔으며, 저의 부친 임치백이 '이 생원은 곧 우리 집안의 외척으로 그와 친한 우대건과 함께 유람차 황해도에 가려는데, 뱃삯을 후하게 준다니 함께 가도록 하라.'고 하였습니다. 우대건은 우선 6냥 5전을 내고 쌀 한 가마를 사서 주었습니다. 그 후 11일에 우대건이 이 생원과 함께 배를 탔고, 사공과 일꾼인 엄수, 김성서, 노언익, 안순명, 박성철 등 도합 8명이 함께 배를 탔습니다.
우대건은 한강에서 내려오는 길에 산과 물길을 가는 곳마다 그렸는데, 강화 앞바다에서는 그린 것을 펴 놓고 살피다가 갑작스럽게 불어온 회오리바람 때문에 잃어버렸습니다. 강화에서부터는 또 그림을 그리기 시작하였는데, 말과 행동이 많이 수상했습니다. 하루는 저에게 말하기를 '천주학은 아주 좋은 것이니 당신도 이를 배우시오.'라고 했으므로 비로소 그가 천주교를 봉행하는 것을

알았지만, 무식한 소치로 배우기를 원하지는 않았습니다.

5월 25일에 비로소 연평도에 도착하여 조기 39두름을 샀고, 6월 3일에는 등산진에 도착하여 묵으며 소금을 사서 굴비를 만든 후, 6월 4일에는 땔나무를 사려고 장연 터진목으로 돌아가던 길에 우대건은 소강의 경치를 보려고 육지에 내려 3일을 지냈습니다. 그 후 배를 돌려 마합포에 이르니 우대건이 고기 잡는 중국 배의 보조선을 타고 따라와서 등산진으로 돌아왔는데, 그날 등산진 군사가 배를 압류하는 것으로 인해 소란이 일어나면서 우대건이 중국인임을 비로소 알았습니다. 함께 배를 탔던 소공동의 이 생원과 일꾼 노언익은 소란이 일어나기 전에 먼저 한양으로 돌아갔고, 일꾼 김성서, 안순명, 박성철은 저희가 체포되는 광경을 보자 도망하였습니다.

임성룡 문초에서 우대건에게 듣지 못했던 사실들이 드러났습니다. 김정집은 이어 사공 엄수를 심문하였습니다. 엄수는 허리에 찼던 호패를 체포 즉시 관아에 바쳐 그의 신분과 정체를 알기에 수월했습니다. 엄수의 첫 번째 문초 내용은 아래와 같습니다.

김정집: 너는 임성룡의 뱃사공으로 배 안의 모든 사정을 잘 알 것이다. 이미 우대건과 소공동의 이 생원이 함께 배를 타고 다녔으며, 두 놈의 내력이 어떠한지 네가 어찌 모르겠느냐? 우대건은 곧 외국 천주교의 무리이니 이와 관계됨은 중대한 죄인이다. 따라서

깊이 사실을 고해할 때 조금이라도 숨기는 것이 있으면 용납하지 않을 것이다. 일하기 전부터 너희 무리가 모두 친하게 알았는가? 출발할 때 어떤 지시를 내린 사람이 있었는가? 배를 탄 후 어떤 수상한 동정이 있었는가? 너희가 만일 화응한 일이 없었다면 함께 탄 일꾼 세 놈이 어떻게 기미를 알고 도망할 리가 있었겠는가? 전후 사정들을 사실대로 고하여라.

엄수: 저는 임성룡과 한마을에 사는데, 작년 겨울에 임성룡이 새로 배를 구입해서 제가 그 사공이 되었습니다. 지난 4월 17일에 임성룡의 부친 임치백이 저에게 우대건에 대해 '이 사람은 성안에 거주하는 친지인 양반으로, 유람 삼아 우리 배에 타고 해서(海西)에 가고자 하니 네가 모름지기 이를 알고 있거라.'고 하였습니다. 이튿날은 우대건이 이름을 알지 못하는 소공동의 이 생원과 함께 사람을 시켜 짐을 지게 하고, 선주 임성룡과 사공과 일꾼 김성서, 노언익, 안순명, 박성철 등 도합 8명이 함께 배를 탔습니다. 우대건은 한강 연변에서부터 다른 일은 하지 않고 지나는 곳마다 산천을 그렸습니다. 저희는 연평도에 이르러 조기를 사고 등산진에 가서는 소금을 샀으며, 조기를 말릴 땔감을 사려고 장연의 터진목 포구로 갔습니다. 돌아오다가 소강을 지났는데, 보조선을 타고 물 길어 가는 길에 우대건이 잠시 육지에 올라 경치를 구경하였습니다. 그 후 등산진에 도착하였으며, 소공동의 이 생원과 노언익은 먼저 상경하였습니다. 그날 그곳 등산진의 첨사가 배를 압류할

때, 우대건이 한양 양반이라면서 서로 힐난하다가 결국 체포되어 관아로 끌려 들어갔습니다. 그곳에서 우대건과 임성룡 및 제가 함께 문초를 받을 때, 우대건이 그 내력을 자복하였으므로 그때야 비로소 그가 외국인임을 알았습니다. 저는 사공이며 우매한 백성으로 다만 우대건이 양반이라는 것만 알았고, 처음부터 그 거처와 내력을 자세히 물어보지 않았습니다. 배의 일꾼 세 놈이 도망한 것은 저희가 체포된 후이니 아마도 겁이 난 듯하며, 저희와 화응했다는 것은 실로 옳지 않습니다.

엄수의 진술 내용은 임성룡의 진술 내용과 대부분 일치하였으나 다른 부분도 있었습니다. 김정집은 임성룡과 엄수를 통해 드러난 사실을 두고 우대건에게 다그치기로 하였습니다.

김정집: 국경을 넘어 내왕하는 것은 법에서 금하는 것이 지엄하거늘 구태여 법을 어기고 생사를 걸어 중국에서 넘어온 것은 우리나라에 어떤 긴급하고 중요한 일이 있었음이 분명한데, 어찌 오로지 조선의 산천을 구경하는 것에만 이유가 있었다고 주장하는가? 비록 약간의 금과 은을 가져왔을지라도 그동안 여러 해가 지나 필시 다 없어졌을 것이다. 더욱이 너의 제반 행장에 보이는 물건이 아주 화려하게 보이는 것은 필시 우리나라 사람으로 서로 잘 알고 지내면서 공급하는 자가 있은 연후에야 이 같을 수 있다. 또 선주 임성룡이 진술한 내용을 들으니 너는 이미 소공동의 이 생원

과 함께 왔다고 하는데, 이 생원은 언제부터 어떤 연유로 친하게 지냈는가? 이름과 집을 반드시 알고 있을 이 생원과 네가 줄곧 동반하였는데, 그놈만 아무 이유 없이 앞질러 돌아갔으니 이는 또 어떤 곡절인가? 올 때 산천을 그린 뜻은 어디에 있는가? 소강을 구경했을 때 고기 잡는 중국 배에 타고 마합포로 따라갔으니, 고기 잡는 중국인은 전부터 알고 있었는가? 일찍이 또 이 땅에서 만나기를 약속한 것이 있었는가? 반드시 그들과 전후 사정을 다소간 수작하였을 것이다. 너는 중국인이니 조선에 들어온 연유와 그간에 있었던 일들을 모두 밝혀야 고향으로 돌려보낼 수 있다. 그러니 의심과 겁을 내지 말고 일일이 고하여라.

우대건: 저는 다만 유람하면서 천주교를 봉행하였을 뿐이고, 혼자 조선에 나왔습니다. 앞서 이미 아뢰었으니 다시 반복되는 질문은 받지 않겠습니다. 이른바 소공동의 이 생원이 앞질러 돌아간 것은 어찌 된 연고인지 알지 못하며, 거주지와 성명은 비록 알지만 반드시 말하지 않을 것입니다. 지나는 길에 산천을 그린 일은 책을 읽는 사람이 널리 서책을 구해 읽는 것과 다름이 없으며 그밖에는 조금도 다른 뜻이 없습니다. 고기 잡는 중국 배는 잠시 빌려 탄 일이 있는데, 처음부터 잘 알아서 함께 만날 약속을 한 것은 아니며, 다른 수작이나 사정도 없었습니다. 이 밖에는 다시 아뢸 말이 없습니다.

우대건은 더는 할 말이 없음을 명확히 했습니다. 김정집은 결국 임성룡과 엄수를 통해서 우대건이 조선에 온 목적과 그간의 행적을 밝혀내어야 했습니다. 김정집은 먼저 임성룡을 불러내서 다짜고짜 곤장부터 몇 대 내려치고 엄수의 진술과 엇갈리는 부분을 다그쳐 물었습니다.

김정집: 니 놈이 지난번 진술한 가운데 우대건이 소강을 구경한 뒤에 3일을 지내고 고기 잡는 중국 배를 타고 마합포로 따라왔다 하였으며, 엄수가 진술한 가운데는 소강에서 물 길어 가는 길에 우대건이 잠시 내려 구경하고 배로 돌아왔다고 하였으니, 너희 두 놈은 함께 배를 타고 내왕한 놈들인데, 어떻게 진술이 서로 다를 수 있는가? 이 사이에는 필시 곡절이 있을 것이니 사실대로 직고하여라.

임성룡: 제가 앞서 진술 때는 두렵고 겁이 나서 정신을 잃고 모두 아뢰지 못했는데, 이제 이 지경에 이르렀으니 어찌 감히 한 터럭이라도 숨기겠습니까? 작년 12월에 소공동의 이 생원이 부친과 친분이 있어 저의 집에 왔으므로 비로소 저와 알게 되었습니다. 그때 한번 찾아오라는 뜻으로 말을 하기에 며칠 후 그의 집에 가니 소공동 남별궁 뒤편 우물가를 지나 두 번째 초가집이었습니다. 이 생원이 저에게 천주학을 권하며 '네가 만일 배워서 얻는다면 그날 이후로는 너는 나와 함께 천당에 오를 것이니 어찌 좋지 않겠는

가?'라고 하여, 제가 '만일 혹 발각된다면 생명을 보존할 수 없을 것이다.'라고 하였습니다. 며칠 되지 않아서 이 생원이 또 저의 집으로 와서 식염을 사달라고 부탁해 소금 한 가마니를 사서 이 생원에게 갔습니다. 그때 우대건이 함께 사랑방에 앉아 있었는데, 이 생원이 친척 양반이라고 했으므로 이를 믿고 의심하지 않았습니다.

그 후 또 소공동 이 생원에게 가니 이 생원은 없고 생면부지의 대여섯 사람이 자리에 앉아 있었습니다. 조금 있다가 안에서 차례로 불러들였는데, 자리에 앉았던 모든 사람이 각자 방에 들어갔다가 나온 후 돌아갔습니다. 저는 집주인 이 생원을 만나지 못했으므로 잠시 기다렸는데, 이번엔 안에서 저를 불러 들어가니 이전에 본 적이 있는 우대건이 있었습니다. 우대건은 '당신은 강촌에 사니 배를 사서 도매 장사를 하는 것이 좋겠다.' 하여 제가 자본이 없다고 하니 대건이 100냥을 내어주며 '이를 가지고 도매 장사를 잘해 보시오.'라고 하였습니다. 이 생원이 날이 저물어 돌아왔으므로 저는 그 집에서 잤는데, 밤중에 '우대건이 어떤 사람이냐?' 물으니, 이 생원이 귓속말로 '이분은 중국 사람으로 우리나라 산천을 구경하고자 국경을 넘어 자취를 숨겼으며, 또 천주교를 봉행하였는데, 강을 건넌 뒤에 벙어리 행세로 이리저리 삼남을 향하다가 덕산의 김순여를 만났고, 차차 그 인연으로 우리 집에 오게 되었다.'고 하였습니다. 그리고 절대 이 사실을 입 밖에 내지 말라고 신신당부하였으므로 비로소 우대건이 외국 사람임을 알게 되었습니다.

올해 2월에 제가 쌀 행상 차 남도에 내려갔다가 돌아온 뒤에 다시 이 생원 집에 가니, 우대건이 이 생원과 함께 '5월에 배를 타고 옹진 땅으로 가려고 하니, 그때 당신은 행상을 하시오. 나는 유람할 것이오.'라고 했습니다.

그 후 지난 5월 17일에 우대건과 이 생원 두 사람이 찾아와서 다음날 배를 출발시키기로 약속해 이달 초 4일 옹진 마합포 앞바다에 이르러 고기 잡는 중국 어선을 만났습니다. 우대건이 중국 사람과 길게 이야기를 나누고 돌아와서는 편지지 1장을 가져다 이 생원에게 우리 편지인 것처럼 불러 쓰게 하고, 저녁때 또 보조선을 타고 중국 배로 가서 그들에게 우대건의 고향으로 편지를 전해 주도록 요청하였습니다. 다음날에 또 장연 목동 땅에 도착하여 또 다른 중국 어선을 만나 편지 1통을 앞서와 같이 전달하였는데, 처음에는 이 생원, 김성서, 엄수가 따라갔고, 두 번째에는 저와 노언익, 김성서가 따라갔습니다. 지금까지 아뢴 바는 제가 형벌이 두려워 사실대로 모두 고하는 것입니다.

김정집의 짐작대로 임성룡은 형벌의 두려움으로 사건 전말과 관련자들을 상세하게 털어놓았습니다. 특히 우대건이 중국 어선과 소통하며 묘령의 편지를 전한 사실은 사건의 심각성을 확인해 주었습니다. 김정집은 이번엔 임성룡의 자백을 토대로 엄수에게 겁을 주며 다그쳤습니다.

김정집: 네가 앞서 진술한 가운데서는 소강에서 물 길어 가는 길에 우대건이 잠시 육지에 내려 유람하고 돌아왔다고 하였고, 임성룡이 진술한 바에 따르면 마합, 목동 두 곳에서 대건이 중국 어선에 편지를 전한 일이 있다고 하였다. 너 역시 따라갔으니 이러한 사실을 알았을 텐데, 어찌 감히 근거 없는 말로 사실을 흐릴 수 있느냐? 또 임성룡의 진술에는 우대건이 돈을 주어 도매 장사를 하도록 한 일이 있는데, 네가 함께 일을 하는 친밀한 사이로 이와 같은 사정들을 몰랐을 리 없다. 감히 한 터럭이라도 숨김없이 사실대로 고하여라.

엄수: 제가 우둔하고 겁이 많은 탓에 앞서 문초에서 사실대로 대답하지 못하였습니다. 금년 정월에 임성룡이 417냥으로 배를 매입하였고, 그때 들으니 그 돈은 곧 한양 사는 양반이 준 것이라고 했는데, 자세히는 알 수는 없었습니다. 이제 생각하니 한양 사는 양반이 바로 우대건 같습니다. 우대건이 중국 어선과 접촉하여 두 차례 편지를 전한 것은 분명하며, 저 역시 한 차례 따라갔습니다.

김정집: 중국 배에 편지를 전할 때 너도 한차례 따라갔다고 하였으니, 우대건과 함께 해서 지역에 온 여러 놈이 모두 우대건과 깊이 화응한 것을 미루어 알 수가 있다. 네가 과연 천주교를 봉행하였는가? 또 이제 깊이 조사하고 밝히고자 하는 요체는 소공동 이생원임을 알면서도 그의 이름과 그가 먼저 돌아간 이유를 모두

알지 못한다고 하니, 이 어찌 너희들이 한결같이 숨기려는 계책이 아니겠는가? 다시 사실대로 고하여라.

엄수: 저는 무식하고 가난한 무리로 남의 사공이 되어 단지 지시한 것만을 받아들였을 따름입니다. 우대건이 배에 있을 때 천주교를 가르치려고 한 적은 없으며 이를 좇아 배우려고 원하지도 않았습니다. 이 생원의 이름과 거취는 제가 그때 처음 본 데다 무심히 지나쳤으므로 과연 알지 못합니다. 이 밖에는 실로 다시 진술할 말이 없습니다.

임성룡과 엄수의 진술 내용을 살펴보면 사건 전말과 모든 관련자를 밝힐 수 있는 사람은 소공동 이 생원이라 불리는 자였습니다. 그는 우대건이 거처로 이용한 집의 주인이며, 우대건과 가장 긴밀하게 이 모든 일을 모의하고 진행했음이 분명하였습니다. 그러므로 이 생원이라는 자의 정체를 밝히는 것이 가장 시급한 일이었으나, 우대건은 알아도 말을 하지 않겠다고 이미 선언을 했고, 임성룡과 엄수는 한사코 모른다고 말하였습니다. 김정집은 그동안 임성룡과 엄수로부터 확보한 진술을 토대로 중국인 우대건과 마지막 담판을 짓기로 했습니다.

김정집: 네가 소공동 이 생원의 내실에 거처하면서 덕산의 김순여, 남대문 안의 남경문 등 여러 놈과 서로 체결한 일, 배를 구입

하라고 임가에게 400냥을 건넨 일, 고기 잡는 중국 배에 편지를 전한 일 등이 임성룡과 엄수 두 놈의 진술에서 드러났다. 네가 비록 백 개의 부리를 가졌더라도 어찌 한결같이 변명하며 무시하는가? 편지에서 전한 말은 어떤 일이고, 산천 그림은 모두 어느 곳에 두었느냐? 만일 다시 전과 같이 숨긴다면 반드시 엄한 형벌로 죽을 것이다. 모두 사실대로 말하여라.

우대건: 저의 내력은 기억나는 대로 이미 질문에 따라 말하였으며, 제가 조선에 온 이유 또한 단지 경치를 구경하고 천주교를 봉행하기 위함이라 말했습니다. 나라와 백성에게 해가 되는 일은 우리 교회에서 금하는 계명이니, 이는 의심할 것이 없습니다. 산천을 그린 것은 제가 좋아하는 버릇에서 나온 것인데, 이미 회오리바람 때문에 잃어버렸으니 번거롭게 질문하실 필요가 없습니다. 중국 배에 편지를 전달한 일은 집안 소식과 관련하여 상통한 것입니다. 그밖에 질문하신 것은 이미 고한 사람이 있으니, 그것처럼 알고만 계시면 되지 어찌 저에게 다시 물으십니까?
한 번 나고 한 번 죽는 것은 인간이면 면할 수 없는 것인데, 이제 천주를 위해 죽게 되었으니 도리어 이것은 제가 원하는 것입니다. 오늘 묻고 내일 물어도 오직 마땅히 이같이 대답할 뿐이요, 때리든 죽이든 또 마땅히 이같이 대답할 뿐입니다. 어서 빨리 때리고 어서 빨리 죽이십시오.

임성룡과 엄수로부터 밝힐 수 있는 사실은 더는 없어 보였고, 사건을 주도하고 무리의 우두머리인 중국인 우대건이 굳게 입을 닫았습니다. 이런 상황에서 죄인들을 계속 해주 감영에 붙잡아두고 있다가 그사이 무리의 잔당이 흩어져 숨어 버린다면 그 책임을 오롯이 황해 감사의 몫이 될 것이 분명하였습니다. 그러자 김정집은 서둘러 사건을 한양의 비변사와 포도청에 이관하였고, 이와 함께 임금에게 그동안 수사 성과와 사건의 엄중함에 관한 장계를 보냈습니다.

- 황해 감사 김정집의 장계

국경을 넘어왔고 천주교를 봉행한 것은 곧 나라에서 크게 엄금하는 것인데, 법망이 무너져 해이해지고, 사람으로서 지켜야 할 도리가 풀어 헤쳐짐으로써 외국 무리가 자취를 숨기고 출몰하며, 흉악한 무리가 제멋대로 화응하여 한양까지 잠입한 것이 여러 해가 되었습니다. 생각이 이에 미치니 어찌 마음이 서늘하지 않겠습니까?
우대건은 본래 지극히 간사한 성격이고, 또 지극히 요사하고 미혹된 술책을 지녔으며, 행색이 괴이하고 비밀스러워 속을 헤아릴 수 없으니, 안으로는 한 방에서 거처하면서 같은 곳에 있지만, 밖으로는 천 리까지 서로 얽혀 재물을 주고받습니다. 만일 세월이 오래 지나도록 방임하여 더욱 커진다면, 진실로 어떤 형태의 화기가 어느 곳에 숨어있을지 알지 못하겠나이다. 다행히도 지극하고 강건한 하늘의 이치가 밝혀져 흉악한 우두머리가 스스로 나와 체포 되었는데, 처음에는 내력을 발설하여 거의 단서를 얻을 수 있더니, 나중에는 추종하고 이끈 것을 숨겨 오히려 근본 소굴을 깨끗이 밝히는 데만 머무르게 되었습니다.

몰래 국경을 넘어온 것은 실로 어떠한 의도가 있었을 터인데, 모든 것을 경치를 구경하고 천주교를 봉행하는 데 귀착시키고, 숨겨 인도한 데는 반드시 그렇게 한 사람이 있을 것인데, 벙어리로 꾸몄다면서 이리저리 걸식하였다고만 하니 그 정절을 논하자면 아주 분통이 터지는 일입니다. 이 밖에 더욱 놀라 탄식할 일은 강촌 백성을 불러들여 돈을 주어 장사를 시키고, 그와 함께 배를 타고 곧바로 출범하였는데, 연해를 따라 일을 한 것은 자취를 감추려는 데서 나온 것이고, 상선을 지정한 뜻은 중국 배에 편지를 전하려는 데 있었습니다. 스스로 국경을 넘어와 천주교를 봉행하였고, 외국 선박과 서로 통함에 이르렀으니 이러한 죄에 하나만 해당해도 죽음을 피할 수 없을 터인데, 항차 두 가지를 모두 겸하여 지니고 있으니 무슨 말이 필요하겠습니까.

여러 가지 형구를 늘어놓고 반복하여 힐문하였으나 끝내 말하기를 '천주를 위하여 한 번 죽겠다.'고 하면서 끝까지 자백하지 않으니, 마땅히 중한 형벌을 가하여 기어이 사실을 알아내야 할 것인데, 외국 사람과 관련되었으니 처단하기가 어렵습니다. 국경을 넘어온 죄인은 일 자체가 가볍지 않으니, 의정부에 아뢰고 처분하도록 하십시오.

죄인의 진술 가운데 소공동 이 생원은 곧 우대건이 거처한 소굴의 주인인데, 잠시 체포하지 못하여 깊이 핵실^{覈實}하지 못하였고, 그 밖의 모든 놈은 각처에 흩어져 있습니다. 신의 영내에서 이제 방금 포졸을 보냈으나 나졸들이 소홀할까 염려되어 일체 기찰하여 체포하라는 뜻으로 좌우 포도청에 공문을 보냈고, 죄인의 집기 물건은 책으로 만들어 비변사로 올려보냈습니다.

황해 감사의 장계를 받은 헌종^{憲宗}은 다음과 같이 전교^{傳敎}하였습니다.

- 헌종의 전교

장계의 말을 보건대 이는 큰 변괴라. 기해년 천주교를 다스린 것이 오래되지 않았는데, 또 이렇듯 외국인으로 몰래 넘어왔으니 어찌 통탄하지 않은가? 필시 그를 끌어들여 머물도록 한 무리가 있을 것이니, 깊이 핵실할 방도를 의정부에 속히 아뢰고 처분하도록 하라.

임금의 전교가 있자 비변사에서 중국인 우대건을 비롯한 임성룡, 엄수를 한양의 포도청으로 압송하여 포도청에서 직접 수사할 것을 청하였고, 그 후 좌우포청에서 7명의 군관과 군사를 보내 죄인들을 칼과 수갑으로 채워 쉬지 않고 한양으로 압송하도록 하였습니다.

여기까지가 탁덕이 순위도에서 체포되어 황해 감사 취조 후 한양 포도청으로 압송되기까지 과정의 기록들입니다. 임성룡과 엄수의 취조 과정에서 소공동 남별궁 뒤편 우물가를 지나 두 번째 초가집인 탁덕의 은신처가 드러났고, 황해 감사는 즉시 관내 포졸들을 보냈습니다. 그러나 현석문이 한발 빨리 대처하여 그곳에 머무르거나 가끔 들러 탁덕의 시중을 들던 교우들은 미리 피할 수 있었습니다.

또 사건을 인계받은 포도청에서 우대건 은신처의 집주인을 조사해보니 그가 '이재영'이라는 사실을 밝혀졌습니다. 취조 과정에 정체를 밝힐 수 없었던 '소공동 이 생원'이 우대건이 머물던 집의 소유자인 이재영임을 알게 되었습니다. 하지만 진실은 그와 달랐습니다. 중국인 우대건으로 신분을 속인 김대건 신부가 백령도 인근의 바다로 간 이유와 체포된 과정은 이러했습니다.

은이에서 어머니와 부활절을 보낸 이후 경기와 충청 지역을 중심으로 사목 활동을 하던 탁덕을 어느 날 페레올 주교가 불렀습니다. 페레올 주교는 탁덕에게 특별한 임무를 내렸습니다. 페레올 주교가 중국에 머물 때 육로로 조선에 입국하는 것이 위험하다는 사실을 알고 그 무렵 부제였던 김대건을 혼자 조선에 입국시켜 서해 바닷길을 통한 새로운 해상 입국로 개척을 지시했습니다. 김대건 부제는 주교의 지시에 따라 작은 돛단배를 타고 무사히 상해까지 갔고, 그곳에서 페레올 주교와 다블뤼 신부를 태우고 다시 서해 바닷길을 따라 조선에 입국할 수 있었습니다.

비록 두 번의 항해를 성공리에 마쳤으나 하느님 도움이 없었다면 성공할 수 없었던 무모한 계획이었습니다. 중국에는 매스트르 신부와 최양업 부제 이외에도 조선을 선교지로 결정한 선교사들이 더 있었습니다. 하지만 적합한 입국로를 결정하지 못하고 입국을 미루고 있었습니다. 그래서 페레올 주교는 이후에 선교사들이 서해를 통해 조선에 입국할 때 조금이라도 안전하도록 김대건 신부에게 해상 입국로의 조사와 탐색을 지시하였습니다.

신부는 임무를 수행하려고 당시 조정과 관청에서 이용하던 조선 행정지도를 바탕으로 조선 지도를 하나 만들었습니다. 하지만 그 지도는 선교사들이 들어올 서해의 수많은 섬은 표시되지 않았습니다. 그래서 보다 세밀하게 보완한 조선 지도를 완성하고, 지도와 함께 서해를 통한 새로운 입국로의 계획을 상해의 파리외방전교회 본부에 전달하기로 했습니다.

5월 무렵에는 수많은 중국 어선들이 백령도 인근 바다로 몰려와 불법 조업을 했습니다. 신부는 지도를 완성하고 백령도 인근의 중국 어선을 통해 지도와 편지를 상해의 파리외방전교회 본부에 전달하고자 했습니다.

이 일은 김대건 신부의 복사 역할을 하던 이의창이 주도했습니다. 이의창은 소공동의 은신처가 자신의 집인 것처럼 행세하며 그곳을 거점으로 임성룡을 통해 배를 빌리고, 임성룡과 함께 배를 탈 사공도 구했습니다. 즉, 임성룡과 엄수의 문초 과정에서 등장했던 '소공동 이 생원'은 이재영이라는 가명을 쓰던 현석문이 아닌, 탁덕의 복사였던 이의창이었습니다. 이리하여 문초 과정에서 임성룡과 엄수가 실토한 대로 탁덕과 이의창 그리고 선주 임성룡을 비롯한 사공과 일꾼인 엄수, 김성서, 노언익, 안순명, 박성철 등 도합 8명이 마포나루를 떠나 연평도 인근 서해를 향해 떠나갔습니다.

마포나루에서 출발할 때 어선으로 위장하기 위하여 조기를 사서 실었습니다. 원래 계획은 순위도 항구에 도착하여 곧바로 되팔려고 했으나 사는 사람이 없었습니다. 그래서 생선을 순위도에 풀어놓고 선원 한 명에게 소금에 절여 말리게 하였습니다.

그 후 김대건 신부는 항해를 계속하여 소강, 마합, 터진목, 소청, 대청 등 여러 섬을 지나 백령도 근처에서 닻을 내렸습니다. 백령도까지 항해하는 동안 신부는 조선행정지도를 바탕으로 새로이 만든 조선전도에 서해 연안 섬들의 위치와 지명 등을 소상히 그려 넣었습니다.

그 무렵 연평 어장은 조기 떼로 넘쳐 중국 산둥에서 온 어선까지 몰려와 북새통을 이루었습니다. 신부가 백령도 인근에 도착하였을 때도 백 척가량의 중국 배가 불법으로 고기잡이를 하고 있었고, 섬의 높은 곳에서 포졸들이 그들을 감시하려고 보초를 서고 있었습니다.

김대건 신부는 야심한 밤을 이용해 중국 배들과 접촉을 시도하다가 그 가운데 한 어선에 올라 선장과 이야기를 나눌 수 있었습니다. 그리고 돈과 편지 봉투를 주며 상해의 프랑스 영사관으로 전달하도록 부탁했습니다. 편지 봉투 안에는 파리외방전교회 신부님들에게 보내는 편지와 그동안 조사한 황해도 해안의 섬과 암초 등 그밖의 주의점을 적은 설명서와 함께 조선 지도를 동봉했습니다.

그 후 일행은 성공적으로 일을 마치고 마포나루를 떠날 때 가져온 조기를 말리던 순위도로 돌아왔습니다. 그런데 조기가 다 마르려면 며칠 더 걸렸습니다. 그곳에서 시간이 지체되자 이의창은 7년 전 박해 때 맡겨둔 돈을 찾으려고 서둘러 뭍으로 돌아갔습니다.

이의창과 동행할 처지가 되지 못한 김대건 신부는 어쩔 수 없이 나머지 일행들과 조기가 마를 때까지 순위도에 남아있어야 했습니다. 물론 안전을 생각한다면 아직 덜 마른 조기는 버려두고 한시라도 빨리 떠나야 했지만, 교우촌에 끼니를 거르는 사람이 넘쳐나는데 멀쩡한 조기 39두름을 그냥 버리고 갈 수는 없는 노릇이었습니다. 사건은 그 후 발생했습니다. 그동안 신부의 일행을 유심히 지켜보던 순위도 군사들이 첨사 정기호의 명령을 받고 다가왔습니다.

"불법 조업하는 중국 배를 쫓아내려 하니 이 배를 잠시 빌려야겠소."

김대건 신부는 조선 사람들이 그를 양반으로 인식한다는 것과 양반의 배는 징발할 수 없게 한 조선의 법을 알고 있었습니다. 그래서 양반 행세하며 군사들의 무례한 태도를 꾸짖었습니다.

"사정은 알겠으나 양반의 배는 징발할 수 없다는 걸 모르는가? 우리 배를 빌려주면 내 체면이 뭐가 되겠는가?"

본토에서 멀리 떨어진 작은 섬의 오만한 군사들은 양반 행세하는 김대건 신부의 훈계 따위는 통하지 않았습니다. 그래서 그에게 욕을 퍼붓고 선주 임성룡과 엄수를 관아로 끌고 갔습니다. 관아에서는 첨사 정기호가 기녀들을 끼고 술을 마시고 있었습니다. 양반이라는 이유로 그의 명령을 따르지 않은 사실에 분개한 첨사는 잡혀 온 두 사람에게 겁을 주며 김대건 신부의 정체를 캐물었고, 첨사의 협박에 김대건 신부가 천주교를 믿는 중국인 양반라고 밝혔습니다. 그 후 첨사는 함께 술 마시던 기녀들까지 데려와 신부에게 덤벼들어 체포하고 포승줄로 결박한 후 옷을 벗기고 발길질과 몽둥이질을 하며 관아로 끌고 갔습니다. 그사이 다른 사공들은 현장에서 달아나 어두운 밤을 이용해 종선從船을 타고 순위도를 빠져나갔습니다. 그 후 사정은 앞서 기록한 황해 감사에게 보낸 첨사의 첩보와 황해 감사의 문초 내용과 같습니다.

   한편, 현석문의 빠른 대처로 한발 늦게 김대건 신부의 소공동 은신처를 급습한 포도청의 포졸들은 주변을 탐문하며 수사에 나섰습니다. 그러는 과정에서 안타깝게도 그때 짐을 옮겼던 짐꾼을 찾게 되어 새로운 은신처 위치를 알아냈습니다. 더욱 불행한 일은 하필 포졸들이 새로 이사한 은신처를 급습한 날이 현석문을 비롯한 당시 신부를 가까이에서 돌보았던 우술임, 김임이, 이간난, 정철염, 남경문 등의 교우들이 모여 대책 회의를 하기로 약속한 날이어서 모두 한꺼번에 체포되었습니다. 상황이 여기까지 전개되자 김대건 신부는 자기 일에 연루된 자들을 더 체포하지 말 것이며, 목숨 또한 해치지 않는다는 약속을 받은 후 자신이 10년 전 사제가 되기 위해 중국 마카오로 떠난 세 명의 조선 소년 가운데 한 명이며, 그 후 조선인 최초의 사제가 된 김대건 안드레아 신부임을 밝혔습니다.

한편 사건이 포도청으로 이관된 후 조정에서는 황해 감사에게 김대건 신부가 중국 배에 전달했던 편지들을 찾아내라는 엄명을 내렸습니다. 그리하여 해주 관아에서는 상선으로 위장하여 백령도 인근에서 불법 조업하던 중국 배들을 조사한 결과 신부에게 편지를 받은 중국 어선이 아직 인근 바다에 머문다는 사실을 알았고, 이윽고 그 배를 급습하여 김대건 신부의 편지를 압수하기에 이르렀습니다.

포도청 판관이 신부에게 라틴어로 쓴 편지 내용을 추궁하자, 신부는 교회에 해가 미치지 않을 내용만 번역해서 들려주었습니다. 판관이 조선 지도를 그린 이유를 묻자 그것도 취미 삼아 그렸다고 말했습니다. 이 과정에서 조정 대신들은 김대건 신부가 중국어와 라틴어와 프랑스어는 물론 서구 문명의 선진 학문에 능숙하다는 사실에 놀랐습니다. 그래서 나라에서 보관하던 영국에서 제작된 세계 지도의 번역과 지리개설서의 집필을 의뢰했습니다. 김대건 신부는 쇠사슬에 묶여 어두운 옥 안에 있으면서도 번역한 세계 지도에 채색까지 하여 헌종에게 바쳤습니다.

김대건 신부가 마카오에서 프랑스 선교사들에게 오랜 시간 서양 학문을 공부한 조선인 최초 사제라는 사실이 밝혀지자 조정 대신들 사이에서 그에 대한 의견이 분분했습니다. 외국인과 내통한 천주교 신자라는 점에서 극형의 처벌을 내려야 한다는 의견이 다수였지만, 헌종을 비롯하여 몇몇 대신은 그의 박식한 지식과 뛰어난 외국어 실력을 아까워했습니다. 그 무렵 박해의 주역이었던 풍양 조씨의 세도가 몰락하기 시작했습니다. 또 김대건 신부를 체포 압송했던 황해 감사 김정집도 관직을 박탈당하자, 조정 대신들 사이에서 신부를 구명하려는 움직임이 있었습니다. 그런데 이러한 분위기에 찬물을 끼얹는 사건이 발생했습니다.

에리곤호 함장이었던 세실이 프랑스 극동함대의 사령관이 되어 세 척의 군함을 이끌고 충청도 의연도에 나타났습니다. 그는 7년 전에 있었던 파리외방전교회 소속 앵베르 주교와 모방 신부, 샤스탕 신부 죽음의 책임을 묻는 문책서를 보내며 조선 조정을 압박했습니다. 그러자 조정에서는 세실과 깊은 인연이 있는 김대건 신부를 그에게 특사로 보내어 회유의 방법을 찾아보고자 했습니다. 만일 세실 사령관과 김대건 신부의 만남이 성과를 거두어 프랑스와 조선이 평화적으로 교류한다면 머지않아 천주교 박해도 그칠 것이고, 조선도 프랑스를 통해 서구 선진 문명을 일찍 받아들일 수 있을 것입니다. 그러나 한 줄기 희망은 오히려 더 큰 화근이 되었습니다.

프랑스 함대의 세실 사령관은 조선 조정에 보낸 문책서에 답변이 없자, 이듬해 다시 오겠다는 통보만을 남기고 이내 되돌아가 버렸습니다. 김대건 신부가 우려했던 가장 최악의 상황이 벌어졌습니다. 이럴 바에는 세실 선장은 조선에 오지 않느니만 못했습니다. 세 명의 선교사를 죽이고도 아무런 보복이 없자 겁에 떨던 조정 대신들은 오히려 득의양양해졌습니다. 마침내 영의정 권돈인은 다음과 같이 임금에게 아뢰었습니다.

이 일로 밖에서 두 가지 이론이 없는 것은 아니온데, 혹자는 '법을 집행하는 일에는 빠르고 늦음이 없으며, 오랑캐의 정황 또한 헤아리기 어려운 점이 많다.'라고 합니다. 이는 다가올 일을 기다려 동정을 살피고 법을 집행해도 늦지 않다는 것입니다. 이 또한 심원한 계책이라고 신도 생각하는 바이나, 다만 국체로서 보면 나라를 배반한 역자이자 사술의 수괴이니 생각건대 일각이라도 용서할 수 있겠습니까? 가령 나중에 의외의 일이 생기면, 김대건이 저 오랑캐와 함께 간과 위를 서로 잇고 있다는 것이 드러나 가릴 수 없을 것이니, 김대건을 가두어 둔다는 것은 다만 일후의 근심이 되기에 족할 따름입니다. 연석에 오른 대신과 여러 재상의 논의가 모두 다른 말이 없으니 김대건을 군문에 내보내 효수 경중하기를 청합니다.

권돈인과 조정 대신들이 연이어 신부의 처형을 주장하자 임금은 어쩔 수 없이 "그대로 따르라."라고 하교했습니다.

현석문, 우술임, 김임이, 이간난, 정철염, 남경문 등 그동안 신부를 모시던 교우들의 처형도 함께 결정되었습니다. 처형이 결정된 이들 가운데 매우 특별한 사연의 인물이 있었습니다. 김대건 신부가 백령도를 갈 때 탔던 배의 선주인 임성룡의 아버지 임치백이었습니다.

임치백은 천주교인이 아니었습니다. 단지 아들 임성룡이 체포되었다는 소식을 듣고 아들의 석방을 청하기 위하여 해주 관아에 찾아갔다가 즉시 체포되어 신부와 함께 한양 포도청까지 압송되었습니다. 임치백은 교인이 아니었으나 그의 아내와 아들은 천주교인이었습니다. 그래서 주위 교우들이 임치백에게 입교를 재촉하면 그는 "다음에 입교하지."라고 대답하며 세례받기를 미루었습니다. 천주교 신자는 아니었어도 그는 천주교인들을 존중하여 어려운 처지에 놓인 사람이 있으면 그들을 도와주는 것을 낙으로 삼았습니다. 심지어 가난한 천주교인 여러 명을 아예 자기 집으로 데려와 먹이고 재우며 함께 생활했습니다. 그러면서도 한사코 본인의 입교를 미룬 것은 하느님은 살아계시며 우리와 함께하심에 대한 어떤 확신을 지니지 못해서였습니다.

천주교 신자도 아닌데 아들 때문에 체포된 임치백은 김대건 신부와 함께 감옥살이하게 되었습니다. 신부는 임치백의 투옥이 하느님의 특별한 은혜라고 했습니다. 해주 감영에서 한양 포도청에 이르기까지 신부와 함께 하루하루 감옥살이를 이어가면서 임치백은 신비로운 체험을 하였습니다.

한양 포도청 감옥 환경은 매우 열악했습니다. 바닥에 깔린 썩은 거적에는 벌레들이 득실대고 주어지는 음식은 형편없었으며 그나마도 거르기가 일쑤였습니다. 문초를 받고 온 교우들은 모진 고문에 뼈가 부러지거나, 곤장과 매를 맞아 살갗이 터지고 벗겨져 피와 고름이 입은 옷을 흥건히 적셨습니다. 그러나 그들이 모여 있는 감옥 안에는 두려움이나 불안감이 아닌 고요한 평화가 가득했습니다. 임치백이 경험한 신비로운 체험이란 바로 감옥 안에서 느꼈던 고요한 평화였습니다.

김대건 신부는 어린 시절 겨울 숲속에서 얼어 죽은 어린 남매의 모습을 보면서 세상의 슬픔에 침묵하는 하느님을 원망한 적이 있습니다. 그때처럼 교우들이 극심한 고난을 받고 있지만 세상은 아무런 일도 일어나지 않은 듯 평상시와 똑같았습니다. 잔혹한 고문의 현장에는 따사로운 햇살이 쏟아졌고, 고통의 비명 너머 명랑한 새소리가 한가로이 들렸습니다. 임치백은 하느님이 그들의 고통에 침묵하고 있다고 생각했습니다.

우리는 어려운 일을 당할 때면 하늘을 올려다보며 기도를 합니다. 그러나 하느님은 우리가 바라보는 하늘에 계시지 않습니다. 하느님이 눈에 보이는 세상에 있다는 생각 때문에 하느님이 외면하고 침묵하고 있다고 사람들은 얘기합니다. 하느님은 눈에 보이지 않는 곳에 있습니다. 그러한 사실을 임치백도 깨달았습니다.

임치백이 감옥 안에서 체험한 고요함은 하느님으로부터 외면당한 우울하고 고독한 침묵이 아니었습니다. 오히려 그 반대였습니다. 감옥 안의 고요함 속에서 육체의 귀가 아닌 마음으로 들을 수 있는 하느님의 위로와 희망의 음성이 끊임없이 이어지고 있었습니다. 팔다리가 부러지고 피고름을 흘리면서 썩은 거적 위에 널브러져 있지만, 실제로 그들의 표정은 오히려 기쁨에 넘쳐있었습니다. 그들은 고요함 속에서 그들과 함께 있는 하느님을 느꼈습니다.

나는 수많은 교우의 순교 순간을 전해 듣고 그 기록들을 책으로 남겼습니다. 내 나름 나의 믿음에 확신을 지녔지만, 고문과 순교의 시간을 맞이하는 순교자들의 모습을 눈으로 직접 보고 또 전해 들으면서 늘 한 가지 의문이 있었습니다. 그들은 끔찍한 고통과 고난의 순간에도 두려워하지 않으며 고요한 평화를 유지하고 있었습니다. 한때는 그들이 그럴 수 있는 것은 남다른 신앙심 때문이라고 생각했습니다. 그런데 그게 아니었습니다. 그들도 인간이기에 고문의 고통과 죽음의 두려움을 왜 느끼지 않았겠습니까. 그래도 고요한 평화 속에서 그 순간들을 기쁨으로 맞이할 수 있었던 이유는 오직 하느님이 그들과 함께하셨기 때문입니다. 고통과 죽음을 고요한 평화 속에서 받아들이는 것보다 더 큰 기적이 어디 있겠습니까. 그러한 기적은 그들의 굳건한 의지와 믿음에서 비롯된 것이 아니라 그들 안에 계신 분이 스스로 그들에게 드러내었기에 가능했습니다.

임치백은 마침내 그동안 보지 못하고 느끼지 못한 하느님의 현존을 감옥 안의 고요한 평화 속에서 깨달았습니다. 그리고 그 자신도 고요한 평화 속에서 자신 안에 계신 분을 찾았습니다. 그의 마음속에 계신 분이 마침내 스스로 드러내신 것입니다. 그 후 임치백은 말로 표현할 수 없는 기쁨과 평화로 가슴이 벅차올랐습니다. 그동안 살아오면서 그가 알고 경험했던 수많은 사실 가운데 그때 경험했던 하느님의 현존보다 명확한 사실은 없었습니다. 아니 그가 경험한 하느님의 현존이야말로 유일한 진실이었습니다.

그 후 임치백은 김대건 신부에게 천주교 교리 배우기를 청하였고 그로부터 며칠 후 요셉이라는 세례명으로 세례식을 치렀습니다. 정작 신부와 관련하여 체포된 그의 아들 임성룡은 문초 과정에서 배교를 하였는데, 오랫동안 천주교인이 되는 것을 미루던 아버지 임치백은 결국 천주교인이 된 것입니다.

임치백은 한 때 그의 친지 교우들이 체포되자 그들을 구해보려고 스스로 포졸이 되기도 했습니다. 감옥에 갇힌 후 그의 동료였던 옥쇄장들이 그를 구해주기 위해 배교를 권고하였으나 임치백은 결연히 거절했습니다.

"나는 나의 대군 대부이신 하느님을 위해 죽기로 했네. 나는 이미 죽은 사람인데 어찌하여 죽은 사람에게 이다지도 말이 많은가? 그런 말은 아예 다시 말게."

임치백의 말에 옥쇄장들은 오히려 화가 나서 그를 거꾸로 매달고 매질을 했습니다. 그런 와중에서도 임치백은 그들에게 이렇게 말했습니다.

"자네들은 지금 송장을 때리는 거네. 자네들이 아무리 때려도 딴 대답은 하지 않을 테니 헛수고 그만하시게."

한번은 관원이 임치백을 문초하면서 교리를 배우는 중이라는 얘기를 듣고 십계명을 외워보라고 했습니다. 임치백은 아직 십계명을 외지 못했습니다. 그러자 관원이 십계도 외지 못하면서 어떻게 천국을 갈 수 있느냐고 비웃자 이렇게 대답했습니다.

"그러면 자식이 무식하다고 해서 부모에게 효도할 수 없는 것입니까? 무식한 자식들도 다른 사람들과 마찬가지로 부모께 본분을 다할 수 있습니다. 나는 비록 무식하나 하느님께서 우리 아버지라는 것은 잘 압니다. 이만하면 족한 것입니다."

화가 난 관원은 임치백에게 주리를 틀라고 명령하면서 신음 한 마디라도 내면 배교한 것으로 알겠다고 했습니다. 그러자 임치백은 고문을 받는 동안 한 마디 신음도 내지 않다가 결국 까무러치고 말았습니다.

임치백은 함께 감옥에 있던 교우들과 같은 날 참수형을 당했습니다. 고요한 평화 속에서 그의 마음에 스스로 드러내신 하느님은 그 후 내내 그와 함께 계시어 마지막 순간까지 고요한 평화 속에서 죽음을 맞이하도록 하셨습니다.

1846년 9월 16일.

한양 성문 밖에서 10리 정도 떨어진 새남터에 군사 한 중대가 조총을 들고 서 있었습니다. 얼마 후에 군관이 말을 타고 도착하자, 나팔 소리에 이어 도열했던 군사들이 허공을 향해 일제 사격을 했습니다. 김대건 신부의 처형 시간이 다가왔습니다.

앞선 편지에서 말했듯이 신부의 처형이 결정되고 나는 그와 함께 순교를 결심하였습니다. 그러나 신부가 나에게 소임을 맡기며 살아서 순교하기를 원했고, 나는 결국 그의 뜻을 따르기로 하였습니다. 나는 변장을 하고 신부가 갇힌 포도청 관아 근방에 있었습니다. 시간이 되자 관아의 문이 열리고 기다란 나무 채 두 개로 투박하게 만들어진 한 대의 가마가 보였습니다. 나무 채 가운데에는 짚으로 맨 자리가 있었고 그곳에 자색 겹 조끼를 입은 신부가 앉아 있었습니다. 신부의 두 다리는 가마의 두 막대기에 붙들려 매여있고, 두 손은 등 뒤로 묶여 있었으며, 머리털은 풀어져 가마의 의자에 묶여 있었습니다. 신부의 얼굴은 감옥에 있을 때와 마찬가지로 슬프거나 두려운 기색이 없었습니다. 그렇다고 순교의 화관을 받아 쓸 영광의 기쁨이나 열정 같은 것도 느낄 수 없었습니다. 오히려 마음에서 그의 존재 자체를 지워버린 듯 무심한 눈빛에는 공허감마저 느껴졌습니다.

새남터 형장으로 가는 동안 김대건 신부를 실은 가마 행렬은 당고개에서 한 번 멈추었습니다. 신부는 땀을 많이 흘렸습니다. 부르튼 입술이 바짝 말라 있어 몹시 갈증을 느끼는 것 같았습니다. 포졸들은 오히려 그런 신부를 조롱하듯 자기들끼리 물을 마시며 목을 축이다가 남은 물을 바닥에 버렸습니다. 그 광경을 보자 신부가 했던 말이 떠올랐습니다.

"나는 가끔 이 세상의 일들과 이 세상의 것들이 꿈처럼 여겨집니다. 인생의 허무함을 꿈에 비유하는 것이 아니라 실제로 이 세상의 일들과 이 세상의 것들이 잠자는 사람이 꾸는 꿈처럼 느껴집니다. 그래서 나에게는 이 세상에서 소중하게 여겨지는 것들이 그만큼 소중하게 생각되지 않습니다. 우리가 꿈에서 산해진미의 진수성찬을 먹더라도 꿈을 꾸는 사람은 꿈에서 먹은 음식으로 실제의 몸이 성장하거나 건강해지지 않습니다. 그는 진수성찬을 먹는 게 아니라 그저 잠자고 있을 뿐입니다. 그래서 나는 내가 깨어있는지, 아니면 잠을 자면서 꿈을 꾸고 있는지 늘 생각합니다. 만일 잠을 자며 꿈을 꾸고 있다면 어서 빨리 그 꿈에서 깨어나려고 합니다. 그래야 꿈이 아닌 실제 존재하는 우리를 양육시키고 갈증을 풀어줄 음식과 물을 먹고 마실 수 있으니까요."

처형장으로 향하는 가마에 손과 발과 머리카락이 묶인 채 타는 듯 갈증을 느끼던 신부는 그때에도 이 세상의 일들이 꿈처럼 느껴졌을까요. 꿈속 그의 육(肉)은 묶여 있고 목말라 하지만 실제 깨어있는 그의 영(靈)은 자유로우며 그의 입술은 달콤하고 시원한 생명의 물로 적셔져 있었을까요.

일행이 멈춰 선 곳 근처에 나무 한 그루가 있었고, 바람에 흔들리는 맨 꼭대기 가지에 새 한 마리가 위태로이 앉아 있었습니다. 신부는 나뭇가지에 앉아 있는 새를 한참 바라보았습니다. 나는 신부가 새를 보며 무슨 생각을 하고 있을지 알 것 같았습니다. 잠시 후 새는 나뭇가지를 박차고 창공을 향해 날아갔습니다. 나만의 착각일지 모르나 그때 신부의 부르트고 메마른 입가에 희미한 미소가 잠시 머무른 듯 느꼈습니다.

새남터에는 조선인 사제의 처형을 보기 위해 많은 사람이 몰려있었습니다. 대부분 사람은 마치 사당패 놀이라도 구경 나온 듯 들떠 즐거워했습니다. 처형장을 둘러싼 구경꾼들 사이사이에 눈에 익은 교우들 모습도 보였습니다. 그들은 행여 주변 사람이 천주교인임을 알아보고 포졸에게 일러바칠까 봐 긴장된 표정이었습니다. 그들 가운데 신부와 상해까지 함께 항해했던 선원들과 미리내 교우촌에서 신부와 만났던 17살 소년 이민식의 모습도 보였습니다.

마침내 신부를 태운 가마가 처형장 가운데로 들어오자 사람들은 자기들끼리 웅성대기 시작했습니다. 포졸들이 신부를 가마에서 끌어 내려 처형장 흙바닥에 무릎을 꿇린 채 앉혔습니다. 그러자 다시 한번 총소리가 날카롭게 들리면서 형장은 일순 정적이 감돌았습니다. 이어 군관이 처형장을 둘러싼 구경꾼들을 향해 결안문結案文을 읽어 내려갔습니다.

"외국인과 내통하여 나라를 배반한 역자이자 나라에서 금지한 사교邪敎의 수괴인 죄인 김대건을 사형에 처한다."

군관이 결안문을 읽자 군사들이 신부를 처형대로 옮기려고 다가왔습니다. 이때 신부는 있는 힘을 다해 군중을 향해 소리쳤습니다.

"여러분들은 내 말을 잘 들으십시오!"

갑작스러운 돌발 상황에 신부에게 다가오던 군사들이 멈춰 서서 군관의 눈치를 살폈습니다. 다행히 군관은 그대로 내버려 두었습니다. 신부는 마지막 남은 힘을 다 쏟아 처형장을 둘러싼 군중을 향해 말을 이어갔습니다. 그의 최후 변론이자 마지막 강론이었습니다.

"나는 내 조국을 배반하지 않았습니다. 내가 외국인과 교섭한 것은 하느님의 사랑과 하느님이 하신 희망의 약속을 이 땅의 백성들에게 전하기 위해서였습니다. 내가 믿는 종교는 사악하지 않습니다. 우리 모두 하느님의 자식입니다. 그러므로 하느님을 따르고 공경하는 것이 자식 된 마땅한 도리입니다. 또 우리 모두 다 같은 하느님의 자녀이므로 이웃을 내 몸처럼 사랑해야 합니다. 이것이 내가 믿는 천주교의 가장 으뜸 된 두 가지 교리입니다. 이제 내 생애 마지막 순간이 다가왔습니다. 세상에 목숨보다 더 중요한 것이 어디 있겠습니까. 나는 내가 한 말이 진실임을 증명하기 위하여 죽음을 선택합니다. 죽음만이 내가 아는 진실을 여러분에게 전할 수 있는 마지막 방법이기 때문입니다. 나는 하느님으로부터 태어났으니 하느님을 위해 죽는 것입니다. 하느님은 영원한 생명이십니다. 하느님이 지금 나와 함께 하시니 이제 나에게도 영원한 생명이 시작되려고 합니다."

신부의 외침에 처형장은 고요해졌습니다. 군관이 눈짓하자 군사들이 다시 탁덕에게 다가와 신부의 옷을 반쯤 벗겼습니다. 그리고 두 명씩 짝을 지어 좌우로 서더니 그의 양쪽 귀를 화살로 뚫었습니다. 화살촉이 관통한 귀에서 철철 솟아나는 붉은 피가 신부의 목과 양쪽 어깨에 흘러내렸습니다. 이어서 군사들은 신부의 얼굴에 물을 뿌리더니 그 위에다 흰 횟가루를 한 줌 뿌렸습니다. 화살에 뚫린 귀에서 흘러내리는 피가 온몸을 붉게 물들이고, 얼굴에 흰 횟가루가 뿌려진 신부의 모습은 사악한 괴물처럼 흉측하기 그지없었습니다. 그런데 왜 나는 그런 그의 얼굴이 아름답고 거룩하게 느껴졌을까요. 아마도 그의 얼굴을 아무리 피와 회칠로 뒤덮었어도 그의 눈빛은 가릴 수 없었기 때문일 것입니다. 그 후 군사들은 손과 발이 묶인 신부의 겨드랑이에 기다란 몽둥이를 꿰어 어깨에 멘 채 처형장을 둘러싼 군중 앞으로 한 바퀴 돌았습니다. 오래전 유대 땅에서 죄 없는 이를 십자가에 못 박아 매달아 놓고 사람들이 그를 조롱했듯, 구경꾼들은 이번에도 죄 없는 청년을 조롱했습니다.

"너의 아버지가 하느님이라면 아버지한테 살려달라고 빌어봐라! 그럼 살려줄 거 아니냐!"

"네놈은 아비한테 버림을 받았구나!"

김대건 신부는 16살에 중국을 향해 떠나는 것을 시작으로 수많은 길을 걸었습니다. 이제 그는 그가 선택한 마지막 길을 가고 있었습니다. 구경꾼들 사이에 숨어있던 교우들은 처참하고 비참한 몰골의 신부를 차마 볼 수 없어 고개를 돌렸지만, 나는 조선인 최초의 사제가 마지막으로 선택한 길을 가는 모습을 똑똑히 바라보았습니다.

처형장을 한 바퀴 돌린 후 군사들은 목을 자를 형틀이 놓여있는 곳에 신부를 내려놓았습니다. 화살이 꽂힌 양쪽 귀에서는 여전히 피가 흐르고, 얼굴에 뿌려진 횟가루와 땀과 흙먼지가 뒤엉킨 얼굴의 신부는 천천히 허리를 펴고 앉아 자신을 둘러싼 처형장의 구경꾼들을 바라보았습니다. 더러 갓을 쓰고 도포를 입은 양반들도 보였지만, 대부분 가난한 백성들이었습니다. 구경꾼들의 얼굴과 행색에 저마다의 삶의 고통과 궁핍함이 그대로 드러나 있었습니다. 그들의 부모도 그러하였고, 그의 조부모들도 그리 살았으므로 그들은 가난과 차별에 의한 고통을 당연히 받아들였습니다. 그러니 그들로서는 자신들이 하느님의 자식이라는 말이 온전히 믿길 리가 없었습니다.

김대건 신부는 구경꾼들 한 명 한 명을 바라보며 그들과 시선을 마주했습니다. 무슨 이유에서인지 의금부 군관은 처형을 서두르지 않고 신부에게 마지막 시간을 충분히 주었습니다. 어쩌면 그의 죽음을 안타깝게 여겼던 이들 가운데 한 명이었을지도 모르지요. 낄낄대며 비웃던 구경꾼들도 신부와 시선을 마주치자 웃음기가 가시며 긴장하였습니다. 양쪽 귀에서 피를 흘리고 얼굴에 회칠한 사형수와 눈이 마주치자 무서운 생각이 들었을지도 모릅니다. 그러나 그들은 신부의 시선을 무섭게 느끼지는 않았습니다. 그들을 바라보던 신부의 눈에서 눈물이 흘러내렸습니다. 체포되고 처형장에 오기까지 단 한 번도 의연함을 잃지 않았던 신부가 처음으로 눈물을 보였습니다. 그의 눈물은 곧 다가올 자기의 죽음이 두려워서도 아니고, 젊은 나이에 생을 마쳐야 하는 자신의 처지를 슬퍼해서 흘리는 눈물도 아니었습니다.

김대건 신부는 이 세상에 남겨진 가난하고 고통받는 백성들을 향한 측은함과 안타까움으로 슬펐습니다. 그들을 사랑하며, 그들의 고통을 위로하고, 그들을 위하여 영원한 천상의 복을 준비하고 계신 하느님이 언제나 그들과 함께 있음을 모르는 순박하고 어리석은 백성들을 홀로 남겨두고 떠나는 것이 슬펐을 것입니다. 신부와 시선이 마주친 구경꾼들은 그가 흘리는 눈물이 이제 곧 죽을 자기 자신 때문이 아니라 살아있는 그들을 불쌍히 여기며 흘리는 눈물이라는 것은 알았을 것입니다. 조롱하며 웅성대던 소리는 사라지고 처형장에는 무거운 침묵이 흘렀습니다.

이윽고 의금부 도사는 군사들에게 형 집행을 지시했습니다. 군사들은 신부의 머리채를 새끼로 매었습니다. 그리고 땅에 창을 꽂고 창 자루에 뚫린 구멍에 새끼줄을 꿰어 반대쪽에서 그 끝을 잡아당기자 신부의 머리가 번쩍 들렸습니다. 신부는 눈을 뜬 채 하늘을 바라보았습니다. 신기하게도 땅의 일에 언제나 무심하기만 했던 하늘도 변화가 생겼습니다. 맑았던 하늘에 어느샌가 검은 구름이 잔뜩 끼어있었습니다.

잔뜩 흐린 하늘을 바라보는 신부의 눈빛은 가마에 실려 포도청 감옥에서 나올 때처럼 스스로 존재 자체를 지워버린 듯 무심하고 공허하여 오히려 태연하게 느껴졌습니다. 그때 나는 신부가 김가항 성당에서 사제 서품을 받을 때 페레올 주교가 했던 말이 떠올랐습니다.

"하느님은 세상에서 찾아지는 것이 아니라 내 안에서 발견하는 것입니다. 하느님은 처음부터 우리와 함께 계십니다. 그러므로 사제가 된다는 것은 내가 이 세상을 사는 것이 아니라, 나는 죽고 내 안의 하느님이 살게 해야 하는 것입니다."

그렇습니다. 길지 않은 시간이었지만 김대건 신부와 함께 보낸 시간 속에서 한결같이 내가 느낄 수 있었던 것은 인간 김대건은 없고 하느님의 자식 김대건만 있었다는 것입니다. 이 세상에 살아가는 인간 김대건은 사제가 되면서 이미 죽었습니다. 그러니 그에게 있어 새남터에서의 처형은 이미 오래전 죽은 자의 목을 베는 정도의 사사로운 일이었을지도 모릅니다.

군사들이 신부의 목을 칠 준비를 끝내자 칼을 든 열두 명의 망나니가 다가왔습니다. 그들을 본 김대건 신부는 마치 오래전부터 알고 지내던 이들처럼 자연스레 말을 건넸습니다.

"내 자세가 어떠냐? 이렇게 하면 제대로 칠 수 있겠느냐?"

신부의 태연한 태도에 오히려 망나니가 당황했습니다. 망나니는 얼떨결에 신부의 자세를 고쳐주자 신부는 그대로 따르며 마지막 말을 하였습니다.
　"됐다. 나는 준비가 됐으니 이제 치거라."
　이윽고 둥-둥- 북소리가 울리기 시작하자 첫 번째 망나니가 칼을 높이 쳐들고 신부의 목을 향해 내려쳤습니다. 칼이 내리쳐진 자리에서 피가 솟구치고 밧줄에 묶인 그의 몸은 푸드덕거리며 발작을 일으켰습니다. 목은 떨어지지 않았으나 신부의 목숨은 그때 이미 끊어진 것 같았습니다. 그러나 망나니들은 연이어 달려들어 기어코 목이 몸에서 떨어질 때까지 칼을 내려쳤습니다. 두 번째, 세 번째, 네 번째··· 여덟 번째 칼을 받고서야 신부의 목은 몸에서 떨어져 밧줄에 매달리고 몸은 그 자리에서 고꾸라졌습니다.

　처형이 끝나자 처형장은 깊은 침묵에 빠졌습니다. 처음 처형장에 도착했을 때 들뜬 분위기였던 구경꾼들은 침울한 표정으로 입을 굳게 다물고 있었습니다. 망나니들은 교대로 한 번씩 칼을 내려쳤을 뿐인데 거친 숨을 몰아쉬며 유난히 힘들어했습니다. 군관도 지치고 힘들어 보였습니다. 처형이 끝났음을 선언하지 않고 멍하니 신부의 머리와 몸뚱이를 바라보았습니다. 잘린 목에서는 여전히 붉은 피가 철철 흘러나왔습니다. 그때 하늘 가득 뒤덮였던 검은 구름에서 빗방울이 떨어지기 시작했습니다. 그러자 군관은 처형이 끝났음을 선언하였고, 망나니들도 처형장을 떠나기 시작했습니다. 망나니가 들고 있던 칼에는 여전히 신부의 피가 묻어있었고, 그 위로 빗방울들이 떨어졌습니다.

빗방울은 점점 더 굵고 거세졌습니다. 군사 한 명이 바닥에 박아 놓은 창끝과 연결된 밧줄을 풀자 밧줄에 머리카락이 묶여 있던 신부의 머리가 흙바닥에 떨어졌습니다. 얼굴에 뿌려진 횟가루들이 지워지면서 빗물에 눈을 감고 있는 신부의 얼굴이 드러났습니다. 잘린 목에서 뿜어 나온 붉은 피는 빗물과 함께 땅속 깊이 스며 들어갔습니다. 군사 몇 명이 삽을 가지고 와 그 자리에 웅덩이를 파기 시작했습니다. 젖은 땅이라 웅덩이는 쉽게 파였습니다. 그곳은 신부의 육신이 묻힐 자리였습니다. 국법에는 죄인들의 시신은 3일 동안 형장에 버려두었다가 그 후 친지들이 시체를 가져갈 수 있었습니다. 그러나 김대건 신부의 시신은 사형을 당한 바로 그곳에 묻고 아무도 가져갈 수 없게 하였습니다.

신부의 육신이 묻힌 곳을 지킬 군사 4명만 남기고 나머지 군사들은 처형장을 떠났습니다. 구경꾼들도 비를 피해 서둘러 모두 떠났습니다. 나를 비롯한 몇 명의 교우들은 처형장 근처 나무와 바위 뒤에 몸을 숨기고 이 모든 광경을 지켜보았습니다. 우리는 처형이 끝난 후 신부의 육신을 몰래 수습하려고 다음 날 새벽까지 기회를 엿봤지만, 시신을 지키는 군사들이 자리를 뜨지 않아 그럴 수 없었습니다.

다음 날도, 다음 날도 계속 찾아와 기회를 엿보았으나 군사들의 경비는 허술해지지 않았습니다. 그렇게 한 달이 지났습니다. 그동안 미리내 소년 이민식은 하루도 빠짐없이 신부가 묻힌 곳을 찾아와 기회를 기다렸습니다. 40일째 되는 날, 군사들의 경비가 허술해지면서 마침내 기회가 생겼습니다. 우리는 군사들이 자리를 비운 틈을 이용해 준비해 온 삽으로 땅을 파고 신부의 육신을 수습할 수 있었습니다. 시신은 이민식의 선산이 있는 미리내로 모시기로 했습니다. 몸은 이불에 한 번 싸서 거적으로 말아서 지게 위에 실리고, 잘린 머리는 보자기에 쌌습니다. 이민식은 시신이 실린 지게를 지고 보자기에 싸인 머리를 품에 안고 늦은 밤을 이용해 미리내를 향해 떠났습니다. 사람들의 눈을 피하려고 낮에는 산에 숨어있다가 인적이 없는 밤에만 이동했습니다. 이민식은 며칠 밤을 걸어서 그의 첫 번째 목적지에 도착하였습니다. 그곳은 신부의 어머니가 계신 은이였습니다.

김대건 신부가 조국에 돌아온 후 어머니를 찾아 은이 공소로 왔을 때, 어머니는 그때의 만남이 마지막이 될 것이라 예감했습니다. 하지만 헤어지고 불과 몇 달만에 죽음을 맞이할 것이라고는 생각지 않았습니다. 아들이 신부 수업을 떠날 때부터 어머니는 아들의 생사에 초연해야 했습니다. 산 사람을 죽은 사람처럼 생각하는 것과 그 사람이 실제로 죽는 것은 다릅니다. 그것도 자기 배에서 키워 낳은 자식의 경우라면 마음속으로 천 번 만 번 이미 죽은 자식이라고 다짐한들 실제로 자식이 죽음을 맞이했을 때의 아픔은 마찬가지입니다.

'주님의 뜻이오니 그대로 제게 이루어지소서.'

신부의 체포 소식을 듣고 어머니는 성모님의 순종의 기도를 수천

번을 되뇌어도 고통은 그대로였습니다. 입으로는 순종의 기도를 외고 있으나 실제 마음속으로는 '차라리 나의 목숨을 드릴 테니 재복의 목숨은 지켜 주십시오.'라고 기도했습니다.

이민식이 은이 공소에 도착하자 미리 소식을 전해 들은 교우들과 어머니는 공소에서 기다렸습니다. 공소 앞에 평상을 하나 놓고 그 앞에서 사람들은 신부의 시신을 맞이하였습니다. 교우들은 거적에 싸인 신부의 몸을 조심스럽게 평상 위에 누이고 보자기에 싸인 머리는 몸에서 잘린 부분에 맞추어 나란히 놓았습니다. 특별한 의식은 없었습니다. 11월 늦가을 찬바람을 맞으며 사람들은 시신 앞에서 조용히 기도를 드렸습니다. 몇몇 사람은 벅차오르는 슬픔을 이기지 못하자 얼른 자리를 피해 공소 안으로 들어가 소리죽여 남은 눈물을 흘렸습니다.

교우들이 기도를 드리는 동안 어머니는 평상 위에 놓인 시신을 바라보고만 있었습니다. 보자기와 거적으로 가려져 있으나 어머니의 눈에는 몇 달 전 만났던 아들의 모습 그대로 누워있는 것처럼 보였습니다. 그의 영혼이야 훗날 하늘나라에서 다시 만날 수 있겠지만, 어머니의 몸에서 키우고 어머니가 낳은 육신과는 마지막 이별을 나누어야 했습니다. 어머니는 천천히 평상 쪽으로 걸어갔습니다. 그리고 평상 위로 올라가 시신 앞에서 가지런히 무릎을 꿇고 앉았습니다.

"좋은 나라에서 다시 만납시다. 그곳에서는 헤어지지 맙시다."

김대건 신부가 순교한 후 조선의 교우들 사이에서는 한 장의 편지가 돌아가며 읽혀졌습니다. 조선 최초의 사제 김대건 안드레아 신부가 순교하기 전 감옥에서 교우들에게 남긴 편지였습니다. '사제로부터 온 편지'는 교우들이 필사하여 돌려 읽거나 어떤 교우는 편지를 통째로 외워 다른 교우들에게 전하여 그의 편지를 받아보지 못한 교우들은 아마도 없을 것입니다. '25년 25일'이라는 짧은 인생의 여정 속에서 그의 피와 땀으로 쓰인 그의 마지막 편지였습니다. 나도 사제로부터 온 편지를 필사하여 항상 몸에 지니고 다녔습니다.

"사랑하는 형제들이여! 생각하고 또 생각해 봅시다.
하느님께서는 천지 만물을 창조하시고 우리를 당신의 형상으로 만들었습니다. 세상의 일이란 참으로 허무하고 슬픔에 잠길 뿐입니다. 만일 슬프고 허무한 세상에서 우리가 하느님의 자식임을 알지 못한다면 태어난 보람도 없고 살아야 할 이유도 명분도 없을 것입니다.

사랑하는 형제들이여! 생각하고 또 생각해 봅시다.
이 세상은 영원한 생명이신 하느님의 밭이고, 우리는 하느님이 뿌리신 생명의 씨앗입니다. 그리고 하느님께서는 은총의 거름을 베푸시고, 스스로 목숨을 내어주는 큰 사랑으로 우리를 키우셨습니다. 그런데 우리가 한평생 살아가면서 생명의 알곡을 맺지 못하고 허무한 빈껍데기만 남긴다면 어찌 되겠습니까. 농부이신 하느님은 생명의 알곡은 소중히 거두어들이겠지만, 허무한 빈껍데기는 불길에 던져 허무한 재로 사라질 것입니다.

사랑하는 형제들이여! 생각하고 또 생각해 봅시다.
우리의 목자 예수께서는 이 세상에 오시어 양 떼를 위하여 친히 고난을 받으셨습니다. 하느님의 자녀가 되고자 하는 수많은 이들이 환란을 당했습니다. 환란을 겪는 이들의 마음에 어찌 애통함이 없으며 서러움이 없겠습니까. 그러나 주님께서 작은 털끝이라도 모르심 없이 돌보신다고 하셨으니, 지금 우리가 겪는 어려움 또한 주의 뜻이 아니고 무엇이겠습니까.
이렇게 황황한 시절을 당할수록 우리는 온 힘과 용맹을 다하고, 서로 참아 돌보고, 불쌍히 여기며, 사랑으로 하나가 되어, 우리의 참 생명은 하느님 안에 있음을 세상에 증거해야 합니다. 부디 좋으신 하느님께서 준비해 놓은 좋은 나라에서 다시 만나 영원한 기쁨을 함께 누리기를 바랍니다."

꿈속의 꿈

　난정은 오랫동안 숙였던 허리를 꼿꼿이 펴고 허공을 바라보았다. 이제 생명을 다해가는 호롱불이 간신히 어둠을 밀어내며 방안은 어둠과 빛이 뒤엉켜 있었다. 그녀의 시선은 허공 어딘가에 고정되어 있었지만 아무것도 보고 있지 않았으며 아무런 생각도 들지 않았다. 별당의 난정 이외에 또 한 명의 난정이 있었다. 그녀는 사방으로 끝이 보이지 않는 너른 광야 한가운데 홀로 서 있었다. 편지를 다 읽은 후 난정은 주위의 모든 것이 낯설었다. 그 가운데 가장 낯선 것은 광야 한가운데 있는 자기 자신이었다. 분명 난정이었지만 난정이 아니었다. 난정은 아늑한 돌담으로 둘러싸인 별당에 있던 난정만 알고 있었다. 그렇다면 광야 한가운데 외로이 서 있는 난정은 누구인가? 그런데 너른 광야의 난정이 도리어 별당의 난정에게 물었다.

　"너는 누구인가?"

별당의 난정은 무기력하게 그 질문을 고스란히 받아들여 스스로 되물었다.

"나는 누구인가?"

광야의 난정은 다시 별당의 난정에게 물었다.

"너는 어디에서 왔으며 그토록 애쓰고 수고하며 어디로 가려 하는가?"

이번에도 별당의 난정은 스스로 되물었다.

"나는 어디에서 왔으며 그토록 애쓰고 수고하며 어디로 가려 하는가?"

광야의 난정은 슬퍼하였고, 별당의 난정은 두려워했다. 슬픔과 두려움…. 모든 것은 거기에서 시작되었다. 육의전 앞 골목에서 낯선 사내에게 보따리를 건네받았을 때부터 난정은 슬프고 두려웠다. 슬픔과 두려움은 편지를 읽는 내내 반복되었다. 슬픔은 늘 그리움과 함께 했다.

처음 난정은 슬픔과 그리움의 대상이 부모님과 어릴 적 행복했던 시간이라고 생각했다. 그러나 그게 아니었다. 그 대상은 또 다른 자기 자신이었다. 감추고 외면했던 광야의 난정이었다. 이유는 두려움 때문이었다. 모든 두려움의 근원은 죽음이었다. 어머니와 아버지처럼 비참하게 죽을지도 모른다는 두려움이었다. 난정은 그렇게 죽기 싫었다. 어떻게든 악착같이 살아남고 싶었다. 왜 살아야 하는지, 어떻게 살아야 하는지는 생각해 본 적이 없다. 오직 살아남는 것만이 그녀가 태어난 이유이고 생^{生}의 목적이었다.

이제 얼마 후면 하인들이 하나둘 깨어나 매일 반복되는 일과를 시작할 것이다. 대감도 깨어 아침 식사를 한 후 난정을 찾을 것이다. 이제는 정말 시간이 없었다. 하지만 난정은 슬픔과 두려움 사이에서 별당의 난정과 광야의 난정 사이를 오가고 있었다. 발치에 밤새 읽었던 편지들이 어지러이 흩어져 있었다.

만일 달래가 육의전 골목에서 일어난 일들을 모두 알고 있고, 그 사실을 대감에게 말을 했다면 어떻게 할 것인가. 집으로 오는 길에 편지를 버렸다고 거짓말을 하고 편지 보따리를 계속 숨기고 있을 것인가? 아니면 사실대로 고하고 대감에게 용서를 구할 것인가? 만일 달래와 대감이 육의전 골목에서의 일을 모른다면 또 어떻게 할 것인가? 편지를 쓴 남자의 간절함을 받아들여 편지의 수신자인 글라라를 찾아 편지를 전해 줄 것인가? 아니면 편지를 불태워 없애버리고 아무 일도 없었던 듯 예전처럼 살아갈 것인가?

발치에 흐트러진 편지들도 난정의 생각에 따라 사나운 이빨을 드러낸 호랑이가 되었다가 강보에 싸여 버려진 위태로운 아기가 되었다. 결정을 서두르던 난정은 지난 밤 별당 방문 앞에서 한참 동안 서 있다가 돌아갔던 대감이 떠올랐다. 순간 편지 뭉치는 호랑이가 되어 난정에게 달려들더니 덥석 목을 물었다. 숨이 막혔다. 살아남아야 한다는 공포심에 벌떡 일어났다. 그리고 방바닥에 흐트러진 편지들을 아무렇게나 꿍쳐 보자기에 쌌다.

밖은 여전히 어두웠다. 난정은 조심스레 밖을 살펴보았다. 안채에서는 아직 인기척이 없었다. 난정은 편지 뭉치를 싼 보따리를 들고나와 별채에 군불을 넣은 아궁이로 갔다. 아궁이에 아직 온기는 남았지만 장작은 모두 타버려 불길은 보이지 않았다. 아궁이 옆 쇠꼬챙이를 들고 잿더미를 들추자 꺼지지 않은 작은 불씨가 보였다. 난정은 보따리를 풀어 편지 한 장을 불씨에 가져갔다. 아궁이에 들이민 손이 떨렸다. 편지에 불길이 옮겨붙자 가슴 한쪽이 아파 왔다. 불길이 피어오르자 손에 잡히는 대로 편지를 아궁이 속으로 쑤셔 넣었다. 한꺼번에 편지를 넣는 바람에 아궁이 안에는 불길은 보이지 않고 연기만 가득 피어났다. 난정은 아궁이 밖으로 새어 나온 연기 때문에 눈물이 났다. 그래도 미동도 없이 계속 앉아 있었다. 잠시 후 편지 뭉치에 불꽃이 피어오르며 연기는 덜해졌지만 난정은 더 많은 눈물을 흘리며 불타는 편지에서 시선을 떼지 않았다.

편지를 태우던 불길은 광야 위의 난정도 함께 태웠다. 편지와 함께 재가 되어 사라지고 있었다. 난정이 눈물을 멈추지 못한 이유도 그 때문이었다. 무엇이 그녀를 두렵게 했는지 그제야 알 수 있었다. 불길이 가라앉고 재로 변한 편지들의 흔적을 보면서 난정은 무언가 큰 잘못을 저지른 것 같았다. 한 남자가 목숨을 걸고 지키려 했던 편지를 불에 태워 없애버렸기 때문이 아니었다. 무슨 잘못인지도 모르면서 용서를 빌고 싶었다. 용서를 빌 대상이 바로 자기 자신임은 더욱 몰랐다.

아침 식사를 마친 대감이 난정을 불렀다. 난정은 대감이 마실 숭늉을 들고 사랑방으로 들어갔다. 신기하게도 난정의 마음은 편안했다. 만일 난정의 추측대로 달래가 육의전 앞 골목에서의 일을 모두

보았고, 그 사실을 대감에게 말했다면 난정은 순순히 인정하고 그간의 일들을 대감에게 털어놓을 작정이었다. 그 뒤에 벌어질 일들에 대해서는 생각하지 않았다. 저항이나 변명 없이 대감이 내리는 처분을 순순히 받아들이기로 했다. 진주 기방에 들어간 이후 살아남는 일에 이런 식으로 허술하게 대처하기는 처음이었다.

난정을 맞이한 대감은 평소와 다르지 않았다. 난정이 올리는 숭늉을 한 모금 마시고 난정을 바라보며 옅은 미소를 지었다. 미소 이면에 어떤 생각을 숨기고 있는지 알 수 없었다. 난정도 평소와 같이 대감 앞에 다소곳이 앉아 있었다. 다만 이전 같으면 대감의 미소에 난정은 더욱 다정한 미소로 답을 했겠지만 그날은 시선을 피해 고개를 숙였다.

"잘 잤느냐?"

대감은 숭늉 그릇을 내려놓으며 아침 인사를 건넸다.

"예."

편지를 태운 후 대감과의 대면을 준비하기 위해 세수를 하고 얼굴을 단장했지만, 밤을 꼬박 새운 데다 아궁이 앞에서 한참 울어서 눈두덩이 부어있었다.

"얼굴이 상해 보이는구나. 무슨 일이라도 있었느냐?"

진심으로 걱정해서인지 아니면 마음을 떠보기 위해 하는 말인지 알 수 없었다. 대감은 지난밤 달래에게 들었던 이야기를 난정에게 직접 듣기를 바라는지도 모른다. 대감의 질문을 받고도 난정의 마음은 여전히 편안했다. 다만 무슨 얘기를 어디에서부터 어떻게 해야 할지 잠시 정리할 필요는 있었다. 그래서 잠시 머뭇거리는데, 대감이 먼저 자신의 질문에 대한 답을 난정에게 들려주었다.

"달래에게 얘기를 들었다."

난정의 추측이 맞았다. 이미 예측하고 각오하였던 상황이라 놀라거나 당황하지 않았다.

"육의전에 놀러 갔다가 비단신이 망가졌다고? 그깟 비단신 때문에 마음까지 상해서야 되겠느냐? 얼굴색을 보니 울기도 하고 잠도 설친 모양이구나. 조만간 그보다 더 곱고 귀한 비단신을 다시 구해 줄 것이니 기분을 풀거라."

난정은 고개를 들고 대감을 바라보았다. 어이가 없었다. 영문도 모르게 왈칵 눈물이 쏟아졌다. 대감은 갑자기 울음을 터뜨리는 그녀를 철없는 애첩의 투정으로 생각하며 손을 잡아끌어 옆에 앉혔다. 대감의 품에 안긴 난정은 아궁이에 불타던 편지를 떠올리며 더욱 서럽게 울었다.

그로부터 일주일이 지났다. 일주일 동안 난정은 온통 편지 생각뿐이었다. 한 번 읽었을 뿐인데 구절구절이 생생하게 떠올랐다. 김대건 신부의 마지막 회유문의 첫 문장처럼 난정은 편지의 구절들을 떠올리며 생각하고 또 생각해보았다. 생각은 하였지만 변화된 것은 없었다. 생각은 변화의 시작일 뿐이다. 결국 모든 것은 예전 그대로였다. 별당 담장 옆에 심어진 개복숭아 나무는 아직 새순이 돋지 않았고, 차가운 바람이 나뭇가지를 흔들고, 가끔 이름 모를 새 한 마리가 날아와 지저귀었고, 달래 어멈은 장독에서 된장을 폈다.

  변한 것도 있었다. 한양 서소문 밖 넓은 공터가 오랜만에 쓰임이 생겼다. 아침 일찍 군사들이 모여들었고 총소리가 들리고 의금부 도사 이상윤이 말을 타고 도착했다. 얼마 후 죄수들을 태운 달구지가 도착했다. 죄수는 모두 세 명이었다. 그들 가운데 난정에게 편지를 건넸던 초로의 남자도 있었다. 포도청 포졸들이 전하는 말에 의하면 천주교 관련 서적들을 인쇄하여 전국에 퍼뜨렸던 최형이라는 이름의 남자는 지금껏 누구보다도 극심한 고문과 매질을 당해 취조 도중 여러 차례 실신하여 감옥으로 옮겨졌다고 했다. 그럼에도 추문 때마다 배교의 뜻이 없음을 힘주어 밝혔고, 공모자나 조력자의 이름을 대지 않았다. 포도청에서는 그가 마지막으로 집필하려던 책에 관해서도 엄하게 추궁하였으나 끝까지 입을 다물었다.

  달래는 처형장 구경을 다녀왔다. 사람이 죽는 것을, 사람이 사람을 죽이는 것을 처음 본 달래는 잔뜩 흥분하며 난정에게 시시콜콜 들려주었다. 이미 편지를 읽으며 김대건 신부의 처형 장면을 생생히 떠올렸던 난정에게는 달래의 이야기가 놀랍지 않았다. 다만 처형을 당하는 이가 김대건 신부에서 간절한 표정을 한 초로의 남자로 바뀌었을 뿐이었다. 난정은 달래의 이야기에서 망나니가 등장했을 무렵 이야기를 멈추게 하고 달래를 돌려보내고 혼자 있었다.

  서소문 밖 공터 장대 끝에 매달려 있을 초로의 남자의 잘린 목이 계속 떠올랐다. 그럴 때마다 덜컥덜컥 마음이 무너져 내리는 것 같았다. 죽을 것으로 알고 있던 사람이 죽었는데 새삼스레 느껴졌다. 속이

메스껍고 기운이 빠지면서 윙~ 하는 이명이 들려오더니, 몸이 으슬으슬 떨리며 한기까지 느껴졌다. 동시에 무거운 피로감이 몰려왔다. 사실 피로가 아니라 무력감이었다. 온몸에 힘이 빠지면서 가만히 앉아 있기도 힘들었다. 가슴 깊은 곳에 이상한 슬픔이 울컥울컥 치밀 때마다 무력감은 더 커졌다. 결국 자리도 깔지 않고 아랫목에 몸을 눕혔다. 금세 졸음이 쏟아졌다. 난정은 몸이 원하는 대로 자신을 맡겼다.

별당 문밖에서 난정을 부르는 달래 목소리에 살포시 잠에서 깼다. 방안은 어느새 어둠으로 채워졌다. 저녁 밥상을 들여도 되겠냐는 달래의 말에 대꾸도 못 하고 다시 잠이 들었다. 대감이 퇴청 이후 잠시 별당에 들렀을 때는 아예 깨어나지도 못했다. 다음 날 늦은 아침에 깨어 밥 몇 숟가락을 간신히 입에 넣었다가 다시 무너지듯 자리에 누웠다.

한기는 사라졌지만 슬픈 무력감은 계속되었고, 그때마다 졸음이 쏟아졌다. 난정은 쏟아지는 졸음이 반갑고 고마웠다. 잠들지 않았다면 그녀를 휘감은 슬픈 무력감을 견딜 수 없을 것 같았다. 슬픈 무력감은 죽음을 떠올리게 했다. 사실 그녀의 잠은 죽음과도 같았다. 실제로 죽지 않고도 죽음으로 도망갈 수 있게 해주었다. 이 세상에 있으면서도 이 세상에서 벗어날 수 있게 해주었다.

난정은 다음 날도, 그다음 날도 계속 잠을 잤다. 난정은 잘 때마다 꿈을 꾸었다. 잠깐 깨어나면 기억도 나지 않았지만 잠이 깊어질수록 꿈은 반복되면서 흩어졌던 꿈의 파편들도 하나둘 모여 이야기를 꾸몄다. 꿈이 스스로 그렇게 할 리 없으니 결국 모두 난정이 꾸민 이야기들이었다.

죄인이 된 난정이 포승줄에 묶이고 무릎이 꿇린 채 의금부 관아 마당에서 추국推鞫을 받고 있었다. 의금부 도사인 대감이 직접 추국하였다.

"편지의 수신자로 적혀있는 글라라는 누구인가?"

"모릅니다. 그녀가 누구인지 저는 모릅니다."

"편지를 받은 이가 너이고 편지의 내용을 아는 이도 오직 너뿐이니 네가 글라라임이 틀림없다."

"모릅니다. 저는 그저 낯선 이로부터 편지를 받았을 뿐입니다."

"글라라가 아니라면 넌 어디에서 온 누구냐?"

난정은 생각해 보았다. 분명 의금부 도사의 소실인데 관아 대청에 앉아 있는 대감은 처음 보는 낯선 사람처럼 느껴졌다. 진주 기방의 기녀로 살았던 지난 시절도 남의 인생 같았다.

"모르겠습니다."

"네가 누구인지도 모르니 살아있으나 죽으나 매한가지겠구나."

그 말에도 대답하지 못했다. 누구인지 모르니 살아야 하는 이유도 모르겠고, 살아야 할 이유를 모르니 살려달라고 말도 하지 못했다.

"살아있지 않은 것은 죽은 것과 마찬가지이니 너는 마땅히 죽어야 하겠구나."

이어지는 꿈속에서 의금부 관아 마당은 서소문 밖 처형장으로 바뀌었다. 넓은 공터의 처형장에는 구경꾼도 없었고 그녀를 지키는 포졸들도 없었다. 알 수 없는 이의 잘린 목이 매달려 있는 장대 아래에서 그녀 혼자 죽음을 기다렸다.

난정은 곧 맞이하게 될 죽음보다 죽음을 기다리는 시간이 더 두렵고 고통스러웠다. 작열하는 태양 아래에서 입이 마르며 갈증을 느꼈다. 그녀는 어서 빨리 망나니가 나타나 목을 쳐주기만을 바랬다. 꿈속에서도 그녀는 꿈을 꾸고 있다는 것을 알았다. 기나긴 악몽에서 그만 깨어나고 싶었다. 난정의 두려움은 늘 죽음에서 비롯되었다. 그런데 이상하게도 간절히 죽음을 원하면서도 두려움은 여전히 남아 있었다. 실체가 없는 두려움은 시간이 흐를수록 점점 더 커졌다. 그녀가 죽음의 순간을 서둘러 기다리는 것은 이상한 두려움에서 벗어나기 위한 것이었다. 난정은 스스로 나뭇가지에 목이라도 매고 악몽에서 벗어나고 싶었지만 포승줄에 묶여 있어 꼼짝도 할 수 없었다.

꿈은 다시 새로운 꿈으로 이어졌다. 이번에 난정은 어린 시절 난정이 되어 있었다. 어린 난정이 길을 걸어가고 있었다. 처형장처럼 어린 난정이 걸어가는 길에도 지나치는 사람이 하나 없었다. 짙은 안개가 뒤덮인 길을 걷는 어린 난정은 발목에 무거운 족쇄라도 채워진 것처럼 한 걸음 한 걸음 옮기기가 힘들었다. 그래도 어린 난정은 계속 걸어갔다. 어디로 가는지는 몰라도 왜 가야만 하는지는 알고 있었다. 어린 난정은 어머니를 찾아가고 있었다. 어쩌면 아버지일지도 모른다. 그것이 꿈속에서 그녀가 계속 걸어야 하는 이유였다. 안개 속에서 집이 한 채 나타났다. 어린 시절 난정이 사는 집이었다. 굴뚝에서 연기가 피어올랐다. 난정은 무거운 걸음을 재촉하여 집으로 들어갔다. 부엌에서 어떤 여자가 아궁이에 불길이 지피고 있었다. 난정은 그녀가 어머니일 것이라 생각했다.

"어머니!"

난정이 부르는 소리에 여자가 돌아보았다. 어머니가 아니라 진주 기방의 늙은 기녀였다.

"어디 갔다가 이제야 오는 거냐?"

늙은 기녀는 어린 난정을 야단쳤다.

"난 어머니를 찾아야 해요."

"너희 엄마는 여기 없다."

"그럼 어디 있는데요?"

"저기 산 너머 어디에 산다고 하더라."

"난 어머니를 찾아야 해요."

"넌 못 찾는다."

"왜 못 찾아요?"

"어린아이가 저렇게 높은 산을 어떻게 넘어가겠냐?"

"그래도 난 어머니를 찾아야 해요."

"죽어도 네가 죽는 것이니 네 맘대로 해라."

어린 난정은 집에서 나왔다. 길은 안개 대신 어둠이 뒤덮고 있었다. 멀리 높은 산 하나가 보였다. 어린 난정은 높은 산을 향해 다시 무거운 발걸음을 힘겹게 떼기 시작했다.

숲속에 들어서자 그곳은 추운 한겨울이었다. 차가운 눈보라가 몰아치고 맨발에 짚신을 신은 어린 난정의 발이 쌓인 눈에 빠졌다. 추위와 배고픔에 온몸이 부들부들 떨렸다. 어린 난정은 한 걸음도 걸을 수 없었다. 오솔길 옆 커다란 나무 아래 웅덩이처럼 푹 파인 곳이 보였다. 어린 난정은 그곳에 잠시 앉았다. 그러자 졸음이 쏟아졌다. 어린 난정은 스르르 눈을 감았다. 졸음은 추위를 잊게 해주었다. 그래서 감은 눈을 뜨지 않았다. 이렇게 어린 난정은 서서히 죽음의 잠에 빠져들었다. 꿈을 꾸는 난정은 얼어서 죽어버린 자기 자신을 보고 있었다. 난정은 이미 죽었지만 꿈은 여전히 깨지 못했다.

별당에서 잠든 난정은 깨지 못했지만 꿈속의 어린 난정은 깊은 잠에서 깨어났다. 차가운 추위 대신 따듯한 온기가 느껴졌다. 어릴 적 아버지 등에 업혔을 때 느꼈던 익숙한 온기였다. 아버지는 이미 죽었으니 아버지의 등에 업힌 자신도 죽었으리라 생각했다. 어린 난정은 천천히 눈을 떴다. 난정은 흰 도포를 입고 검은 갓을 쓴 어떤 남자의 등에 업혀있었다. 아버지가 아니었다. 본 적은 없었지만 꿈속에서 난정은 그가 김대건 신부라는 걸 알고 있었다. 등에 업힌 어린 난정은 신부와 이야기를 나누었다. 어린 난정이 묻고 신부가 대답했지만, 난정의 꿈이었으므로 질문과 대답 모두 난정의 생각과 마음이었다.

"세상의 슬픔은 모두 다 어디로 갔는지 왜 말 안 해줬어요?"

"그랬니? 세상의 슬픔은 모두 다 하늘나라로 갔지."

"그럼 하늘나라도 슬픈가요?"

"아니. 하늘나라에 온 슬픔은 모두 기쁨으로 변해있단다."

"어떻게 그럴 수 있나요?"

"하느님이 이 땅의 모든 슬픔을 하나도 빠짐없이 지켜보고 계시다가 하늘나라에 도착한 슬픔을 일일이 위로해주시고 어루만져주서서 땅에서 흘린 슬픔의 눈물이 하늘나라에서는 기쁨의 보석으로 바뀌었단다."

"보석요?"

"응. 밤하늘에 반짝이는 별들처럼 아름다운 보석."

"그럼 밤하늘에 반짝이는 별들은 세상의 슬픔이 하늘나라에 가서 보석으로 바뀐 거네요?"

"그래. 우리가 땅에서 슬퍼할 때 이미 그 슬픔은 하늘나라에서 반짝이는 별이 되어 슬퍼하는 우리를 내려다보고 있었단다. '슬퍼 말렴. 두려워 말렴. 네가 슬퍼하고 두려워할 때 이미 난 기쁨과 행복이 되어있단다.' 이렇게 말하면서."

어린 난정은 신부의 등에 얼굴을 기대어 눈을 감았다. 아버지 같기도 하고 어머니 같기도 한 따뜻한 체온이 다시 느껴졌다.

꿈속의 어린 난정은 다시 잠이 들었고, 별당에서 자고 있던 난정은 잠에서 깨어났다. 난정은 방문을 열었다. 밤이었다. 밤하늘에 별들이 반짝였다. 별들 가운데 유난히 반짝이는 별 하나를 오랫동안 바라보았다. 그 별도 난정을 바라보는 것 같았다. 맑고 온화한 마음이 느껴졌다. 이제 더 이상 잠들고 싶지 않았다. 깨어있고 싶었다. 시선을 돌려 벽장을 바라보았다. 이젠 마음을 졸이며 벽장에서 편지를 꺼내어 읽을 필요가 없었다. 편지는 그녀의 마음속에 깊이 새겨져 지워지거나 사라질 염려도 없었다. 광야 위의 난정도 편지와 함께 마음속에 선명히 살아있음을 알 수 있었다.

　꿈속에서 의금부 도사는 편지를 받은 이가 난정이고 편지의 내용을 아는 이도 오직 난정뿐이니, 난정이가 글라라라고 말했다. 그의 말은 옳았다. 편지를 받고 간직하는 이가 바로 글라라인 것이다. 난정은 작은 소리로 편지와 함께 마음속에 있는 또 다른 난정의 이름을 불러보았다.

　"글라라…!"

　난정은 의금부 도사가 꿈속에서 물었던 또 다른 질문이 떠올랐다.

　"너는 어디에서 온 누구이냐?"

　난정은 여전히 그 질문에 답을 할 수 없었다. 하지만 밤하늘에 그녀의 슬픔을 위로하며 반짝이는 그녀의 별이 있고, 그녀의 마음속에 별과 이야기를 나누는 글라라가 있으므로 그 질문에도 머지않아 대답할 수 있으리라. 별당 담장 옆 나뭇가지 꼭대기에 위태롭게 앉아 있던 새 한 마리가 날개를 펼치고 창공으로 자유롭게 날아갔다. 난정이 평화로운 미소를 지었다. 세상 모든 것이 귀하고 아름답게 여겨졌다. 또 세상 모든 것이 측은하고 불쌍히 여겨졌다. 이 모든 것이 어우러져 큰 기쁨에 머물게 했다.

작가의 말

8살 혹은 9살 즈음 되었을까…? 나는 태어나서 처음으로 하느님께 기도했었다. 부모님이 신자가 아니라 교회나 성당을 다닌 적이 없다. 그런데도 나는 기독교에서 믿는 그 하느님께 매우 진지하고 간절한 마음으로 첫 기도를 드렸다.

그 무렵 매주 일요일 밤 TV에서 '명화극장'이라는 프로그램이 방영되었는데 어쩌다 온 가족이 흑백 TV 앞에 나란히 앉아 영화를 보기도 했다. 내가 첫 기도를 한 그날 '명화극장'에서 [포세이돈 어드벤처]라는 제목의 영화를 방영했다. 난파당한 대형 여객선을 소재로 한 재난영화인데 전체 줄거리는 기억나지 않고 마지막 절정의 장면만은 지금도 또렷이 남아있다. 조난을 입은 승객들이 배에서 탈출을 시도하다가 모두 죽음을 맞이할 위기에 빠졌다. 위기에서 벗어나려면 누군가의 목숨을 내놓는 희생이 필요했다. 하지만 누가 나설 것인가? 그들 가운데 목사님 한 분이 계셨다. 그는 하느님께 마지막 기도를 드리고 스스로 죽음을 선택함으로 승객들을 구한다. 할리우드 영화에서 자주 이용되는 전형적인 희생의 플롯이었다.

영화가 끝나자 아버지는 나에게 잠자리를 준비하기 위해 건넌방으로 가서 이불을 가져오라고 했다. 가족들은 모두 영화에서 빠져나와 일상으로 돌아왔지만 나는 그렇지 못했다. 서랍장 위에 쌓여있는 이불을 안아 들다가 나도 모르게 이불에 얼굴을 파묻었다. 그리고 하느님께 기도했다. 영화 속 목사님처럼 스스로 목숨을 바쳐야 하는 상황이 나에게는 일어나지 않게 해달라고 매우 절실하게 간청했다. 하느님을 몰랐던 어린 내가 왜 갑자기 그런 기도를 했을까. 확실한 건 하느님에 대한 첫인상은 두렵고 무서운 존재였으며, 그런 첫인상은 오랫동안 이어졌다.

그 후 나는 교회를 다니며 신앙을 가졌고, 대학에서 신학을 전공하였으며, 대학원에서는 영화를 전공하여 영화감독이 되었다. 그러더니 중년의 나이에 김수환 추기경님의 어린 시절을 다룬 [저 산 너머]라는 영화를 만들고, 그것을 계기로 김대건 신부님의 다큐멘터리 영화 [사제로부터 온 편지를 완성했다. 김대건 신부님의 경우에는 영화와 같은 제목의 이번 소설까지 집필했다. 특히 이번 영화와 소설은 어린 시절 첫 기도와도 어떤 연관성이 느껴진다.

이전부터 나는 한국천주교 초창기 순교자들에 관해 관심이 있었다. 도대체 어느 정도의 믿음과 의지가 있어야 스스로 고난의 생을 선택하고 고통스러운 고문을 참아내며 참혹하게 목이 잘릴 수 있을까. 그들은 왜 그런 선택을 해야만 했을까. 아무리 감정을 이입해도 도무지 이해할 수 없었다. 그들은 나와 똑같은 인간인데 내가 알지 못하는 어떤 마음을 가지고 있었음이 틀림없었다. 나는 그것이 무엇일지 궁금했다.

김대건 신부의 삶의 여정을 따라가 보니 순교뿐 아니라 25년 25일간의 삶 속에서 보였던 태도들은 나로서는 이해하기 어려운 것들로 가득했다. 이해할 수 없으니 표현할 길이 없었다. 그러나 영화의 제작과 소설의 집필은 이미 시작되었으니 돌이킬 수 없었다. 내 안에 없는 것들을 끄집어 내려니 자주 토할 것 같았다.

길은 처음부터 원래 있던 것이 아니다. 자꾸 가다 보면 길이 생긴다.

거대한 암벽 같았던 김대건 신부의 마음을 향해 계속 달려들다 보니 어렴풋이 내 안에서 그를 공감할 수 있는 흔적을 발견했다. 그리고 간신히 소설과 영화를 마무리했다. 특히 소설에서는 영화와는 달리 내가 공감한 흔적들을 소상히 표현할 수 있어서 좋았다. 그동안 나는 김대건 신부님을 비롯한 순교자들의 마음과 생각만 좇았었다. 나는 어떤 한 인간에 대해 알려고 했지 그들과 함께 한 사랑의 하느님을 알지 못했다. 50대 중반을 넘어서야 첫 기도를 했던 어린 시절에서 조금 더 자란 것 같다.